Lidakis spielt falsch

edition oberkassel

Jürgen Schmidt wohnt in Grevenbroich und Bad Münstereifel. Er erlernte den Beruf des Buchdruckers, später besuchte er die Fachoberschule für Sozialpädagogik und arbeitete anschließend in verschiedenen Druckereien. Seit 2009 ist Jürgen Schmidt als Fachkraft für Arbeits- und Berufsförderung in Euskirchen beschäftigt. Er ist Verfasser mehrerer Romane, u. a. „Lesereise in den Tod". Sein Protagonist ist der private Ermittler Andreas Mücke, der wie sein Autor in der Eifel lebt.

LIDAKIS SPIELT FALSCH

Jürgen Schmidt

Ein Fall für Mücke

edition oberkassel

Verlag: edition oberkassel, Lütticher Str. 15, 40547 Düsseldorf
Umschlaggestaltung: Detlef Knut unter Verwendung eines Fotos von © Jürgen Schmidt
Lektorat: Klaus Söhnel
gesetzt mit Adobe InDesign

www.edition-oberkassel.de
info@edition-oberkassel.de

Auflage 2019
Printed in Europe

ISBN(Print): 978-3-95813-169-9
ISBN(Ebook): 978-3-95813-170-5

1.

Minutenlang hatte er in der Schlange ausgeharrt und Kommentare aufgeschnappt, die ihn nichts angingen. Gleich war es geschafft, vorausgesetzt, die junge Frau fand heute noch ihre Geldbörse im Durcheinander ihrer Handtasche. Andreas Mücke wich einige Zentimeter zurück, um ihr mehr Platz beim Herumwühlen zu verschaffen. Mehr ging in diesem Gedränge beim besten Willen nicht. Er hatte nichts gegen Weihnachtsmärkte, gar nichts, es sei denn, sie waren voll und es regnete. Hinter ihm begann ein Paar in einer Sprache zu streiten, die er nicht zuordnen konnte, nicht einmal ansatzweise. Vielleicht war es auch kein Streit, vielleicht waren sie sich nur über die Bestellung nicht einig. Manche Sprachen sollen für unsere Ohren grundsätzlich hektisch, gereizt und schroff klingen und deshalb falsch gedeutet werden. Das wurde zumindest in einem Radiobeitrag vor nicht allzu langer Zeit behauptet. An die genannten Beispiele konnte er sich nicht erinnern.

Endlich hielt Andreas den ersehnten Glühwein in den Händen, das abgezählte Geld hatte er zuvor auf die Theke gelegt. Er reichte gerade einen Becher über eine fremde Schulter an Jessica weiter, als sich sein Smartphone meldete. Während er im Innern seiner Jacke kramte, entfernte sich seine Freundin aus dem Gewühl. Die auf dem Display angezeigte Nummer war Andreas fremd.

»Mensch, pass doch auf!«, raunzte ein Mann ihn an, der hin und wieder in der *Werther Stube* gekellnert hatte.

»War keine Absicht, sorry!«

»Wohl keine Augen im Kopf, was?«

Andreas machte noch einige ausweichende Schritte, bis er bei Jessica an der Mauer des Apotheken-Museums stand. »Hältst du den mal eben?« Er drückte ihr seinen Glühwein in die freie Hand.

»Hallo?« Niemand meldete sich, ratlos schaute er Jess ins Gesicht – wahrscheinlich hätte er das Gespräch früher annehmen müssen. »Hallo?«, versuchte Andy es ein weiteres Mal.

»Mücke? Andreas?«

»Ja!«

»Hey Mücke, grüß dich, hier ist Eddy! Eddy Sawatzki, dein alter Kumpel, du weißt schon!«

Von Begeisterung konnte bei Andreas nicht die Rede sein: »Kumpel ist gut – du hast mir damals die Freundin ausgespannt.«

»Ach, du bist doch hoffentlich nicht mehr sauer auf mich? Komm, das ist 25 Jahre her.«

»27 Jahre«, korrigierte ihn Mücke.

»Siehst du, noch länger! Ich weiß auch gar nicht mehr, wie die kleine Maus hieß!«

»Charlotte!«

»Richtig! Charly hatten wir sie genannt.«

»Ich nicht, und die kleine Maus war meine große Liebe gewesen.« Für einen Moment hatte Andreas trotz des Trubels um ihn herum ihr Bild vor Augen. Er sah Charlotte auf den Stufen der Basilika von Sacré-Cœur sitzen und mit ihm Gitarre spielen. Damals stand die Zeit still – das Jungsein erschien ihnen wie ein Abonnement, das sich leise weiterverlängerte.

»Mensch Junge, das hätte mit der Französin doch sowieso keine Zukunft gehabt. Sie in Paris, du in der Eifel – wie hätte das denn gehen sollen?«

Diese Art von Belehrung brauchte er nicht. »Wer weiß ... Aber es wäre immerhin mein Problem gewesen, beziehungsweise das von Charlotte und mir«, antwortete Mücke mit ungehaltener Stimme. Jessica blickte von ihrem Glühwein auf, ihre wachen Augen begannen, den runden braunen Knöpfen ihres Wintermantels zu ähneln. Andreas griff nach dem auf der Fensterbank abgestellten Becher und nippte ebenfalls daran.

»Hast du mich deshalb letzten Monat nicht beachtet?«

»In Bad Münstereifel – oder wo soll das gewesen sein?«

»Mitte November auf Korfu, du kamst aus dem Supermarkt, ich war auf der anderen Straßenseite. Ich habe noch gerufen und du schautest auch um dich.«

Andy konnte sich nicht erinnern, jemanden dort gesehen oder gehört zu haben. »Wer hat dir meine Nummer gegeben?«

»Steht auf deiner Homepage!«

»Und weshalb rufst du an?«

»Warst du das denn nun in Acharavi oder nicht? Ich war ja nur kurz da, am zweiten Tag hatte es geregnet wie Sau.«

»Ich habe dem Vater meiner Freundin bei der weiteren Renovierung seines Hauses geholfen. Der steckt da noch mitten im Schlamassel.«

»Da sieht man sich nach so vielen Jahren ausgerechnet in Griechenland wieder – Zufälle gibt's.«

»Nun spuck schon aus, was du willst!«

»Andreas, du weißt, was ich beruflich mache?«

»Ich hörte, du schreibst für die *BILD*«, antwortete er knapp.

»Sag das nicht so abfällig. Außerdem arbeite ich noch für andere Blätter, zum Beispiel für den *Stern* und auch fürs Fernsehen.«

»Jetzt rieche ich deinen Erfolg wieder!«

»Ach, Andreas, hör auf!«

»Doch, ich rieche ihn.« Mücke hatte mitbekommen, dass sich Sawatzki als sogenannter Enthüllungsjournalist einen Namen gemacht hatte, aber eigentlich interessierte es ihn nicht. Es reichte ihm, dass dieser Typ irgendwann die Gegend verlassen hatte und aus seinem Leben verschwunden war.

»Können wir uns in Köln oder meinetwegen in Bad Münstereifel treffen?«, fragte Eddy nach einer kleinen Pause. »Ich bin an einer heißen Sache dran und könnte deine Unterstützung gebrauchen.«

»Hm«, Mücke zögerte.

»Gegen Bezahlung natürlich, gute Bezahlung!«

»Wie viel ist drin?«

»Jede Menge, kommt drauf an!«

»Etwas genauer will ich das schon wissen.«

»4.000 vielleicht, ich kenne eure Tagessätze.«

»Und worum geht es?«

»Na ja, so direkt ...« Sawatzki eierte herum.

»Drogen? Prostitution? Betrug? Mach es nicht so spannend!«

»Eher um eine, sagen wir, Manipulation im Profisport, ein Riesending.« Einen Augenblick blieb es still. »Doch, mit Betrug hattest du schon den richtigen Begriff.«

»Gut, erzähl weiter!«

»Weißt du, am Telefon möchte ich nicht darüber reden. Die Geschichte würde dich unter anderem nach Holland, eventuell auch nach Griechenland bringen.«

»Nach Griechenland?«

»Genau. Hast du morgen Zeit?«, fragte Eddy.

»Mit den 4.000 Euro soll ich noch halb Europa bereisen – findest du das nicht ein bisschen knapp?«

»Ich sagte bereits, dass es drauf ankommt.«

Stimmt, das hatte er gesagt, dachte Mücke. Aber sollte er sich überhaupt auf jemanden einlassen, der ihn schon einmal enttäuscht und hintergangen hatte, auch wenn es Ewigkeiten her ist? Zumindest sollte man diesem Menschen nicht das Gefühl geben, wichtig zu sein. »Morgen ist es unmöglich. Und am Wochenende geht es ebenfalls nicht!«

»Wie sieht's mit Montag aus?«

»Schon eher!«, antwortete Andreas. »Sagen wir, um 19 Uhr – erinnerst du dich an die *Wolfsschlucht*?«

»Und ob, wir wohnten ja vorne in der Stumpfgasse, wie du bestimmt noch weißt. Bis zum Brand sind mein Vater und mein älterer Bruder regelmäßig zum Billardspielen dort hingegangen. Nach der Schule haben ...«

»Also um sieben!«, unterbrach er ihn mürrisch, bevor Eddy ins Schwafeln geriet.

»Kein Thema, Andreas. Bis Montag – ehrlich, ich freue mich!«

»Bis dann!«, irritiert und leicht genervt drückte er den ehemaligen Nebenbuhler weg. Am Wochenende würde Andreas entscheiden, ob er die Verabredung einhält oder nicht. Im Moment wollte er darüber nicht nachdenken.

»Arbeit?«, fragte Jess.

»Weiß noch nicht.«

»Wer war das denn?«

»Hab ich dir nicht mal von Eddy Sawatzki erzählt, der mir in Paris die französische Freundin ausgespannt hatte?«

»Hast du! Und mit dem willst du dich treffen?«

»Ich weiß es nicht! Stell dir vor, er hat mich vor drei Wochen in Acharavi gesehen.« Der Glühwein hatte ratzfatz an Temperatur verloren.

»Manche Leute wird man nie los!« Jess trank einen großen Schluck, dabei musterte sie ihn neugierig über den Rand des Bechers.

»So, wie du schaust, könnte ich mich glatt angesprochen fühlen«, grinste Andy.

»Quatsch!«, sie boxte ihn leicht. Von links wehte der Wind den Geruch von Gegrilltem zu ihnen herüber. »Willst du hier schon etwas essen?«, fragte sie.

»Hm. Schau mal dahinten, ist das nicht der Trenkler?« Andreas deutete mit dem Kinn in seine Richtung.

»Das ist er! Lustig, wie im vergangenen Jahr.« Jessica winkte dem Ex-Studienkollegen. »Man sieht dich nur noch auf dem Weihnachtsmarkt«, rief sie ihm zu.

»Und in Sportsendungen«, ergänzte Mücke.

»Ich weiß nicht, was mir lieber ist«, scherzte der Manager des Bundesligisten Blue Stars Bonn. »Hallo erst einmal«, er umarmte Jess und drückte Andreas die Hand. »Ich bin auf dem Weg zu Spyros. Wir werden gleich ein wenig über den Markt bummeln, bevor es morgen Mittag nach Berlin geht. Sein Spielerberater meint, wir kümmern uns nicht genug um ihn – unverschämt eigentlich. Nun ja, was soll's, an mir wird es nicht scheitern!«

»Spyros?« Andreas schaute die beiden ungläubig an.

»Schießmichtot«, auch Jessica wusste nicht, wovon Frank Trenkler sprach. Ihre braunen Haare lugten unter der farbenfrohen Strickmütze hervor.

»Lidakis«, meinte der Manager, »der wohnt doch in eurer

Stadt, genau wie unser Präsident. Der hat ihm auch die Wohnung verschafft.«

»Spyros Lidakis lebt in Bad Münstereifel? Das wusste ich gar nicht«, staunte Mücke.

»Ist aber so – auf der Trierer Straße. Schaut mal, da will doch allen Ernstes einer mit dem Fahrrad durchs Gewühl.«

»Lidakis, ist das nicht dieser grandiose Null-Tore-Stürmer?« Jessica biss sich vor Schreck auf die Unterlippe – ihre Frage war raus, die ließ sich nicht mehr einfangen. Andreas musste derart lachen, dass er sich um ein Haar am Glühwein verschluckt hätte.

»Ach, hört auf, ich kann es nicht mehr hören«, klagte Frank. »Natürlich habt ihr recht. Zig Millionen haben wir ausgegeben und dann trifft er plötzlich das Tor nicht mehr. Jede Woche wird uns das vorgerechnet – letztendlich, Millionen hin oder her, wir haben es mit einem Menschen zu tun. Spyros ist jung und vermutlich noch etwas zu sensibel für dieses knallharte Geschäft. Außerdem hat jeder Stürmer mal so eine Phase – ich bin von seiner Qualität weiterhin fest überzeugt.«

»Momentan bist du nicht zu beneiden.« Sie sah ihn verständnisvoll an. »Glaubst du nach den beiden letzten Heimklatschen noch an den Klassenerhalt?«

»Du darfst nicht vergessen: Wir waren gegen Werder das klar bessere Team – auch gegen Hoffenheim über weite Strecken.« Trenkler wärmte die Finger mit seinem Atem, als gäbe es keine Handschuhe. »Nun ja, ich hoffe auf die Rückrunde – die Saison ist lang!«

»Und die Hoffnung stirbt bekanntlich zuletzt.« Im Fernsehen hätte Andreas nun ein paar Euro fürs Phrasenschwein abdrücken müssen.

»Genau! Und bei euch Hübschen, noch alles im grünen Bereich?«

Andreas nickte, Jessica starrte in ihre halb volle Tasse: »Abgesehen davon, dass der jetzt fast kalt ist.«

»Musst du halt zügiger trinken! Seid ihr inzwischen eigentlich verheiratet?«

»Nö, sollten wir?«, fragte Jessica.

»Auf mich machtet ihr letztens schon den Eindruck eines Paares, das zusammengehört.«

»Mein Reden«, zwinkerte Mücke ihm zu.

»Was nicht ist ...«

»... kann ja noch werden.« Frank vervollständigte Jessicas Satz. »Stimmt auch wieder.«

»Eben«, schoss es gleichzeitig aus ihnen heraus.

»In diesem Sinne«, er blickte auf seine Uhr. »Ich muss weiter. Macht's gut!« Der Manager drehte sich noch einmal um: »Und lasst uns im Abstiegskampf nicht hängen! Wir brauchen jeden Fan!«

Andy und Jess sahen ihm hinterher, der kurz darauf in der Menschenmenge verschwand. Vereinzelte, dicke Schneeflocken hatten in der letzten Viertelstunde den feinen Nieselregen abgelöst.

2.

Andreas Mücke leckte seinen Kaffeelöffel ab und schaute ein weiteres Mal zur Eingangstür. Das hatte er nun davon: Eddy war damals nicht nur allwissend und hinterlistig gewesen, sondern auch unzuverlässig – jetzt fiel es ihm wieder ein. Wie es aussah, hatte sich daran nichts geändert. Warum auch? Manchen Leuten wurde einfach alles verziehen.

Oder lag es an ihm? War er vor vier Tagen auf dem Weihnachtsmarkt zu abweisend gewesen? Der ungemütliche Nieselregen und die Pfütze, in die er vorher hineingetreten war, hatten nicht zu seiner Laune beigetragen. Andererseits, was hätte Eddy nach der Vorgeschichte mit Charlotte denn von ihm erwarten können – dass Andreas so tut, als wäre nichts gewesen? Dass er sich wegwirft vor Begeisterung? Immerhin hatte er der Verabredung zugestimmt und sie auch eingehalten – wer macht das schon? Nicht einmal verspätet hatte er sich! Nein, er sollte aufhören, den Fehler bei sich zu suchen – das hatte er sich schon oft vorgenommen. Bestimmt waren selbstkritische Gedanken etwas, was Eddy bis zum heutigen Tag absolut fremd geblieben ist.

»Er guckt sich immer noch nach jungen Frauen um«, klagte die Dame am Nachbartisch ihren beiden Freundinnen. Beleidigt griff sie zum Glas und betrachtete den Rotwein, anstatt von ihm zu trinken.

»Lass ihn doch«, sagte die Frau neben ihr. Sie blickte Mücke schon länger mit einer Intensität an, die ihm unangenehm war. Neben ihr auf der Bank lagen Einkaufstüten von gewaltiger Größe.

»Also, ich weiß nicht ...«, meinte schließlich die Dritte. Sie schüttelte bekümmert den Kopf, dann widmete sie sich wieder ihrem Minispiegel und prüfte, ob der Lippenstift durch das Essen gelitten hatte. Mücke kannte die Damen nicht, wahrscheinlich waren es Touristinnen, die sich eine Auszeit in der Eifel gönnten und die zahlreichen Geschäfte der Stadt zum Shoppen nutzten. Sie sahen durchaus danach aus, als hätten sie das nötige Kleingeld dabei.

Es war zwanzig vor acht. Andreas verließ den Tisch und wechselte in die *Wolfsecke,* wie der Thekenbereich der *Wolfsschlucht* genannt wurde. Zeit für ein großes Kölsch nahm er sich noch, anschließend war er es leid und würde nach Hause gehen. Er glaubte nicht daran, dass Eddy heute noch aufschlug. Im Grunde war es egal. Die angedeutete *heiße Sache* hätte ihn zwar interessiert, aber so war es auch gut. Eine Manipulation im Profisport, hatte er geheimnisvoll gesagt. Das konnte vieles bedeuten – gehörten Manipulationen nicht zur Tagesordnung?

Er brauchte nur an Russland, an die Wettbetrüge im Tennis sowie im belgischen Fußball oder an frühere Skandale der *Tour de France* zu denken. Wer weiß, was Sawatzki sich für ihn ausgedacht hatte – möglicherweise suchte er nur einen Dummen, den er vorschicken und die Drecksarbeit machen lassen konnte, das wäre typisch. Es würde Andreas nicht einmal wundern, wenn es am Ende noch Zoff um die angeblich gute Bezahlung gegeben hätte. Dem Schurken war alles zuzutrauen, damals wie heute. Von daher war es okay, ihn nicht wiederzusehen. Kein Grund, sich das Kölsch nicht schmecken zu lassen. Im Gegenteil: Er musste sich über die Sache keine weiteren Gedanken machen – die Entscheidung hatte Eddy selbst getroffen. Zufrieden nickte er der Bedienung zu, als sie ihm das Glas rüberschob.

Auf dem Barhocker neben ihm war eine nass gewesene Zeitung liegen geblieben. Mit unbefriedigendem Ergebnis versuchte Andreas, sie glatt zu streichen, aber da war nicht viel zu machen. Nebenbei wurde ihm in großen Buchstaben mitgeteilt, dass das diesjährige Weihnachtsgeschäft für den Einzelhandel besser verlief als erwartet. Wenn er sah, was in der Stadt los war, überraschte ihn das nicht. Die drei älteren Frauen gerade waren nur ein weiteres Beispiel dafür.

Er blätterte sich zum Sportteil durch. Dass in der Bundesliga die Herbstmeisterschaft am 15. Spieltag vorzeitig entschieden war, wusste er seit Samstag aus dem *Sportstudio* – die Blue Stars feierten dagegen, ungeachtet der erschütternden Nachrichten aus Bonn und Oberhausen, den gestrigen Sieg in Berlin wie den frühzeitigen Klassenerhalt, dabei fehlten immer noch fünf Punkte bis zu einem Nichtabstiegsplatz. Das Team sprach nach dem Match von einer Trotzreaktion für Spyros, dass es für sie eine Frage des Charakters gewesen war. Außer den Verlierern jucke da auch keinen, ob der Sieg berechtigt war oder nicht. Spyros Lidakis wurde allerdings im Duell neue gegen alte Bundeshauptstadt zur Halbzeitpause ausgewechselt. Er hatte trotz des unerwarteten Todes seiner früheren Lebensgefährtin unbedingt spielen wollen. Ihn aufzustellen sei problematisch gewesen, kommentierte BSB-Trainer Patrick Rothenbach mitgenommen auf der Pressekonferenz. Man habe deutlich gesehen, dass Spyros gedanklich ganz woanders war. Der Zeitungsartikel endete mit dem Hinweis auf einen ausführlichen Bericht über das kurze Leben der Nicole B. im vorderen Teil der Zeitung.

Für Mücke waren das Neuigkeiten, die schlagartig sein Interesse weckten. Er blätterte wieder zurück, danach ging er in umgekehrter Reihenfolge noch einmal jede Seite durch. Vergeblich, der erhoffte Artikel ließ sich nicht finden, weil einige Seiten der zerfledderten Zeitung fehlten. Auf der Titelseite standen wenige Zeilen über einen Autounfall in der vergangenen Woche, darüber ein Foto von Nicole und Spyros aus glücklichen Tagen. Das Gesicht der jungen Frau mit dem Muttermal am Kinn kam ihm sehr bekannt vor. Andreas trank einen Schluck; langsam dämmerte es ihm. Mindestens zwei Monate musste es her sein: Nicole B. hatte bei *Aral* die ihm gegenüberliegende Zapfsäule benutzt und an der Kasse dann die Nummer der Säule nicht gewusst. Zeitgleich waren sie angekommen, ein locker sitzendes dunkelgrünes Sweatshirt hatte sie getragen. Er erinnerte sich, dass sie auch eine Sport-Illustrierte gekauft und ihren Schlüssel an der Kasse liegengelassen hatte. Bevor Andreas der Kassiererin das Geld gereicht hatte, hatte sie kopfschüttelnd von einer »arg verwirrten Person« gesprochen und ihn gefragt, wie das bei der jungen Frau noch enden solle.

Mücke griff zum Smartphone, entsperrte es und gab die Namen Spyros und Nicole ein. Wenig später konnte er aus einer Fülle von Beiträgen wählen. Mücke scrollte sich durch das Angebot, trank einen weiteren Schluck vom Kölsch und klickte schließlich auf die Meldung eines Nachrichtenmagazins. Die Frau, die ihn vorhin so merkwürdig angestarrt hatte, kam zur Theke und bat um die Rechnung.

»Zusammen!«, bestätigte sie die Frage so knapp wie möglich. Auch wenn sie ihn bewusst nicht beachtete, strahlte ihr rosiges Gesicht etwas Gutmütiges aus. Jetzt hätte er ihr gern ein Lächeln geschenkt – zu spät, er hatte es vergeigt. Nun ja, er wandte sich dem Artikel zu.

Torjäger Lidakis: Tragödie um Freundin! lautete die Überschrift. Mücke veränderte seine Sitzposition und begann zu lesen: *Wie am Wochenende bekannt wurde, ist bereits am Mittwoch die (ehemalige) Lebensgefährtin des Bonner Fußballprofis Spyros Lidakis bei einem Verkehrsunfall ums Leben gekommen. Nicole Baumann hatte sich erst vor vier Wochen von dem griechischen Stürmerstar getrennt, den sie vor zwei Jahren auf einer Sportgala in Duisburg kennengelernt hatte. In Mülheim bezog das einstige Traumpaar nur einen Monat später eine Drei-Zimmer-Wohnung im Stadtteil Dümpten. Nachdem sich Lidakis zur neuen Saison dem Erstligisten Blue Stars Bonn angeschlossen hatte, ist sie ihm in den Süden NRWs gefolgt. Mitte Juni quartierten sich die beiden in eine luxuriöse Penthouse-Wohnung im Herzen von Bad Münstereifel ein. Angekommen ist der Sieben-Millionen-Mann am Rhein jedoch bis heute nicht, in seinen bislang zwölf Erstligaeinsätzen ist er torlos und blass geblieben. Im Vorjahr wurde er mit 28 Treffern zum Topstürmer der Zweiten Bundesliga. Insider sehen in der Torflaute auch den Grund für die Trennung. Einer Freundin gegenüber hat Nicole Baumann verraten, dass das letzte halbe Jahr für sie »die reinste Hölle« gewesen sei. In Oberhausen, wo sie zuletzt Wohnung und Arbeit gefunden hatte, wollte sie deshalb ein neues Leben beginnen. Lidakis musste nach Angaben seines Spielerberaters die Hoffnung auf eine Fortsetzung der Beziehung noch nicht aufgegeben haben.*

Der Unfall ereignete sich in den frühen Morgenstunden auf der L 155 in Oberhausen, wo die 25-Jährige bei hoher Geschwindigkeit die Kontrolle über ihr Fahrzeug verlor, und zunächst in eine Leitplanke, anschließend in eine Böschung raste. Danach wurde der Alfa Romeo Spider auf die Straße zurückgeschleudert. Das Auto überschlug sich mehrmals, bis es gegen einen Baum prallte und liegen blieb.

Stimmt, es war ein Alfa – Mücke hatte den roten Wagen und den Schlüssel mit dem Logo des italienischen Autoherstellers wieder genau vor Augen. Er las weiter: *Derzeit ist unklar, ob menschliches oder technisches Versagen für den Unfall verantwortlich war. Die Staatsanwaltschaft hat einen Sachverständigen mit der Untersuchung des Fahrzeugs beauftragt.*

Spyros Lidakis zeigte sich vor dem Auswärtsspiel bei Hertha BSC geschockt: »Oh, mein Gott – ein guter Mensch ist gegangen. Atychia (das Unglück) läuft uns seit Monaten hinterher. Ich bin sprachlos und sehr traurig!« Der Verein hatte ihm angeboten, bis zur Vorbereitung auf die Rückrunde freigestellt zu werden. Der Stürmer lehnte das ab: »Auch wenn das keiner versteht: Fußball macht den Kopf frei, das erste Tor widme ich Nicole!«

»Spyros muss mit seinen 24 Jahren wissen, was er tut«, so der BSB-Manager Frank Trenkler (42). »Alle im Klub sind zutiefst entsetzt und fassungslos, das gilt auch für unsere zahlreichen Fans und die Bürger der Stadt. Unser ganzes Mitgefühl gilt den Hinterbliebenen.«

3.

Diesmal stellte Andreas gleich einen Eimer unter das Heizungsventil. Über den hässlichen Fleck aus dem Vorjahr hatte er sich zwischendurch immer wieder geärgert. Schließlich war der Teppichboden noch keine vier Jahre alt, und preiswert war er ebenfalls nicht gewesen. Vorsichtig drehte er den Entlüftungsschlüssel nach links – jede Menge Luft zischte ungeduldig heraus, als hätte sie nur auf diesen Moment gewartet.

Kleine Wasserspritzer landeten im vorgehaltenen Tuch. Nun würde es nicht mehr lange dauern, bis der gesamte Heizkörper Wärme ausstrahlte. Draußen folgte unterdessen ein ungemütliches Wolkenmeer dem anderen. Wo Mücke einmal dabei war, wollte er den Vorgang in den anderen Räumen wiederholen. Auf dem Weg ins Bad wurden seine Gedanken durch zweimaliges Klingeln kurz hintereinander unterbrochen. Er erwartete niemanden: Sollte es Eddy sein, wäre er nicht zu Hause.

Die Haustür war scheinbar unverschlossen gewesen, denn Andreas spürte deutlich, dass jemand vor seiner Wohnung wartete. Durch den Spion erkannte er einen großen Mann, der seiner Mimik nach zu urteilen nicht allein war. Mücke öffnete die Tür.

»Hallo, was kann ich für Sie tun?«

»Kleinelsen, Kriminalhauptkommissar, Kripo Bonn. Das ist meine Kollegin, die Kommissarin Sarah Böll.« An sie konnte sich Mücke erinnern. Sie war ihm bei der Beerdigung seines ermordeten Freundes Bernd auf dem Friedhof in Bad Münstereifel begegnet. Den Namen Kleinelsen kannte er dagegen vom Telefon.

»Kommen Sie rein!«, forderte er sie auf und zeigte ihnen den Weg ins Wohnzimmer. »Wenn Sie wollen, können Sie die Jacken hier aufhängen.«

»Möchten Sie einen Kaffee?«, fragte Mücke, nachdem die beiden Platz genommen hatten.

»Nein, danke«, sagte Frau Böll.

»Immer«, meinte ihr ungefähr zehn Jahre älterer Kollege, der ihm jetzt doch seinen Parka mit Kunstfellkragen reichte.

»Wird sofort erledigt. Können Sie mir trotzdem schon verraten, weshalb Sie gekommen sind?«, fragte er auf dem Weg in die Küche. Andreas blieb im Türrahmen stehen, die Augen neugierig auf den unerwarteten Besuch gerichtet.

»Sagt Ihnen der Name Paul-Eduard Sawatzki etwas?«

»Ja klar, wir waren gestern Abend verabredet gewesen«, Andreas ging weiter, »er ist allerdings nicht gekommen.«

Kleinelsen hievte sich etwas umständlich aus dem Sofa und folgte langsam dem Gastgeber.

»Wir nannten ihn alle nur Eddy!«, rief Andreas von der Küche aus, während er mit dem Wasserbehälter der *Senseo* hantierte.

»Mir geht es ähnlich: Mich nennen sie Freddy. Wer ist denn *wir* und warum reden Sie überhaupt in der Vergangenheit?«

»Weil es schon ewig her ist – unsere gemeinsame Schulzeit, meine ich.«

»Wann haben Sie ihn denn das letzte Mal gesehen?«

»Keine Ahnung, vielleicht vor 20 Jahren. Seit einem Frankreich-Urlaub herrschte Funkstille zwischen uns – das ist aber noch länger her.«

»Es wurde ein Zettel mit Ihren Telefonnummern bei ihm gefunden, er hatte Sie *Mückchen* genannt. Und da waren Sie gestern rein zufällig miteinander verabredet, finden Sie das nicht komisch?« Die Ironie in Freddy Kleinelsens Stimme war unüberhörbar.

»Ich finde das überhaupt nicht komisch, weil er mich vergangene Woche angerufen hat und sich unbedingt mit mir treffen wollte.«

»Wann war das?«

»Der Anruf?«

»Wovon reden wir denn?«

»Sekunde«, Andreas ging die letzten Tage durch. »Das war am Donnerstag. Genau, da war ich gerade auf dem Weihnachtsmarkt. Milch? Zucker?«

»Ich nehme ihn so«, der Hauptkommissar griff nach der Tasse. Der Regen peitschte immer heftiger gegen das Küchenfenster.

»Und was wollte Sawatzki von Ihnen?«

»Er hat mir erzählt, dass er an einer heißen Sache dran ist, irgendeine Sportgeschichte war das, und eventuell meine Hilfe als Detektiv benötigt. Ich hatte nachgehakt, aber am Telefon wollte Eddy dazu nichts sagen. Holland und Griechenland wurden erwähnt, mehr weiß ich nicht. Der Trubel auf dem Markt machte das Telefonieren auch schwierig.«

»Um welche Sportart ging es?«

»Keine Ahnung.«

»Leichtathletik? Boxen?«

»Er hat sich nicht dazu geäußert.«

»Pferdesport?«

Allmählich reichte es Mücke: »Wir können nun alle olympischen Disziplinen aufzählen, es bleibt dabei, dass er nichts Weiteres gesagt hatte.«

»Hätten Sie ein Wasser für mich?«, jetzt war auch Frau Böll ihrem Kollegen in die Küche gefolgt.

»Klar. Nun sagen Sie schon: Was ist mit Eddy? Sie kommen doch nicht, wenn nichts passiert wäre?« Während er fragte, reichte er Sarah Böll ein leeres Glas. Andreas schüttete ihr und anschließend sich Wasser ein.

»Herr Sawatzki ist gestern Abend zwischen 18 und 19 Uhr auf dem Hennesweg erschossen worden, und zwar in diesem engen Bereich, wo kein Auto durchkommt.«

»Das ist nicht wahr.« Andy schaute an den Kripobeamten vorbei ins Finstere der Diele. Mit allem hatte er gerechnet, aber nicht damit.

»Doch.«

»Puh, das ist ein Ding.« Mücke machte eine Pause, in der er den Blick zu Kleinelsen lenkte. »Hennesweg? Da hatte er damals gewohnt, nachdem er zu Hause ausgezogen war.«

»Er hatte auch in der Nähe des Tatorts geparkt. Erst gegen 20:40 Uhr wurde Paul-Eduard Sawatzki von einem Anwohner gefunden; sein Hund muss verrückt gespielt haben.«

»Erschossen, sagten Sie?«

»Mit drei Schüssen, einer davon traf ihn mitten ins Herz«, erläuterte Freddy Kleinelsen. »Er ist noch einige Meter die Böschung hinuntergerutscht.«

»Scheiße!«

»Kann man wohl sagen.« Die junge Polizistin beobachtete ihn argwöhnisch.

»Nach Einbruch der Dunkelheit ist da nichts mehr los«, resümierte Andreas, der es eigentlich gar nicht so genau wusste. Den kürzesten Fußweg zwischen Schwimmbad und seiner Wohnung in der Ashfordstraße benutzte er maximal dreimal pro Jahr, seinen Kindern hatte er die Abkürzung im Dunkeln verboten.

»Sie wissen, dass wir das immer fragen: Wo waren Sie zur Tatzeit?«

Mücke nahm am Küchentisch Platz und erzählte den Beamten seine komplette Geschichte mit Sawatzki. Den damaligen Hass auf ihn, die unbeschreibliche Verachtung ließ er nicht unerwähnt. Er gab zu, dass es Zeiten gegeben hatte, wo er dem Schuft solch ein Ende gönnte. Genau genommen hatte er noch ganz andere Racheszenarien im Kopf gehabt. Andreas sprach auch von den lästigen Zweifeln der letzten Tage, dass er in der einen Stunde vorhatte, die Verabredung einzuhalten, in der nächsten dann wieder nicht. Dass er schwankte zwischen Neugier, Unnachgiebigkeit und Nachsicht, und wie sehr ihn dieses Hin und Her selbst geärgert hatte. Letztendlich sei er froh gewesen, Eddy gestern nicht in der *Wolfsschlucht* getroffen zu haben.

»Dann ahnen Sie sicher auch nicht, wer ein Motiv gehabt haben könnte, ihn umzubringen?«

»Sie wissen doch, was Sawatzki beruflich gemacht hat«, sagte Mücke nachdenklich. »Da kann sich einiges zusammenbrauen.«

Beide nickten. Ihnen war klar, dass der oder die Täter entweder die Aufdeckung eines möglichen Skandals mit aller Gewalt verhindern wollten oder sie sich im Nachhinein für etwas rächten. Kleinelsen und Böll tauschten einen missgelaunten Blick, der besagte, dass nun eine Menge Arbeit auf sie zukäme, gegebenenfalls mehr, als ihnen lieb war. Die Hoffnung, durch

Mücke auf die Schnelle einen Tatverdächtigen präsentiert zu bekommen oder mit ihm gar einen zu haben, konnten sie begraben.

»Bestellen Sie Ihrer Chefin bitte einen schönen Gruß von mir«, sagte Mücke zum Abschied.

»Thea lässt Sie ebenfalls grüßen, beinahe hätte ich das vergessen«, entschuldigte sich Kleinelsen. »Danke für den Kaffee.«

»Ich habe gelesen, sie ist bei euch aufgestiegen ...«

»Seit Oktober ist sie EKHK«, meinte Freddy Kleinelsen mit einem Gesichtsausdruck, der zu verstehen gab, dass er das auch gern geworden wäre. Mücke hasste solche Abkürzungen, andererseits schrie die Bezeichnung Erste Kriminalhauptkommissarin nicht gerade danach, dauernd ausgesprochen zu werden.

»Sie können sich übrigens etwas darauf einbilden, dass Sie meines Wissens der einzige Detektiv sind, auf den Frau Oleknavicius nichts kommen lässt.« Sarah Böll war tatsächlich in der Lage, in längeren Sätzen zu reden.

Nach dem Schließen der Tür verschwand das Grinsen aus Mückes Gesicht – dazu war einfach zu viel passiert.

4.

Der Abstecher nach Kuchenheim vier Tage später war nicht umsonst gewesen: Mücke fand immer mehr Gefallen an der Nordmanntanne, die er gestern Morgen beim Weihnachtsbaumverkauf der Nordeifelwerkstätten ausgesucht hatte. Jessica und vor allem seine Kinder Anna und Julian aus erster und zweiter Ehe würden zufrieden sein. Dann hatte sich wenigstens die Mühe gelohnt, die darin gipfelte, dass ihm die Windböen auf dem Parkplatz den eisigen Regen ins Gesicht geschlagen hatten. Eine Woche vor Heiligabend, so früh hatte noch nie ein Tannenbaum bei ihm gestanden. Das war nicht unbedingt sein Verdienst, vielmehr hatte Andreas dem Quengeln der Kinder nachgegeben. Dass Jessica sie darin unterstützt hatte, fand er schon etwas merkwürdig. Im September hatte sie noch beanstandet, dass in den Geschäften fast übergangslos die Weihnachtsdekorationen der Sommermode folgten. An diesem unchristlichen Kaufrausch würde sie sich nicht länger beteiligen, weder jetzt noch im Dezember. Aber vielleicht legte seine Freundin bei den Kindern andere Maßstäbe an, so wie er es auch meistens tat. Ob diese Rücksichtnahme bei Anna noch angebracht war, bezweifelte er, wo sie im Vormonat 17 geworden war und durchaus zu allen Dingen eine eigene Meinung hatte.

Jedenfalls, wäre es nach ihm gegangen, hätten sie in diesem Jahr auf den Baum verzichtet. Eigentlich lohnte sich die Anschaffung gar nicht, weil er schon am ersten Weihnachtstag mit Jess und Anna für acht Tage nach Korfu fliegen würde, wo Jessicas Vater seit einem Jahr eine kleine Familienpension betrieb. Bei seinem letzten Renovierungsbesuch Anfang November hatte ihm Werner verraten, dass das erste Jahr nicht so verlaufen war, wie er sich das vorgestellt hatte. Die Einnahmen seien überschaubar gewesen, hatte er geklagt. Die Überschaubarkeit galt allerdings auch für den Komfort des Hauses und der Gästezimmer, doch davon hatte Werner nichts hören wollen. Das war kein Thema für ihn, von Anfang an nicht, da war er stur wie kein Zweiter. Andreas hatte nach dieser Woche endgültig das Gefühl gehabt, dass der Erklärbär, wie Jessica ihn nannte, mit seinen Ansichten im Jahr 1980 stehen geblieben war. Das mochte sein gutes Recht sein, doch ließ es sich kaum auf die heutigen Urlauber mit ihren Ansprüchen übertragen. Ihn davon zu überzeugen, war ein aussichtsloses Unterfangen.

Anna kam pünktlich und packte sofort den mitgebrachten Christstollen vom Discounter aus. Außerdem hatte sie selbst gebackene Koulourakia dabei, ein griechisches Vorweihnachtsgebäck. Anna spottete, dass das wohl weltweit die ersten Koulourakia wären, die zu 50 Prozent aus irischer Kräuterbutter bestünden, damit sie nicht so süß seien. Mücke grinste und sprach beim Probieren von echten Unikaten. Auch an die aussortierten hellen Socken für Jessicas Klasse hatte Anna gedacht, weshalb er sie vorhin noch angerufen hatte.

Jess müsste ebenfalls bald aufschlagen – wegen des ungeschmückten Baums hatte er ihre Wohnung unmittelbar nach dem Frühstück verlassen und sich hier an die Arbeit begeben. Fehlte also nur noch der Tee; um den würde sich Andreas gleich kümmern.

»Ich sehe gerade«, Anna schaute vom iPad hoch, »die Bonner haben vorhin den Rothenbach gefeuert.«

»Nach der erneuten Heimpleite gestern kommt das wohl nicht überraschend; die Trainer-Diskussion war ja seit Wochen im Gange.«

»Na und? Immerhin sind sie mit ihm vor eineinhalb Jahren aufgestiegen und die erste Saison war megaordentlich.«

»Zuletzt hat er nur noch in Flensburg regelmäßig gepunktet.«

»Trotzdem, ich weiß nicht ... Letzten Sonntag haben sie in Berlin schließlich gewonnen.«

»Kind, du weißt doch, wie das Geschäft läuft«, er betrachtete seine Tochter, die in ihrer schwarzen Jeans und dem hellblauen Pulli zwar unspektakulär aussah, aber dennoch hinreißend. Vielleicht ein wenig blass.

»Nenn mich nicht immer Kind!«

»Das ist ja schon besser geworden! Bleibt es dabei: Du gehst nachher nicht mit ins Theater?«

»Wie ich am Telefon sagte, fahre ich um sechs mit dem Bus zurück.«

»Freust du dich schon auf Korfu?«, fragte er etwas später, nachdem er den Wasserkocher angestellt hatte und voll beladen aus der Küche zurückkam. Andreas verteilte das Geschirr und Besteck.

»Ist bestimmt cool, über Weihnachten in Griechenland zu sein. Kann man da noch ins Meer?«

»Letzten Monat ging es noch, aber schon da war es kein Vergleich mit dem Sommer. Stell dir 15 Grad vor, etwas Wind, und entscheide, ob du draußen schwimmen willst, auch wenn das Wasser einen Tick wärmer ist.«

»Vermutlich nicht.« Anna sprach mehr zu ihrem iPad als zu ihrem Vater.

»Vergiss nicht, eine Regenjacke einzupacken.«

»Danke, dass du mich auch noch daran erinnerst! Mama tut die ganze Zeit schon so, als fahre ich an den Südpol.«

Mücke zuckte mit den Schultern, er kannte die übertrieben fürsorgliche Art von Agnes, seiner ersten Frau. »Wusstest du, dass es am Südpol kälter ist als am Nordpol? Das liegt an ...«

Anna unterbrach ihn: »Ich glaub es nicht!«

»Was ist denn los?«

»Rate mal, wer neuer Trainer der Blue Stars wird!«

»Keine Ahnung! Korkut? Schubert? Breitenreiter?«

»Das ginge ja noch. Die holen tatsächlich den Hippeli aus der Schweiz, jetzt drehen die vollkommen am Rad. Mir soll's egal sein!«

»Den kenne ich nicht.«

»Dann belass es dabei! Es lohnt nicht, sich den Namen Jörg Hippeli zu merken. Länger als ein halbes Jahr hält es kein Verein mit dem aus. Da hätten die auch gleich dich nehmen können!«

»Ob du es glaubst oder nicht, ich kenne den Manager der Blue Stars.«

»Echt? Den Trenkler? Das sagst du erst jetzt?«

»Jessica hat mit ihm zusammen in Köln studiert. Vor zehn Tagen sind wir uns hier auf dem Weihnachtsmarkt begegnet. Frank Trenkler war auf dem Weg zu diesem griechischen Spieler, der hier wohnt.«

»Spyros Lidakis! Gut, dass die Gladbacher bei den Verhandlungen früh ausgestiegen sind – zig Millionen für einen Blinden, das hätte wieder zu uns gepasst.«

Helena Siakavara bewohnte im Münstereifeler Stadtteil Eicherscheid eine kleine Wohnung mit gemütlichen Dachschrägen. Sie arbeitete seit ihrer Scheidung als Kellnerin in einem Euskirchener Restaurant und verdiente sich tagsüber, sofern es möglich war, als Sprachlehrerin etwas hinzu. Nach über zwölf Ehejahren hatte sie auch wieder ihren Mädchennamen angenommen. Sie hatte ihre Einkünfte und genoss die Unabhängigkeit. Über den Anruf von Andreas Mücke freute sie sich noch immer. Sie fand es supernett, dass er sie nachher extra mit dem Auto abholen wollte. Gerne würde sie Jessica und Andreas an ihrem freien Tag ins Theater begleiten – was für eine Frage, wo sie doch neben der Arbeit sonst so selten hier rauskam! Die beiden waren seit einem Jahr ihre Schüler. Sie wollten jeden Donnerstag die Grundlagen der griechischen Sprache erlernen und zahlten jeder 20 Euro für die Doppelstunde. Nun ja, es gab talentiertere Schüler, aber darauf allein kam es nicht an.

Dass Spyros im Juni nach Münstereifel gezogen war, hatte sich als weiterer Glücksfall erwiesen. Sein Manager oder Berater zahlte die täglichen Deutschstunden für Lidakis pünktlich zum Monatsanfang. Die von ihr erhofften 450 Euro hatte er gleich im ersten Monat auf 750 aufgerundet und es dabei belassen. Sogar um ihre Steuern wollte er sich kümmern; sie wusste nicht, wie er das machte, vielleicht ist das für Manager oder Niederländer anders geregelt. Dafür forderte van Meegen aber auch ihre absolute Verschwiegenheit, das hatte sie ihm hoch und heilig versprechen müssen. Sie wusste, dass Spyros ein Fußballstar ist, hatte jedoch wie vereinbart nirgendwo ein Sterbenswörtchen darüber verloren, dass sie seine Deutschlehrerin ist. Auch wenn es ihr manchmal schwerfiel: Nicht einmal ihre Schwester in Ouranoupoli wusste, wie gut sie den berühmten Fußballer kannte, für den sie gelegentlich sogar kochte. Eher würde sie sich die Zunge abbeißen, als ihr Ehrenwort zu brechen.

Sich in Eicherscheid auszukennen ist nicht allzu schwierig. Arie van Meegen parkte wie vor einem halben Jahr seinen weißen 7er BMW vor dem Vierfamilienhaus in der Kohlstraße. An der Haustür hing ein Kranz aus Tannengrün, der vom Wind leicht hin und her bewegt wurde.

Würde es nicht wie bekloppt regnen, wäre er dick eingemummt die drei Kilometer von Bad Münstereifel gelaufen. So nahm er in Kauf, dass man sich eventuell an ihn erinnerte, denn schließlich war er kein Unbekannter im Fußballgeschäft. Er, der unseriöse Scharlatan, der skrupellose Menschenhändler. In letzter Zeit hatte er es von allen Seiten auf die Fresse bekommen – teilweise hatte er es seiner großen Klappe zu verdanken, doch überwiegend war Neid im Spiel gewesen. Neid aus der Szene, damit konnte er umgehen, das spornte ihn an, erregte ihn. Aber er musste aufpassen, durfte sich keine Blöße geben. Arie van Meegen ließ den Motor wieder an und fuhr weiter zum großen Parkplatz des chinesisch-mongolischen Restaurants. Beim letzten Mal hatte er dort mit Lea lange gesessen, interessante Gespräche geführt und einiges getrunken, bevor er sie nach Hause gebracht und sich mit ihr für die Woche drauf verabredet hatte. Der Restaurantbesuch war eine spontane Idee gewesen, die er seinem knurrenden Magen zu verdanken hatte. Dabei war er gar nicht darauf aus gewesen, mit der zufällig da gewesenen Freundin von Helena Siakavara anzubändeln. Lea hatte wie die Griechischlehrerin etwas Südländisches an sich – das hatte ihn noch nie angemacht, und nach den schrecklichen Tagen auf Korfu erst recht nicht. Arie schmunzelte: Mit diesem Abend hatte sich vieles geändert, auch wenn noch drei Monate vergehen mussten, bis man von einer Beziehung sprechen konnte. Das hatte nur an ihm gelegen, denn nach diesem Schock war er lange mit sich selbst und den Konsequenzen beschäftigt gewesen.

5.

Anna stellte ihren leer gegessenen Teller auf dem Heizkörper ab. Beim Anziehen des Daunenparkas fragte sie Jessica, was sie überhaupt mit den alten Socken wolle, ob sie die tatsächlich für die Grundschule bräuchte.

»Wenn du magst, bekommst du einen«, Jess trank einen Schluck und behielt die Tasse in der Hand. »Aus jeder Socke mache ich einen Knuddel-Elch für meine Kinder. Hoffentlich habe ich mir nicht zu viel vorgenommen – na ja, ein paar Abende bleiben mir ja noch bis zu den Ferien, und die ersten fünf sind bereits fertig.«

»Und womit stopfst du sie aus? Oder ist das ein Geheimnis?«

»Quatsch, es gibt keine Geheimnisse. Mit Bastelwatte – Strumpf oder Socke werden dann anschließend hinten zusammengebunden. Mit Filzstiften und weißem Modellierfilz erledige ich den Rest.«

»Hm.«

»Ich bring dir einen Elch mit, damit du siehst, was ich meine.«

»Cool! Hat dein Vater in Griechenland eigentlich Haustiere?«

»Er hat zwei Katzen und letztens hat er sich einen alten Esel zugelegt.«

»Was? Wann?« Man konnte die Fragezeichen förmlich sehen – die Neuigkeit hatte sich noch nicht bis Andreas rumgesprochen.

»Ja, vor zwei Wochen für 220 Euro. Er hat es mir gestern am Telefon erzählt.«

»Wozu in Gottes Namen braucht er einen Esel?«

»Er meinte, die Griechen finden es ganz fantastisch, wenn Ausländer ihre Gewohnheiten übernehmen. Wir redeten schließlich in Deutschland auch ständig von Integration.«

»Okay, aber sich deshalb gleich einen Esel zuzulegen.« Andreas' Miene erhellte sich zu einem Grinsen: »Ich sehe ihn schon auf dem Tier sitzen, mit einer Bouzouki im Arm ...«

»Hör auf«, protestierte Jess.

»Was hast du gegen den Esel? Ich finde, das ist eine gute Idee«, meinte Anna. »Ich muss jetzt aber los, darf ich mir einen Schirm ausleihen?«

»Nimm den mit dem grünen Griff, das olle Ding gefällt mir eh nicht mehr.«

Seine Tochter warf ihm beim Hinausgehen einen düsteren Blick zu. Jessica musterte ihn ebenfalls skeptisch. Hielt sie ihn etwa für einen Egoisten? Andy zuckte mit den Schultern: »Was denn? Du glaubst doch nicht im Ernst, dass ich jemals auch nur einen Schirm wiedergesehen hätte.«

»So sind sie halt, die Kids.« Wieder trank sie einen kleinen Schluck und überlegte. »Waren wir damals anders?«, fragte sie schließlich.

Er grinste: »Natürlich nicht, aber für uns hat es nicht so viel Verständnis gegeben.«

»Ach, das bildest du dir ein.«

»Ja, nee, ist klar.« Andreas näherte sich ihrem Mund: »Suchst du etwa Streit?«

»Nicht, wenn du mir einen Mojito anbietest.«

»Im Winter?«

»Na und – mir ist danach!«

»Schwanger bist du aber nicht, oder?«

»Dann würde ich sicherlich keinen Alkohol trinken!«

Sein Grinsen wurde breiter: »Neulich sagtest du, Alkohol sei die Erotik der alten Leute, deshalb hatte ich an etwas anderes gedacht«, er spielte mit ihrem Ohrläppchen. »Vielleicht bin ich der wahre Knuddel-Elch – hast du darüber schon einmal nachgedacht?«

»Nach dem Theaterstück haben wir noch genug Zeit. In einer Stunde wollen wir außerdem bei Helena sein, schon vergessen?«

»In 80 Minuten!«

Jess deutete mit dem Kopf zur Zeitung, die auf dem Würfelhocker lag: »Hast du den Artikel über Lidakis gelesen?«

Herrje, sie verstand es wirklich, vom Thema abzulenken. »Welchen denn?«

»Hier auf der drittletzten Seite!« Sie reichte ihm das Blatt.

Andy schnappte sich die Lesebrille: *Griechisches Sparpaket: Lidakis geradezu vorbildlich! Die ehemalige Lebensgefährtin des Bonner Stürmers Spyros Lidakis (24) hat kurz vor ihrem schrecklichen Unfalltod einer Freundin gegenüber das Herz ausgeschüttet. Demnach geizt Lidakis derzeit nicht nur mit Toren, sondern vor allem mit dem Geld. Die EU hätte an solchen Griechen wahrlich ihre helle Freude, doch Nicole B. (25) fand es gar nicht lustig, dass ausgerechnet ihr Spyros sein privates »Sparpaket« geschnürt hatte und sie ihren Anteil zum Lebensunterhalt selbst beisteuern musste. Da rede noch jemand von der verwöhnten Spielerfrau!*

Bereits beim Einrichten der Wohnung in Bad Münstereifel kam es zum Streit, weil Nicole B. im Sommer 250 Euro für Töpfe und Pfannen ausgegeben hatte. Nach Ansicht des Stürmers seien ein Topf und eine Pfanne für den Haushalt ausreichend. Mehr brauche er nicht, weil: Spyros grillt! Vielleicht hat er es damit zuletzt auf seiner Dachterrasse übertrieben – die Torflaute lässt es vermuten. Ausgewogene Ernährung sieht nach Ansicht der Sportmedizinerin Dr. B. Wißkirchen anders aus. BSB-Manager F. Trenkler (42) zu den Vorwürfen: »Wir werden mit Spyros darüber reden müssen!« Das sollten die Bonner schleunigst tun, wollen sie den Klassenerhalt noch erreichen!

Das konnte selbst die Riesenschachtel mitgebrachter Pralinés aus Brügge nicht wettmachen: Für Helena brach eine Welt zusammen, als sie von Arie van Meegen darüber belehrt wurde, dass der Deutschunterricht für Spyros auf der Stelle beendet werden musste. Sie kämpfte vergeblich damit, die aufkommenden Tränen zu unterdrücken. Dass das ausgerechnet nun passierte, wo sie gerade für 2.000 Euro die schwarz-blaue Sofagarnitur aus Echtleder bestellt hatte! Warum nur spielte ihr das Schicksal diesen üblen Streich? Hatte sie sich nicht die allergrößte Mühe mit Spyros gegeben? Seine Fortschritte waren unübersehbar. Das hatte selbst seine Freundin zugegeben, kurz bevor sie ihn verlassen hatte. Es würde für Spyros nicht einfach sein, jetzt auch noch von ihr getrennt zu werden. Sie war für ihn doch viel mehr als eine bloße Sprachlehrerin – seine »deutsche Mama« hatte er sie genannt, was für ein wunderschönes Kompliment!

Arie van Meegen wollte davon nichts hören: »Das lassen Sie meine Sorge sein! Spyros steckt in einer sportlichen Krise, da muss er raus. Sein Deutsch ist gut genug – er muss hier Tore schießen, nicht reden.«

»Der arme Junge!«

»Durch mich ist der arme Junge zum Millionär geworden,

kein Grund, zu jammern. Sie hätten ihn sehen sollen, als er noch in der Walachei gekickt hat. Da war er arm dran, nicht hier!«

»Trotzdem.« Mehr sagte sie nicht, aber van Meegen spürte, dass sie enttäuscht und sauer war. Die hatte mehr als zwei Schrauben locker, das hatte ihm gerade noch gefehlt.

Er nahm seine Brille mit den runden, randlosen Gläsern ab und überlegte beim Reinigen, wie er mit der lästigen Deutsch-Griechin verfahren solle. Sie habe nachher eine Verabredung, wird abgeholt, hatte sie gesagt. Man darf ihr nichts ansehen, deshalb ist eine diplomatische Lösung sicherlich die beste. Bislang hatte sie sich auch an alle Vereinbarungen gehalten, das musste er ihr lassen.

Seine Gesichtszüge entspannten sich und verrieten so etwas wie Mitgefühl.

»Ich mache Ihnen einen Vorschlag, gute Frau. Wir machen es so wie im Profigeschäft«, van Meegen lächelte freundschaftlich und begann, im Kopf zu überschlagen. »Ich verlängere Ihren Vertrag bis Juni. Sie bekommen weiterhin Ihr Gehalt unter der Bedingung, dass Sie Spyros nicht mehr sehen. Keine Sorge, ich richte ihm zum Abschied Ihre Grüße aus! Einverstanden?« Van Meegen verstaute das Reinigungstuch in der linken Hosentasche und setzte die Brille wieder auf.

»Gut.« Helena schluckte kurz und strich ihren Rock glatt. Was konnte sie schon groß sagen, wo sie keine Alternative hatte? »Also, ich bin einverstanden«, sagte sie gleichermaßen stockend wie emotionslos. Wenigstens brauchte sie sich keine Sorgen um die Bezahlung der Sofagarnitur zu machen, und übrig blieb anschließend auch noch eine Menge. Er hatte ihr ein großzügiges Angebot gemacht, ein Profi eben!

»Und es bleibt selbstverständlich dabei, dass Sie keinem etwas über Lidakis erzählen. Es geht um seine Karriere, nur darum geht es!«

»Natürlich, ich habe doch bisher meinen Mund gehalten.«

»Das weiß ich, deshalb zahle ich Ihr Gehalt auch weiter. Es soll nicht Ihr Schaden sein! Eine Bitte: Sollten Sie Gerede über Spyros hören oder Ihnen sonst etwas auffallen, was kurios ist, dann informieren Sie mich. Machen Sie das?«

Sie nickte entschlossen: »Das mache ich!«

»Eine Frage noch, Frau Siakavara. So unter uns, und mal ganz im Vertrauen: Was war Ihr Eindruck von Nicole Baumann?«

Das Thema war ihr unangenehm, darüber wollte sie gar nicht nachdenken. »Also«, seufzte sie nach einer Weile, »man soll über Tote ja nichts Schlechtes sagen.«

»Och«, van Meegens Mimik verriet, dass er damit keine Probleme hatte, dass sie sich keinen Zwang antun solle. »Wir sind unter uns«, sagte er verständnisvoll.

»Also«, begann sie erneut, »geliebt hat sie ihn nicht. Sie dachte nur an sich, das habe ich sofort gesehen.«

Van Meegen straffte seine Schultern. »Schauen Sie, das war exakt mein Eindruck – es geht nichts über echte Lebenserfahrung, da lassen sich Menschen wie wir nicht leuchten.«

»Blenden«, korrigierte Helena ihn. Ihre Miene lockerte sich. »Die Deutschen sagen: Da lassen wir uns nicht blenden.«

»Richtig! Blenden! Ich sollte statt Spyros bei Ihnen Unterricht nehmen«, lachte er, bevor er wieder nachdenklich wurde. »Ich sage es nicht gern, wirklich nicht, aber vielleicht war es für Spyros sogar gut, dass Nicole gegangen ist. Den schrecklichen Tod wünschte ihr keiner.«

»Um Gottes willen, wo denken Sie hin ...«

»Das Leben ist manchmal grausam«, van Meegen schickte einen betrübten Blick zum Himmel, »leider.«

Es fehlte nicht viel bis Mitternacht, als Jess und Andreas seine Wohnung betraten. Sie hatten mit Helena und einer früheren Kollegin von Andy, die er im *Theater 1* getroffen hatte, den langen Abend im *Café T* beendet. Nach Schilderung dieser Kollegin musste die Druckerei seines ehemaligen Schwiegervaters kurz vor dem Aus stehen. Das stimmte definitiv nicht, anscheinend waren die wildesten Gerüchte in Umlauf. Er konnte Barbara beruhigen, denn von seiner Exfrau Paula wusste Andreas aus erster Hand, dass zwar Umstrukturierungen und einige Entlassungen geplant seien, der Karren aber keineswegs gegen die Wand gefahren werde. Barbara fühlte sich dermaßen erleichtert, dass sie um Viertel vor elf noch eine Flasche Grauburgunder geordert hatte.

»Du musst jetzt schlafen«, sagte Mücke, als er aus dem Bad kam.

»Ich weiß. Helena fand ich etwas merkwürdig, du nicht?«

»Wir kennen sie noch nicht so gut, wieso merkwürdig?«

Jessica kratzte sich am Kinn: »In der Theaterpause habe ich sie doch gefragt, ob sie den Lidakis kennt, hätte ja sein können, so als berühmter Landsmann. Ist dir nicht aufgefallen, wie sie reagiert hatte?«

»Das war nicht zu übersehen. Zuerst sagte sie, dass sie ihn nicht kennt ...«

»... und als ich ihr erklärte, wer das ist, meinte sie kurz und schnippisch: Kein Kommentar!«

»Als wäre sie beleidigt – seltsam war das schon«, stimmte Andy ihr zu.

»Und dieser Gesichtsausdruck dabei – normal war das nicht.«

»Wer weiß, wir haben sie privat erst wenige Male erlebt.«

»Uns soll es egal sein, schlaf gut!«

»Du auch!«

»Er gefällt mir übrigens«, Jess schmiegte sich an ihn.

»Wer gefällt dir?«

»Der Tannenbaum, den hast du toll hingekriegt. Heiligabend kann kommen!«

Andreas schmunzelte. Wenigstens Jessica hatte den Baum bemerkt.

6.

Arie van Meegen bezahlte die Ferienwohnung auf der Kölner Straße für fünf Monate im Voraus. Den Vermieter mit dem lustigen Namen hatte er auf 1.900 Euro gedrückt, selbst diese Summe erschien ihm für eine einfache, vermuffte Kaschemme zu hoch. Allein diese ekelhafte Ledersitzecke! Abgeschabt und durchgesessen wie sie war, hätte sie auf jedem Flohmarkt vergeblich auf einen Interessenten gewartet. Doch für Wim war diese Bleibe allemal gut genug. Wenn er es komfortabler wollte, konnte er sich selbst drum kümmern, schließlich hatte er die nächsten Monate ein regelmäßiges Einkommen – höchstwahrscheinlich zum ersten Mal in seinem Leben. Wim war ein Verwandter von Arie. Der Cousin aus Venlo gehörte zu jenen Spezies, die immer etwas günstig und originalverpackt im Angebot hatten. Mal waren es Digitalkameras, mal Designer-Uhren, Stereoanlagen oder Laptops, so genau hatte ihn das mit Ausnahme der GPS-Tracker nie interessiert. Jedenfalls hatten Türen und Fenster Wim noch nie lange aufhalten können, auch sonst gab es kaum Dinge, vor denen er Angst hatte. Van Meegen hätte lieber jemand anderen genommen, aber nachdem er kurzfristig keinen gefunden hatte, redete er sich ein, dass Wim und Spyros miteinander klarkamen.

»Und wie machen wir das mit der Kurtaxe?«, fragte Gerd Hühnerbein, der sich kleidungstechnisch der Schmuddeligkeit der Ferienwohnung angepasst hatte.

Van Meegen betrachtete seine glänzenden Schuhspitzen und spürte Wut in sich aufsteigen. »Krijg de pokken, da machen wir gar nichts!« Eine Frechheit, in diesem Mief von Kur zu sprechen. »Lass dir was einfallen«, knurrte der Holländer weiter, der nun endgültig zum Du übergegangen war.

»Ich dachte nur«, näselte der Vermieter ergeben und etwas verstört. »Es ist nämlich so, verstehen Sie mich nicht falsch, dass wir von der ...«

»Blabla, nerv mich nicht – regel das mit Wim.« Den letzten Teil hätte Arie van Meegen besser weggelassen, denn er hatte seinem Cousin jede Art von krummen Geschäften in Bad Münstereifel untersagt. Bei der geringsten Kleinigkeit, hatte er ihm gedroht, würden die wöchentlichen Überweisungen sofort eingestellt. Trotz allem war er zuversichtlich; Wim hatte durchaus seine guten Seiten.

Der Wind war eisiger und schneidender geworden. Wenigstens hatte sich van Meegens Frust vom Morgen verflüchtigt, als er bei *Transfermarkt.de* lesen musste, dass der Marktwert bei zwei von ihm betreuten Talenten unter 100.000 Euro gesunken war. Sein Stürmer von Preußen Münster war zudem von 400.000 Euro auf 320.000 gefallen, der Hattrick vom September war scheinbar vergessen. Nach van Meegens Meinung setzte diese Plattform die Werte viel zu niedrig an, aber mit denen war nicht zu reden. Das hatten schon namhaftere als er versucht, natürlich mit allen möglichen erlaubten und unerlaubten Mitteln. Am besten stand man sich gut mit denen, manchmal waren sie für das ein oder andere Gerücht empfänglich, vor allem wenn man sie von Zeit zu Zeit mit Exklusivmeldungen versorgte. Arie van Meegen hatte sie über den Wechsel von Spyros zu den Blue Stars Bonn informiert, noch bevor diese den Vertrag unterzeichnet hatten.

»Verdomme!«, schrie er, als er den Kreisverkehr vor der Umgehungsstraße erreichte. War er denn nur von Bekloppten umgeben? Van Meegen war auf 180, als er im Autoradio hörte, dass Spyros eine Anzeige wegen Körperverletzung drohte. Er kam sich vor wie im Kindergarten – wenn das so weiterging, war er bald selbst reif für die Klapse. Wie es hieß, muss Spyros einem Bonner Fan in Rheinbach nach dem letzten Spiel massiv an den Kragen gegangen sein. In dem Restaurant sei dabei eine Toilettentür aus der Verankerung gerissen worden, nachdem er die Person unbeherrscht von sich geschubst hätte. Anlass sei nach Zeugenaussagen die Aufforderung des Fans an Lidakis gewesen: »Mach, dat de fott küss!« Nicht klar war, ob der Stürmer den Verein, das Land oder nur das Lokal verlassen sollte. Van Meegen fingerte im Handschuhfach nach der Zigarettenschachtel und stellte fest, dass sie leer war. Er zerdrückte die Packung, bevor er sie zornig auf den Beifahrersitz schmiss. Sein Schützling konnte sich gleich auf was gefasst machen!

»Hoi, was höre ich da für eine Scheiße? Kannst du dein Temperament nicht auf dem Platz austoben? Hat Lidakis nach dem Abpfiff noch unverbrauchte Reserven?«, polterte der Spielerberater mit ungehaltener Stimme gleich los, kaum dass er die Wohnung betreten hatte.

Spyros verging das Begrüßungslächeln, doch seine Miene zeigte keinerlei Schuldbewusstsein: »Mann, das war ein Rassistenschwein!«

»In einem griechischen Restaurant? Ist klar, mein Junge. Und selbst wenn – du bist der Profi, dich juckt es nicht, wenn der Hund den Mond anbellt!« Van Meegen machte eine wegwerfende Handbewegung.

»Passiert ist passiert.«

»Du machst es dir einfach! Passiert ist passiert«, äffte er ihn nach und fuchtelte wild mit den Armen. »Die Bundesliga ist die Beletage des europäischen Fußballs! Was habe ich vor der Saison gepredigt? Was habe ich dir gesagt, immer wieder?«

»Keine Skandale.« Spyros blickte betreten zur Seite.

»Genau, merk dir das! Ich regel das mit der Anzeige und dem Verein. Vielleicht lässt Trenkler mit sich verhandeln ... Schau mich an, wenn ich mit dir rede!«

»Ist ja gut, Mann.«

»Du entschuldigst dich, spendest 20.000 Euro und das Thema ist durch.«

»Was? 20.000 für ein bisschen Wegschubsen? Hätte der Typ nichts getrunken, wäre er nicht gestolpert.« In den Augen des Fußballers flammten Wut und Unverständnis auf.

»Reg dich ab! Bisher hast du eineinhalb Millionen verdient – auch für nichts!«

»Wovon Sie jeden Monat zehn Prozent kassieren.«

»Fünfzehn, so steht's im Vertrag! Dafür hast du noch einen Sportwagen mit Stern vom Verein bekommen. Also bietest du 20.000 an, klar? Und wenn die Blue Stars 40.000 sagen, bezahlst du eben die.«

Spyros machte ein Armesündergesicht, sagte jedoch nichts. Arie van Meegen klopfte ihm auf die Schulter und versuchte ihn und sich damit zu beruhigen. Fehler machten sie alle, auch er, da brauchte Arie nur an die vielen Bußgeldbescheide wegen zu flotten Fahrens zu denken. Allein in den letzten Wochen kamen 350 Euro zusammen, weil sie ihn in Paderborn, Oberhausen und Krefeld geblitzt hatten.

Van Meegen wusste, dass sein Schützling in drei Tagen nach Korfu flog. Nun gut, sollte er sich dort entspannen und mit der Familie Weihnachten feiern, sofern ihm danach zumute war.

Arie hätte ihn lieber in Deutschland behalten, er hätte ihn sogar mit nach Norderney genommen, aber Spyros hatte partout nicht gewollt. Okay, im neuen Jahr sah alles anders aus – zur Rückrunde würde er neu angreifen. An der Robustheit und Einsatzbereitschaft hatte er gearbeitet, das war zuletzt deutlich besser geworden. Und gestern beim 6:1 im Benefizspiel gegen Jeunesse Esch hatte er zwei Tore vorbereitet und eins per Kopf selbst erzielt – klare Anzeichen dafür, dass es aufwärtsging.

In der Zweiten Liga beim VfL Bochum war Spyros auch schwach gestartet und hatte sich am Ende zu einer Granate entwickelt. In Bonn war für den Rest der Saison jede Menge Luft nach oben und somit auch für Bewerbungen in ausländische Ligen. Lukrative Ausleihgeschäfte waren immer drin, theoretisch jetzt schon: Leeds United hatte angefragt, auch Celtic und der FC Brügge waren interessiert. Raus aus Deutschland, das wäre nicht das Schlechteste – und beim Bonner Abstieg, der hoffentlich nicht abzuwenden war, griff die Ausstiegsklausel.

Seine Gedanken hinderten van Meegen nicht daran, das Chaos in der Wohnung wahrzunehmen. Die Wäschestapel wuchsen, Post und Zeitungen lagen auf dem Boden verstreut herum und über die Möbel hatte sich überall eine Staubschicht gelegt.

»Warum nimmst du dir keine Haushaltshilfe?«

»Brauche ich nicht.«

»Das sehe ich!«

»Meine Sache.«

Arie hob beschwichtigend die Hände, anschließend schnitt er das Thema an, weshalb er gekommen war. »Noch etwas, ab

Januar lernst du Niederländisch. Mein Cousin Wim bringt dir in einem Crashkurs das Nötigste bei.«

Lidakis musterte ihn erst misstrauisch, dann senkte er den Blick. »Warum denn das?«

»Überlege mal, eigentlich müsstest du das verstehen … Du bist doch sonst nicht auf den Schädel gefallen.«

»Efcharisto!«

»Dreimal die Woche jeweils eine Doppelstunde, das ist das Minimum. Die Uhrzeit bestimmst du. Wim steht dir hier in Bad Münstereifel zur freien Verfügung, ansonsten hältst du dich von ihm fern, verstanden? Also knie dich rein!«

»Und wenn ich trotzdem nicht will?« Spyros fühlte sich zurechtgewiesen wie einst beim Ziegenhüten, als ihm ein Tier aus der Herde im Hinterland verloren gegangen war.

»Hast du durch mich gutes Geld verdient oder nicht? Also verhalten wir uns professionell!«, befahl van Meegen.

»Lust habe ich keine.«

»Egal. Was meinst du, was ich alles nicht will?« Er blickte Spyros sekundenlang an, gerade so, als wenn er ihn durchleuchten würde. »Wir sehen uns im neuen Jahr – mach keinen Ärger, sonst lass ich dich fallen. Die Kirmes ist schneller zu Ende, als du glaubst – dann bleibt dein Riesenrad stehen.«

»Die Geisterbahn aber auch!«

»Reiß dich zusammen, Junge! Ik zie je!«

»Gia sou«, sagte Spyros mit belegter Stimme. Nachdem die Tür ins Schloss gefallen war, lehnte er sich von innen dagegen.

Als Arie van Meegen in seinem Auto saß, telefonierte er mit Stefanos in Rotterdam, einem griechischen Geschäftspartner, der ihm mehr als einen Gefallen schuldete. Er nannte ihm eine Telefonnummer auf Korfu und bat ihn, der Familie Lidakis in seinem Auftrag die besten Grüße zu Weihnachten und für das kommende Jahr auszurichten. Außerdem sollten sie an das viele Geld denken und ihren Sohn ermutigen, in Bonn durchzuhalten. Mehr musste Stefanos nicht sagen, er sollte keine Fragen stellen, sondern nur das sagen, was er ihm soeben aufgetragen hatte. Ob er ihn verstanden hätte – dann wäre ja alles okay!

Spyros starrte nach draußen, die Trierer Straße war mit einer Schneeschicht bedeckt. Die Fahrbahnmarkierungen ließen sich nicht erkennen, dafür die Reifenspuren der Fahrzeuge. Schnee kannte man auch auf Korfu. Seit drei Jahren besaßen sie zu Hause einen Holzofen, einen sogenannten *Xylosompa*, ein gutes Teil; seitdem mussten sie nicht mehr frieren. Zugegeben, in Deutschland war es kälter, vor allem über einen längeren Zeitraum. Er freute sich, dass die Hinrunde gelaufen war. Morgen gab es noch ein Freundschaftsspiel bei einem Regionalligisten in Köln. Der Hauptsponsor hatte darauf bestanden, wie Trenkler sagte, danach konnte er das erste Halbjahr endlich abhaken. Demnächst musste er nicht nur weiter fußballerisch an sich arbeiten, sondern auch sein Temperament in den Griff bekommen. Früher war er nicht so, das war erst in Deutschland entstanden. Kein Wunder, es war halt viel passiert. Die überflüssige Geldstrafe fuchste ihn. Wie lange musste sein Vater dafür arbeiten – so etwas durfte nicht vorkommen, da stimmte er Arie zu.

Eine Dreiviertelstunde, nachdem van Meegen ihn verlassen hatte, klingelte bei Lidakis das Telefon. Ihm war nicht nach Reden zumute; ohne nachzudenken drückte er dennoch die grüne Taste. Zunächst hörte er nur Geflüster; nachdem er seinen

Namen genannt hatte, wurde es schlagartig laut. Vater, Mutter, die ältere Schwester Maria, der jüngere Bruder Angelos und diverse Verwandte nannten ihn in einem wirren Durcheinander den Helden von Pélekas und beschworen ihn vielstimmig, keine Dummheiten zu machen. Der kleine Reichtum der Familie käme dem ganzen Bergdorf zugute. Man verehre ihn wie einen Heiligen.

»Ach, ihr übertreibt!«

»Und wenn schon?«, rief Maria.

»Also übertreibt ihr, ich hab's gewusst.«

»Nur ein bisschen«, lachte sie.

»Erzähl, was gibt's Neues in Pélekas?«

»Nichts«, meinte Maria.

»Unsinn, es gibt immer etwas Neues!«

»Sag ihm«, rief Angelos, »dass es an der *Zanzibar* nun einen Geldautomaten gibt.«

In all dem flatterhaften Getöse ertönte aus dem Hintergrund laufend ein *Jamas* seiner beiden Onkel, die Abkürzung von *Stin ijiá mas,* was Helena Siakavara wahrscheinlich mit *Auf unsere Gesundheit* übersetzt hätte. Angelos brüllte, dass sie ihn alle am Samstagabend in Kérkyra abholen würden. Alle – und noch einige mehr!

Lidakis kamen die Tränen. Zum einen war er unendlich stolz, zum anderen verspürte er gerade eine riesige Sehnsucht nach seinen Leuten. Vor allem nach Irini und seiner Schwester, mit denen er jede Woche mehrmals skypte oder telefonierte. Er sah beide vor sich. Irini aus dem Nachbardorf mit ihren großen braunen Kulleraugen und den langen schmalen Händen, die er seit acht Jahren kannte. Und Maria, seine Schwester, die er genauso liebte. Ihr hatte er seine geniale Schusstechnik zu verdanken, weil sie am liebsten barfuß lief und er es ihr als Junge hatte gleichtun wollen. Bis heute ließ sich Maria allenfalls zu Flipflops überreden. Irgendwann würde sie in solchen Dingern noch heiraten, hatte Irini ihr prophezeit.

Den neuen Trainer musste er unbedingt davon überzeugen, ihn die Freistöße schießen zu lassen. Das wäre seine Reset-Taste in der Bundesliga.

Er wurde nachdenklich, als ihm der Unfall in den Sinn kam. In Münstereifel hatte er anfangs gar nicht schlafen können – tagelang nicht. Erstaunlich, wie lange ein Mensch ohne Schlaf auskommen kann. Klar, als Spitzensportler geht das trotzdem nicht lange gut. Hauptsache, Maria hat sich gefangen. Sie kann inzwischen wieder scherzen und Witze machen. Ihr Lachen ist von einer so spontanen und herzlichen Art, die es sonst nirgends gibt. Er liebt ihr übermütiges Temperament, mit dem er groß geworden war. Selbst beim ungeliebten Gemüseschnippeln ließ sie sich nichts anmerken, nie. Ihre Fröhlichkeit war immer da, genau wie die Sonne, das Meer oder wie Theodorakis, der Mandolinen- und Gitarrenspieler von gegenüber, dessen richtiger Name ihm entfallen war. Welch ein Reichtum – egal, wenn es zu Hause in Pélekas an Geld gemangelt hatte. Das war höchstens für die Eltern ein Problem gewesen, nicht für die Kinder. Noch drei Tage, er konnte es kaum erwarten.

7.

Das hatte sich Jessica vollkommen anders vorgestellt. Außer dem Thermometer schien in der Baracke ihres Vaters nicht viel zu funktionieren. Das blöde Teil an der Wand zeigte gerade mal 15 Grad an. Die Kälte ließ sie bibbern, mehr noch die Enttäuschung. Konfus wickelte sie einen Teil ihrer Perlenkette um den Zeigefinger. Es reichte ihr, jedes weitere Wort wäre Verschwendung.

Als Andreas vor gut sechs Wochen Korfu verlassen hatte, befand sich Werners Haus in einem deutlich besseren Zustand, als das paradoxerweise nun der Fall war. Beide mussten sich bei der Ankunft in Acharavi schwer zusammenreißen, um sich ihre Sprachlosigkeit nicht anmerken zu lassen. Nur Anna blickte sich neugierig um, sie interessierte sich mehr für den Esel und die vier oder fünf Kätzchen, die auf dem Nachbargrundstück ständig in ein mit einer Plane bedecktes Fischerboot verschwanden, das ihnen als Unterschlupf diente. Rechts und links des Bootes lagerten alte Gummireifen und wucherte das Unkraut.

Jessicas Vater hatte zwar wie vorgesehen mit der Renovierung von vier weiteren Räumen angefangen, war dabei aber dermaßen unsortiert vorgegangen, dass keiner davon benutzt werden konnte. Angesichts der Schuttmassen sowie fehlender Stromanschlüsse und Türen hätte sich auch kein Raum auf die Schnelle herrichten lassen.

Das beste Zimmer des Hauses hatte Werner dagegen am Monatsanfang für unbestimmte Zeit Ahmad überlassen, einem muslimischen Freund und Kettenraucher, dessen eigene

Bleibe im Nachbarort einzustürzen drohte, wie Werner verständnisvoll erklärte. Anscheinend hatten sich da die Richtigen gefunden. Vermutlich wollte er Ahmad deshalb nicht bitten, sein Zimmer mit dem Familienbesuch zu tauschen, wie Jess es gestern nach dem Begrüßungstee in der Küche vorgeschlagen hatte. Abgesehen davon sei es etwas verräuchert und er wisse zu gut, stotterte er mit nach innen gerichtetem Blick, wie unangemessen seine Tochter auf derlei Bagatellen reagierte. Jessica war geladen wie schon lange nicht mehr. Anstatt sich zu entschuldigen und nach einer Lösung zu suchen, begann er, unnötige Seitenhiebe zu verteilen. Am liebsten hätte sie ihm die Saunasteine des mitgebrachten Vitalofens vor die Füße geworfen. Es war sein Glück gewesen, dass er das kleine Geschenk direkt am Kieferntisch ausprobiert hatte und sie sich an den heißen Steinen nur die Hände verbrannt hätte. Andy hatte wohl ihre Gedanken erraten und seine Hand reaktionsschnell auf die ihre gelegt. Sie registrierte seinen mitfühlenden Blick. Das war lieb gemeint, beruhigte sie aber nur unwesentlich.

»Willkommen in der weihnachtlichen Finsternis«, spottete Jessica nach einer Weile. Seine Moussaka würde sie nicht anrühren, keinen einzigen Bissen. Sollte der Erklärbär den Tisch doch selbst decken: Für heute war ihr der Appetit vergangen! Und ihr fehlte die Kraft, sich zu wehren. Wer weiß, wie es morgen aussah. Sie verlangte nach einem großen Ouzo. Der Tag hatte mit dem verspäteten Abflug in Köln denkbar schlecht begonnen und war dabei, sich zu einer echten Katastrophe zu entwickeln. Es war das Beste, ihn bald und leicht benebelt zu beenden. Natürlich war das keine gute Lösung, aber das juckte sie im Moment wenig.

Nach einer unruhigen, schlafarmen Nacht im einzigen noch zur Verfügung stehenden Zimmer war Jessica am Morgen des zweiten Feiertages einem Nervenzusammenbruch nahe, jedenfalls fühlte sich das so an. Ihr und Andreas war klar, dass sie Anna und sich diese Enge und Feuchte nicht eine Woche lang zumuten wollten. Jessica kannte natürlich ihren eigenwilligen Vater, sie hätte ihm dennoch zugetraut, dass er in der Lage gewesen wäre, ihnen eine halbwegs akzeptable Unterkunft zu bieten – schließlich war ihr Besuch seit September angekündigt gewesen. Auf billige Schränke, Stühle und Tische im glanzlosen Ambiente hatte sie sich nach Andys letzten Schilderungen eingestellt, aber das wäre noch der pure Luxus gewesen, verglichen mit dem, was sie jetzt vorgefunden hatte. Ihr Dad hatte es tatsächlich in über einem Jahr zustande gebracht, aus einem ziemlich heruntergekommenen Haus eine Ruine zu machen. Die angeblichen Verbesserungen konnte sich nur ein besserwisserischer Trotzkopf einreden – sichtbar waren sie jedenfalls nicht. Jessica kämpfte mit den Tränen. Auf was hatte sich ihr Vater da nur eingelassen? Merkte er nicht, dass er mit seinen Fähigkeiten und finanziellen Möglichkeiten überfordert war? Doch er ließ sich nichts sagen, wenn sie ihn darauf ansprach. Auch Andreas musste es gestern nach dem Essen versucht haben, fast bis Mitternacht hatten sie zusammengesessen und mehrere Dosen *Fix* und *Mythos* gekillt, während sie auf der engen Couch fror und wach lag. Jess hatte gegrübelt und Anna beneidet, die zwei Stunden nach ihr ins Zimmer gekommen und sofort auf der Luftmatratze eingeschlafen war.

Für Jessicas Vater war das hier alles kein Problem, und wenn doch, dann trugen andere die Schuld: die Vorschriften, das Wetter, die verwöhnten Touristen, und nicht zuletzt die von der Eurozone geschnürten Rettungspakete für Griechenland. So einfach war das. Seine Sturheit war zum Verzweifeln. Glücklicherweise verhielt Anna sich tapfer, als hätte sie sich mit ihrem Schicksal abgefunden. Sie hatte in dem Chaos dem namenlosen Esel sogar einen Namen verpasst: Zausel. Eine hervorragende Wahl, fand Jessica. Sie nahm Anna in den Arm, knuddelte sie einmal kräftig, bevor sie die noch gespeicherte Verbindung zu Tarras in Barbati drückte, einem Vermieter an der Ostküste, bei dem Jess vor knapp eineinhalb Jahren für fünf Wochen eine Ferienwohnung gehabt hatte.

Tarras war nicht da, aber seine Mutter sagte, dass das Appartement bis Ende Januar frei wäre. Das passte wirklich einmal gut! Jess fiel ein Stein vom Herzen. Über den Preis würde man sich schon einig, meinte die alte Frau in holprigem Englisch, die sich an Jessica erinnern konnte und sie wegen ihrer verbesserten Griechisch-Kenntnisse lobte. Wenn Jess sich nicht täuschte, hatte Tarras' Mutter früher als Rektorin in Kérkyra gearbeitet; in ihrer Erinnerung war sie beinahe so breit wie hoch. Mitunter konnte sie ganz schön bestimmend sein, besonders in Gesellschaft. Ihr Mann Theofanis führte das auf ihre Wechseljahre zurück. Dass sie sie seit 20 Jahren hatte, dafür konnte sie ja nichts. In Wahrheit, meinte er, hätte seine Panagiota ein großes Herz.

Bevor sie ihr Gespräch beendeten, sollte Jessica schon das Versprechen abgeben, dass Andreas, Anna und sie mit der Familie am 31. Dezember in das neue Jahr hinein feiern. Sie würden sich wie immer, frohlockte die Griechin, unten in der Bar ihres Sohnes treffen. Jessica zögerte, weil sie ihren Vater nicht noch mehr vor den Kopf stoßen wollte. Oh, der wäre selbstverständlich ebenfalls eingeladen, antwortete Giota. Sie erkundigte sich, wie es ihm ginge, und fragte, ob ihr Vater etwa der verrückte Deutsche aus Acharavi sei.

»Hm, wahrscheinlich meinen Sie den Richtigen.« Jess staunte, dass man ihren Dad im 30 Kilometer entfernten Barbati kannte. Am Ende amüsierte sich bereits die halbe Insel über ihn. »Und wieso ist er verrückt?«, hakte sie nach.

»Ihnen kann ich es ja sagen: Ich wollte nicht ... na ja, er verkauft seinen Geländewagen und legt sich dafür einen Esel zu.«

»Hm.« Im Hintergrund prustete Andreas los, der das mitbekommen hatte und sich einfach nicht mehr beherrschen konnte. Jessica schaute verzweifelt zu ihm rüber, so witzig war das nicht.

»So was macht kein Mensch, wenn er sich ein Auto leisten kann!«, fuhr die alte Griechin fort. »Wir leben nicht mehr in der Zeit des Alexis Sorbas. Da darf er sich nicht wundern, wenn die Leute so reden.«

»Da haben Sie recht! Mein Vater eben, was soll ich machen? Wenigstens hat er sein Moped behalten.«

»Ist er denn glücklich bei uns?«

Jessica überlegte. »Als ich ihn das letzte Mal danach fragte, sagte er, dass er sich das nicht mehr frage, das wäre sein Glück!«

»Passen Sie gut auf ihn auf! Oh, ich muss unbedingt daran denken, die Heizung einzuschalten. Bis später, Frau Jessica.« Genau, auch das war geblieben: Die Mutter des Vermieters sprach den Namen mit französischer Betonung aus; sie hatte als eine der ersten Griechinnen in den frühen Siebzigern in Frankreich studiert. Jess konnte sich dagegen nicht an den Nachnamen der Familie erinnern. Tarras hatte damals gesagt, er sei stolz, wenn sie ihn beim Vornamen nenne, wie alle seine Freunde das täten. Selbst seine Eltern hatten sich nur mit Panagiota und Theofanis vorgestellt und anreden lassen.

Keine Stunde später standen sie in zu dicken Jacken vor dem kleinen Ferienhaus am Fuße des 900 Meter hohen Pantokrators. Bedingt durch große Wurzelstücke neigte sich der Mietwagen in der schmalen Einfahrt zur Seite – das ging nicht anders, wie Jessica sich erinnerte. Durch die Büsche glitzerte das von der Sonne erstrahlte Ionische Meer. Im Toyota waren ihnen auf der Uferstraße 17 Grad angezeigt worden – das Einschalten der Heizung wäre also nicht so wichtig gewesen. Wie verabredet steckte der Schlüssel im Schloss. Bepackt und dennoch erleichtert betraten Jessica, Anna und Andreas das Appartement, in dem sich kaum etwas verändert hatte. Das Plüschsofa war ausgetauscht worden, und die Dusche hatte einen Vorhang bekommen. Jess erinnerte sich, beim letzten Mal das Badezimmer regelmäßig unter Wasser gesetzt zu haben. Über dem Waschbecken standen zwei benutzte, vergessene Zahnbürsten in einem Plastikbecher, beide hatten die gleiche Farbe. Sie grinste, als sie mit Andreas die Küche betrat: Wie damals stand wieder ein Mammut-Glas selbst eingelegter Oliven mit Knoblauch-, Petersilien- und Zitronenstückchen im sonst mit Kochbüchern befüllten Hängeregal, dazwischen noch ein kleineres Glas mit Kumquats, den bekannten bitteren Zwergorangen der Insel. Endlich war Jess mit ihren Empfindungen auf Korfu angekommen, das besänftigte sie.

Eine weitere Erinnerung blitzte auf: Im Widerspruch zu den zahlreichen Kochrezepten bestand der sogenannte Herd weiterhin aus nur einer Elektroplatte. Das glich, wie Anna nach einem Blick in die Liste neben dem Fernseher rief, die Anzahl der TV-Sender im Wohnraum aus. Jessica war es egal, sie wollte möglichst rasch einige Stunden versäumten Schlaf nachholen. Andreas hätte sich das auch vorstellen können, aber Anna flüsterte ihm etwas ins Ohr, was ihn kurz stutzig werden ließ, bevor es ihm dämmerte: *Boxing Day*. Zwei magische Wörter für alle Liebhaber des britischen Fußballs!

»Wie groß ist der Zeitunterschied?«

»Passt schon – wir sind den Engländern hier zwei Stunden voraus!« Anna kannte sich aus.

In diesem Moment klopfte es von draußen. Tarras' Mutter stand mit einem Teller frischer *Melomakaronas* vor der Tür. Ein griechisches Gebäck, erklärte sie den fragenden Gesichtern, das nach dem Backen in Sirup getaucht wird. Danach musste sie erst einmal Frau Jessica ganz fest drücken. Auch Anna musste links und rechts angedeutete Wangenküsse über sich ergehen lassen. Der Holzboden knarrte bei jedem Schritt von Panagiota Gatou.

»Cool«, sagte Anna, als sie sich daraufhin die Plätzchen genauer ansah. Sie nahm zwei in die Hand und verschwand in ihr kleines Zimmer. Nach einigen Minuten kam sie zurück, lobte das Gebäck der Wirtin und erwähnte, dass in einer knappen Stunde Manchester United gegen Burnley angepfiffen würde.

8.

Bald würden sie Vollmond haben. Der große Felsbrocken, auf dem sie sich niedergelassen hatten, bot ausreichend Platz. Sie waren für einige Minuten dem Trubel der Familienfeier entwichen und hatten sich an den Kiesstrand einer kleinen abgelegenen Badebucht begeben. Gegenüber blickten Andreas, Jessica und Anna auf die Lichter der Inselhauptstadt. Zwei im Hafen von Kérkyra liegende Kreuzfahrtschiffe wirkten wie hell erleuchtete Hochhäuser – Jessica kannte den Anblick von ihrem letzten Aufenthalt in Barbati, als sie oft am späten Abend nackt ins Wasser gesprungen war oder sich einfach mit einem Glas Wein hierhin zurückgezogen hatte. Auch in der Hauptsaison wurde die kleine Bucht wenig besucht, was sie als angenehm empfunden hatte.

»Eine Kreuzfahrt würde ich gern einmal machen«, schwärmte Andreas.

»Vor allem, wenn das Meer so ruhig ist wie im Augenblick.« Andy schaute zu seiner Freundin rüber – es schien, als könnte sie sich mit dem Gedanken einer Schiffsreise ebenfalls anfreunden.

»Traumhaft, diese Stille hier«, schwärmte Jess.

»Ihr wisst«, mischte sich Anna ein, »dass so ein Kreuzfahrtschiff die Energie einer kompletten Kleinstadt verbraucht? Also, ich könnte das mit meinem Gewissen nicht vereinbaren.«

Andy seufzte. Das hatte man davon, wenn man seine Kinder zu verantwortlichen Menschen erziehen wollte.

»Na ja«, meinte Jess zu Andreas gewandt, »damit hat sie nicht unrecht.«

»Natürlich hat sie das nicht – man wird ja mal träumen dürfen.«

»Du meinst, wie mein Vater?« Jessicas Hände waren fest um ihre angewinkelten Knie verschränkt.

»Zum Beispiel. Vielleicht kriegt die Kreuzfahrt-Industrie das ökologisch noch in den Griff.«

»Träum weiter, Papa.« Anna konnte einem wirklich alle Illusionen nehmen. »Momentan beruht deren Geschäftsmodell nur auf billig. Das gilt für die Arbeitskräfte und besonders für den Treibstoff, der aus hochgiftigen Ölabfallprodukten besteht.«

»Schon gut«, Andreas wusste, dass er dem nichts entgegenzusetzen hatte.

»Zwar wird es ab 2020 neue Grenzwerte für Schwefel im Treibstoff geben, aber mich würde wundern, wenn denen dazu keine andere Sauerei einfällt.« Annas Gesicht zeigte im Schein des Mondes eine Reife, die er in dieser Ausgeprägtheit das erste Mal an ihr entdeckte. Sie nippte erneut an ihrem Becher. Das undefinierbare, sicherlich alkoholhaltige Getränk schien ihr zu schmecken – sie hatte es vorhin von Tarras' Vater bekommen, einem zufriedenen, in sich ruhenden, schweigsamen Mann. Theofanis hatte es ihr mit den Worten »Annas Bowlica« zwinkernd in die Hand gedrückt.

Mücke schloss die Augen. Hinter den geschlossenen Lidern tanzten farbige Punkte auf und ab. Wie ein internes Mini-Feuerwerk, dachte er und fragte sich gleichzeitig, woher die Punkte kamen. Jess und Anna würden das wohl wissen, zumindest eine von beiden.

»Wollen wir wieder hochgehen?«, fragte Andreas wenige Minuten später. »Wir haben mit deinem Vater noch nicht angestoßen, außerdem wird mir auch langsam kalt!« Träge nahmen sie die vielen Stufen bis zur Uferstraße, auf der den ganzen Abend über ungefähr ein Auto pro Minute an ihrem Lokal vorbeigedüst war.

Oben kam ihnen jetzt langsam ein heller Kleinwagen entgegen. Im Schritttempo fuhr er über eine große Stahlplatte – eine seit Tagen auf der Straße liegende Abdeckung, die jedes Mal klapperte, wenn ein Fahrzeug darüberfuhr. Aus den offenen Fenstern des überfüllten Wagens brüllten junge Leute etwas zu ihnen hinüber, das nicht zu verstehen war, jedoch ausgelassen und freundlich klang.

»Kali Chronia«, winkte Jessica, als sie sich kreuzten, »ein frohes neues Jahr!« Erhobene Flaschen und Hände grüßten zurück, ehe sich das Auto hupend und mit laut quietschenden Reifen davonmachte.

»Ich könnte wetten«, meinte Anna, nachdem sie dem Wagen hinterhergeschaut hatte, »dass der Mann auf dem Beifahrersitz Spyros Lidakis war.«

»Ach was!«, lamentierte ihr Vater, der allerdings zugeben musste, nicht hingeschaut zu haben.

»Was meint ihr – sollen wir uns an den Kosten der Feier beteiligen?«, fragte Jess eine Minute später.

Andreas war dagegen: »Das kannst du nicht machen, wir sind eingeladen.« Seine Mundwinkel bewegten sich leicht nach unten: »Aber wir hätten ihnen ein Geschenk mitbringen sollen – drei Leute und keiner hat dran gedacht!«

»Schon doof«, murmelte Anna. Was war Andreas froh, dass er vorhin beim Würfelspiel mit den Männern nicht noch den Jackpot gewonnen hatte.

»Dann lassen wir ihnen bei der Abreise etwas da«, schlug

Jess vor. »Panagiota hatte mir damals erzählt, wie knapp sie rechnen müssen.«

»Das ist keine gute Idee mit dem Geld. Unter Freunden ist das hier ein No-Go«, fand Anna. »Gerade geht es den Leuten auch etwas besser. Tarras hatte mir gestern erzählt, dass die Regierung aufgrund der verbesserten Haushaltslage über eine Milliarde Euro an rund drei Millionen bedürftige Einwohner des Landes auszahlen konnte. Er hat knapp 300 Euro bekommen. Aber in Deutschland erzählen wir das besser keinem.«

Als sie die mit einer blau-weißen Lampionkette geschmückte Taverne von Tarras wieder betraten, waren ihre Plätze besetzt, weil sich zwei, drei Leute aus der Nachbarschaft der privaten Runde hinzugesellt hatten. Tarras winkte Jessica und Andreas zu sich, während seine Mutter Anna drückte und auf den freien Stuhl neben sich platzierte. Danach setzte Panagiota ihre Unterhaltung mit dem Deutschen aus Acharavi fort: »Nein, Sie irren sich schon wieder: *Vassilopita* ist nicht das Brot der Königin, sondern das Brot des Heiligen Vassilios!«

»Anyana hat es mir selbst im Laden erzählt«, protestierte Jessicas Vater.

»Ach, immer wieder Anyana! Anyana hier, Anyana da! Woher will sie das wissen? Anyana ist Rumänin, sie hat keine Ahnung.« Giota schnaubte verächtlich, sie begann ihre Hände zu kneten.

»Auf mich wirkt sie vernünftig«, so schnell gab Werner nicht auf. »Glauben Sie mir, ich kenne die Menschen. Mir macht so rasch keiner was vor!«

»Das gerissene Luder hat Ihnen den Kopf verdreht, das ist alles! Anyana soll arbeiten und den Mund halten. Was mischt sie sich ein in unsere Tradition? Da können Sie genauso gut

Ihren Esel fragen!« Giota klopfte mit der Linken auf den Tisch, ihre Hängebäckchen zitterten dabei. Jessica und Andreas wandten sich ab, damit niemand ihr Grinsen bemerkte.

Die alte Griechin schaute um sich. »Ist doch wahr!«, fuhr Panagiota fort. »Solange ich denken kann, backe ich den Neujahrskuchen für den Heiligen Vassilios nach dem Rezept meiner Urgroßmutter. Er ist seit dem vierten Jahrhundert der Schutzheilige der Kinder, der Armen und der Kranken. Genug geredet, wir sind spät dran – Theo, worauf wartest du?«

»Und er ist der Beschützer der Seefahrer«, ergänzte ihr Mann.

»Ist das nicht Nikolas? Aber immerhin sagst du mal etwas!«, sie blickte ihn forschend an und legte eine wohldosierte Pause ein. »Ich dachte schon, du hättest dir für das neue Jahr vorgenommen, zu schweigen. Dass du deine Gedanken betrachtest wie Poseidon das Meer.«

Knurrend erhob Theofanis sich: »Es reicht. Ruhe jetzt!«

»Ah, habt ihr das gehört?«, lästerte Giota in die Runde. »Er will mir den Mund verbieten! Sind wir Griechen ein freies Volk oder was sind wir?«

»Ruhe jetzt! Das gilt vor allem für dich, Panagiota!« Der Hausherr begnügte sich mit einer ungenauen Geste, trank einen kräftigen Schluck Rotwein zur Stärkung, dann nahm er das bereitgelegte Messer vom Tisch und zeichnete damit schwungvoll drei Kreuze in die Luft, anschließend ritzte er ein Kreuz in die Oberfläche der *Vassilopita* und zählte laut die anwesenden Personen durch. Am Tisch und auf den Hockern am Tresen war es mucksmäuschenstill, alle sahen ihm gebannt zu. Schließlich nannte der Alte mit den abstehenden Ohren die Zahl 18.

Andreas beugte sich langsam zu Tarras, um ihn leise etwas zu fragen: »Warum redet er von 18? Wir sind doch nur 16 Personen.«

»Die meisten Korfioten legen ein Stück für Christus, eins für die Mutter Gottes und ein weiteres für den Heiligen Vassilios beiseite. Warum, weiß ich nicht. Wir machen es etwas anders: Das erste Stück bekommen Maria und Josef, das zweite das Haus. Sollte sich das Goldstück darin befinden, hat die gesamte Menschheit Glück, beziehungsweise alle Bewohner des Hauses.«

»Verstehe«, sagte Jess leise, die ebenfalls zugehört hatte. »Ich kenne eine ähnliche Tradition aus Spanien. Sonst hat nur derjenige Glück, der die Goldmünze in seinem Teil findet.«

»Richtig«, meinte Tarras, »ich gönne sie diesmal einem von euch.« Trotz der vielen Falten hatte sein Gesicht etwas Jungenhaftes.

»Ich hoffe«, sagte Jess noch immer im Flüsterton, »dass euer Haus sie bekommt oder deine Mutter. Deinem Vater gönne ich sie natürlich auch!«

»Warum nicht Maria und Jesus?«, wollte ihr Vermieter wissen.

Jessica grinste ihn an: »Daran glaube ich dann doch nicht, dass alle Menschen Glück haben werden.«

Tarras nickte, das sah er auch so. In seinem Haar zeigte sich ein erster grauer Schimmer. »Und du?«, fragte er Andreas.

»Ich bin ein Träumer!«

Tarras befüllte die herumstehenden Gläser mit Wein, Wasser und Ouzo, dann erhob er sich: »Chronia polla! Auf die Träume und auf die Gesundheit.«

9.

Der Nebel über Kérkyra hatte sich stückchenweise zurückgezogen, langsam tastete sich die Sonne durch den verhangenen Himmel. Vor zehn Uhr würde keine Maschine starten können, hatte es vor zwei Stunden beim Check-in geheißen. Anna, Jess und Andreas bestellten ein weiteres Getränk. Im nahe gelegenen Café auf dem Aussichtspunkt Kanoni hatten sie die Landebahn des Airports inzwischen im Blick, vor einer halben Stunde ließ sie sich bestenfalls erahnen.

So schön die Insel auch war, ihr Flughafen war die reinste Zumutung. Er bot wenig Komfort; das fing bei den nicht ausreichenden Sitzgelegenheiten an und endete bei kaum vorhandenen Restaurants und Shoppingmöglichkeiten – nicht nur das, der Airport wurde von den Piloten wegen der kurzen Start- und Landebahn nur ungern angeflogen. Andreas hatte schon bei diversen Aufenthalten Landeanflüge ganz dicht über seinem Kopf hinweg verfolgt.

Meistens hatte er dabei auf dem schmalen Damm gestanden, der zum leer stehenden Kloster Vlachérna auf dem gleichnamigen Inselchen führte. Dass hier noch kein Unglück geschehen war, glich einem Wunder.

»Seit wann trinkst du morgens schon Bier?«, fragte Jess in besorgtem Ton, als wäre ihre Cola ein Beispiel gesunder Ernährung.

Mücke strich sich über die Stoppelhaare im Nacken. »Gar nicht! Aber ein frisch gezapftes *Corfu Beer* lasse ich mir zum Abschied nicht nehmen.«

»Macht doch nichts«, meinte Anna und drehte den Kopf

gleich wieder zur Seite. »Schaut mal dahinten in der Ecke, ist das nicht der Lidakis?«

»Kann schon sein«, sagte Jessica, »die Jacke sieht aus, als wäre sie von den Blue Stars.«

»Dann war er es doch in der Silvesternacht! Ich fass es nicht: Mit neuer Flamme, wo die andere gerade tot ist.« Auch Anna waren die Medienberichte über Nicole Baumann nicht entgangen. »Einen Verschleiß haben die, da kannst selbst du nicht mithalten«, spottete sie in Anspielung auf die beiden Scheidungen ihres Vaters.

Ohne einen Schluck getrunken zu haben, stellte er unsanft das Bierglas wieder ab.

Jessica wurde hellhörig: »Habe ich etwas verpasst?« Mit großen Augen und gespieltem Misstrauen betrachtete sie Andreas, der das gar nicht lustig fand.

»Tritt mal auf die Bremse«, forderte er seine Tochter auf. »Und stell das bitte gleich richtig – im Übrigen können wir uns über Verschleiß unterhalten, wenn du mein Alter erreicht hast – spontan fallen mir bei dir drei Jungs aus jüngster Vergangenheit ein, und dabei bist du alles andere als mitteilsam.«

»Soll das etwa ein Vorwurf sein?«

»Nein!«

Anna ignorierte das Gesagte und blickte wieder neugierig zum prominenten Kicker hinüber. Der bedeckte unermüdlich den Hals seiner Begleiterin mit Küssen, seine Hände wanderten an ihrem Körper aufgeregt auf und ab.

»Wenn er diesen Einsatz auf dem Platz zeigen würde, hätten die Bonner etliche Punkte mehr«, stellte Anna fest.

»Gut möglich«, meinte Mücke.

»Also, haltet mich nicht für prüde, aber normal finde ich das nicht«, sagte Jessica und korrigierte sich sogleich: »Nein, das ist sogar geschmacklos.«

»Vielleicht hatte er mit der anderen vorher schon lange abgeschlossen«, meinte Andreas. »Vielleicht gerade wegen dieser Frau.«

»Trotzdem, wenn Spyros zwei Jahre mit dieser Nicole zusammen war, muss er nicht vier Wochen nach ihrem Tod der ganzen Welt zeigen, wie happy er ist.«

»Finde ich auch«, Anna stimmte Jessica zu. »Wenn wir das täten, würde es zum Glück keinen interessieren.«

»Was es nicht besser macht!« Andy griff zu seinem Bier: »Jamas!«

Spyros bezahlte mit einem Schein und kritzelte gut gelaunt etwas in ein von der Kassiererin hingehaltenes Büchlein. Danach erhob sich das junge Paar und schnappte sich die abgestellten Reisetaschen und Plastiktüten.

»So wie es aussieht«, schätzte Andreas, »hat Bad Münstereifel eine Einwohnerin mehr. Mit dem ganzen Gepäck reist Lidakis mit Sicherheit nicht allein.« Er trank einen weiteren Schluck.

»Dann hat er wenigstens mal einen Treffer gelandet«, scherzte Anna. Jessica und Andreas schauten sich belustigt an, irgendwie hatte sie schon recht.

»Ich frag ihn nach einem Autogramm«, Anna wetzte den beiden hinterher. Mit gekonnten Ausweichschritten verhinderte sie einen Zusammenstoß mit einem eintretenden Rentnerpaar und der kitschigen Heldenskulptur rechts vor dem Ausgang.

»Das ist nicht dein Ernst, oder?«, rief Jess ihr vergeblich hinterher.

»Verstehst du das?«, fragte sie ihren Freund. »Switcht sie häufiger so schlagartig in den Fan-Girl-Modus?«

Andreas tätschelte Jessicas Arm. »Ich habe aufgehört, alles verstehen zu müssen, was soll's?« Kaum hatte er es ausgesprochen, sprang auch Mücke auf und folgte seiner Tochter.

»Bist du jetzt ebenfalls verrückt geworden, oder was soll das?«

»Ich habe eine Idee«, rief er lapidar. »Die kam mir gerade so in den Sinn.« Andy ließ den Anflug eines Lächelns über sein Gesicht sausen.

»Was kam dir ...« Jessica gab es auf. Es war bekannt, dass manche Leute sonderbar reagierten, sobald Promis in der Nähe waren. Dass Andy dazu zählte, war ihr neu. Mit seinem Verschwinden trat ein Pärchen ins Lokal, das sie vom Sehen kannte. Sie kümmerte sich nicht weiter darum, griff zum Sandwich, das sie vorhin beiseitegelegt hatte, und mümmelte weiter daran herum. Zufrieden dachte sie an die letzten Tage in Barbati und an ihren Vater, der sich hier beweisen musste. Nur die vergangene Nacht hatte wenig Erholsames gehabt – im Flieger würde sie hoffentlich zwei Stunden schlafen können. Jessica schloss die Augen und atmete tief durch. An der Frauenstimme erkannte sie das Paar wieder: Vor wenigen Tagen hatten die beiden ebenfalls an ihrem Nebentisch Platz genommen, in Sidari war das gewesen, in der *SOS-MusicBar.*

Er hätte nicht so wild aufspringen sollen; nun spürte Andreas ein leichtes Knacken im rechten Fußgelenk. Irgendwas zwickte in den letzten Wochen immer, gestern und vorgestern waren es die verspannten Schultern. Mücke versuchte es zu ignorieren, sonst entwickelte er sich zu einem ähnlichen Jammerlappen wie Werner, der es in diesem Winter besonders draufgehabt hatte. Wahrscheinlich lagen seine Beschwerden nur an der lächerlichen Heizung und den klapprigen, winddurchlässigen Fenstern seines Hauses, von denen er noch vor Kurzem behauptet hatte, sie seien so gut in Schuss, da bräuchte nichts dran gemacht zu werden.

Der Nebel arbeitete draußen weiter an seinem Verschwinden. Korfu bekam langsam seine Farbenpracht zurück. Mittlerweile war neben Vlachérna auch die zweite vorgelagerte Insel Pontikonisi zu erkennen – gerade mal 500 Meter von ihrem Fenster entfernt. Jessica erkannte die hohen Zypressen, die die byzantinische Kapelle aus dem 12. Jahrhundert umrahmten. Sie war im vorletzten Sommer einmal für eine Stunde dort gewesen. Das reichte, denn Pontikonisi ist nicht größer als zwei nebeneinanderliegende Fußballfelder. Reiseführer und Touristen sprechen auch gern von der Mäuseinsel.

Irini Kouras staunte, dass ihr Freund auf Korfu wieder von einer Fremden erkannt und um eine Autogrammkarte gebeten wurde. Vor einigen Tagen war das in ihrem Dorf schon einmal passiert. Wenn das in Deutschland ständig vorkam, musste sie ganz schön aufpassen. Ein bisschen eifersüchtig war sie schon jetzt. Er hatte noch einige Sätze mit dem Mädchen gewechselt, aber Irini verstand wenig von der Sprache. Sie hatte nur mitbekommen, dass die Kleine ihn Silvester oder so gesehen hatte und seit dem 25. Dezember auf der Insel war, zwei Tage weniger als ihr Sonnenschein. Noch komischer wurde es mit diesem Mann, der offensichtlich irgendwie zu ihr gehörte und von einer Helena Siakavara Grüße ausrichtete. Wer zum Teufel war denn das schon wieder? Und wieso kannte der Fremde die beiden? Moro-Mou wird mir einiges erklären müssen, dachte sie mit einem skeptischen Bauchgefühl. So wie seine Augen funkelten, scheint ihr Baby, wie sie ihn auf Griechisch nannte, diese Helena gut zu kennen. Und er ließ sie herzlich zurückgrüßen. Lehrerin? Er hatte ihr doch erzählt, dass es in Deutschland egal war, ob man Deutsch, Englisch oder sonst was sprach – wozu brauchte er dann eine Lehrerin? Wer weiß, was für Flittchen in diesem kalten und reichen Land Lehrerinnen – für was auch immer – sind. Sie kannte die Touristinnen von den Stränden, aus den Cafés, aus dem Dorf – das reichte. Mit neun hatte sie ein Pärchen beim Liebemachen am *Kaiser's Throne* entdeckt, in aller Öffentlichkeit. Sie wusste Bescheid!

Lidakis überlegte unterdessen, ob er Helena demnächst bitten sollte, Irini zu unterrichten. Es würde seiner Freundin gefallen, wenn sie in Bad Münstereifel gleich eine Aufgabe hätte. Außerdem käme sie mit einer Griechin zusammen, da wäre die Eingewöhnung halb so wild. Er musste ihr noch schonend beibringen, dass sie bald für zehn Tage allein ist, wenn er mit seiner Mannschaft nach Portugal ins Trainingslager reiste. Später ging es noch einmal für eine Woche nach Asien – die Frauen und Freundinnen durften wegen der desolaten Hinrunde diesmal nicht mit, das hatte die Vereinsführung dem Mannschaftsrat vor Weihnachten mitgeteilt. Dass das Team dagegen war, interessierte die Bosse nicht. »Hättet ihr eben weniger rumdaddeln und besser spielen müssen«, hatte Frank Trenkler mit süffisantem Lächeln gesagt. Als wenn das so einfach wäre – reden können die alle gut.

Die Beichte wegen der bevorstehenden Reisen nahm er sich für den Abend vor. Als Entschädigung könnten sie morgen eine Shoppingtour durch Köln unternehmen. Dort würde Irini große Augen machen. Das tat sie bestimmt schon vorher, wenn sie in seinen Sportwagen stieg. Sie würde staunen und ihn voreilig der Verschwendung bezichtigen, weil sie nicht wissen konnte, dass der Verein den Mercedes zur Verfügung gestellt hat.

10.

Vier Wochen später hockte Andreas Mücke an seinem Schreibtisch und schrieb Rechnungen für zwei kleinere Observierungsaufträge. Im Radio lief der aktuelle Hit von Adel Tawil. Es war erst kurz nach fünf, aber draußen war es bereits dunkel. Richtig hell war es an diesem Tag ohnehin nicht geworden. Andreas hasste diese Jahreszeit, das konnten auch die optimistischsten Lieder kaum wettmachen. Außerdem war der Januar nicht sonderlich arbeitsreich gewesen. Zwei Tage nach seiner Rückkehr aus Korfu hatte ihn immerhin sein Freund und Kollege Lou Parker aus Siegburg angerufen, der für einen brisanten Fall dringend einen zweiten Mann gebraucht hatte. So war Andreas wenigstens für eine komplette Woche am Stück im Einsatz gewesen, was ausreichte, die laufenden Kosten für den Monat zu decken.

Nachdem die Büroarbeit erledigt war, kochte er sich einen Tee, schaltete das Radio aus und den Fernseher ein. Andreas schaute auf die Uhr; gleich würde Thea mit den Döner-Gerichten kommen. Appetit hatte er inzwischen reichlich und war froh, vorhin der Versuchung nach etwas Süßem widerstanden zu haben. Thea Oleknavicius hatte es sich nicht ausreden lassen, das Essen mitzubringen. Er solle sich nur um die Getränke kümmern, hatte sie gesagt. Bei der Bonner Kommissarin, die er seit seinem ersten größeren Fall kannte, waren damit weder Arbeit noch Planung verbunden, denn bei den wenigen Treffen hatte sie sich mit Kaffee, Tee oder stillem Wasser begnügt.

Mücke zappte durch die Programme und blieb schließlich

beim *WDR* hängen. Die Moderatorin Tanja Bauer begrüßte gerade Frank Trenkler, den emsigen Manager der Blue Stars Bonn, wie sie sagte. Mit ihm gekommen war auch der Vorsitzende des Regionalligisten Bonner SC, Dirk Mazurkiewicz. Andreas stellte das Fernsehgerät lauter und machte es sich mit der Tasse auf der Couch bequem.

Vor der Kamera grinsten die beiden Vertreter des Bonner Fußballs, als sie gefragt wurden, ob sie denn wieder miteinander redeten. »Das haben wir immer getan. Nachdem die Blue Stars vor zwei Jahren freiwillig ihr U-23-Team aus der Regionalliga zurückgezogen hatten, möchte ich sogar von einem sehr guten Verhältnis zwischen uns sprechen«, meinte Mazurkiewicz.

»Ich weiß natürlich, worauf Sie anspielen, Frau Bauer«, sagte Trenkler und holte tief Luft. »Aber ich sehe das sportlich! Jahrelang ist es mit uns bergauf gegangen, da kam das 0:1 im Sportpark Nord beim BSC durch diesen Sonntagsschuss von David Bors unerwartet. Es ist für uns ein herber Rückschlag gewesen, gegen einen Viertligisten in der ersten Pokalrunde auszuscheiden. Eine riesengroße Blamage, keine Frage! Gleichzeitig war es ein Weckruf ...«

»Der von keinem wahrgenommen wurde«, unterbrach ihn Tanja Bauer.

»Weiß ich nicht!«

»Immerhin sind Sie abgeschlagenes Schlusslicht in der Bundesliga! War das Dilemma gegen den kleinen Ortsrivalen nicht vielmehr der Beginn einer desaströsen Saison?«

»Das mag für den Außenstehenden so aussehen, aber die Gründe für die unglückliche Hinrunde sind vielschichtig, die Verletztenmisere war beim Pokalauftakt nicht absehbar. Nun ja, ich will nicht jammern – wir sind optimistisch und schauen nach vorn!«

»Mit einem neuen Trainer?«

»Unter anderem mit einem neuen Coach, ja.«

»Abstiegskampf ist in dieser Saison auch für den Bonner Sportclub ein Thema«, die Moderatorin wandte sich wieder an den BSC-Vorsitzenden. »Woran liegt's nach dem glänzenden Vorjahr, in dem ihr beispielsweise Alemannia Aachen 4:0 geschlagen habt?«

»Uns fehlt vorne die Durchschlagskraft, das war im letzten Jahr anders.«

»Warum hat sich dann der BSC in der Winterpause nicht verstärkt, wie es die Blue Stars mit Pascal Wagner, Yuto Nakazawa und Martin Ackermann jetzt gemacht haben?«

»Versucht haben wir einiges, das können Sie mir glauben. Letztendlich fehlen uns einfach die finanziellen Mittel für einen Top-Stürmer. Beim BSC sind 3.000 Euro Gehalt nicht drin! Und gerade die Neuner und Zehner sind die teuersten Spieler, man kann sie nur mit Geld locken«, sagte Dirk Mazurkiewicz und blickte neben sich zum Manager des Erstligisten. »Nicht nur in der Regionalliga, in jeder Liga ist das so. Der Frank kann das sicherlich bestätigen …«

Gerade als Trenkler zur Antwort ansetzte, klingelte es bei Mücke. Mit zwei Tüten bepackt kam Thea Oleknavicius die Treppe rauf. Andreas nahm ihr das Essen ab, stellte es auf den Tisch und kümmerte sich danach um ihre Jacke. Thea ging ins Wohnzimmer, sie sah gut aus in der Jeans und dem braunen Pulli. Ihre weichen Gesichtszüge waren ein Zeichen dafür, dass sie wieder besser schlafen konnte, trotz ihrer Beförderung zur Ersten Kriminalhauptkommissarin, vielleicht auch gerade deswegen. Als er sie vor einem halben Jahr das letzte Mal getroffen hatte, hatte sie ausgemergelt ausgesehen und über mangelnden Schlaf geklagt.

»Ah, unser Prof ist im Fernsehen«, sagte Thea mit Blick auf den Bildschirm.

Andreas verstand nicht ganz: »Wen meinst du?«

»Professor Mazurkiewicz.«

»Wobei hast du ihn denn erwischt?«

»Erwischt? Quatsch! Ich bin Mitglied beim Bonner SC, seit etlichen Jahren schon, genau wie mein Mann.«

»Na, dann ...«

»Wir sind zwar nicht gerade oft im Sportpark, aber wie wir im August das 1:0 gegen die Blue Stars über die Zeit gerettet haben, das war schon ein echtes Highlight.«

»Das glaub ich dir.«

»Wahnsinn, wie unser Gordon in der Nachspielzeit den Schuss von Thomas Bracht noch soeben von der Linie gekratzt hatte«, schwärmte Thea.

Andreas konnte sich das vorstellen: »Eine Top-Leistung und etwas Glück machen im Pokal vieles wett!«

»Bei gefühlt 2:20 Chancen gegen diese Scheiß-Millionäre zu gewinnen – genau mein Humor!« Ihr Grinsen zog sich vom Mund bis zu den Augen – ein Grinsen, wie Mücke es sonst nur von seinem Sohn Julian kannte.

»Scheiß-Millionäre, und das aus dem Munde einer Kommissarin!«

»Ist doch wahr, ich werde ja wohl noch meine Meinung haben dürfen!«

Thea Oleknavicius etwas zu entlocken, war schon immer

schwierig gewesen. Mücke konnte nachvollziehen, dass sie sich nicht gern in die Karten schauen ließ, schon gar nicht von einem Privatdetektiv. Im Laufe des Abends wurde aber deutlich, dass die Bonner Kriminalpolizei bei der Aufklärung des Mordes an Paul-Eduard Sawatzki kaum vorangekommen war. Thea und ihr Team wussten bis heute nicht, woran Eddy zuletzt gearbeitet hatte. Scheinbar hatte er mit keinem darüber geredet. Unklar war ebenfalls, ob es eine oder gleich mehrere Sachen gewesen waren. Gegenüber Theas Kollegen Sarah Böll und Freddy Kleinelsen hatte Andreas bei deren Besuch am Tag nach dem Mord gesagt, dass Eddy am Telefon von Holland und Griechenland gesprochen hatte. Bei dieser Miniauskunft wollte er es belassen. Natürlich könnte er Thea erzählen, dass Eddy im letzten November auf Korfu gewesen war. Aber das hätte nur zu weiteren Fragen geführt, die er nicht beantworten konnte. Vor allem fürchtete Andreas die Frage, warum er das erst jetzt sage. Auch dafür hatte er keine glaubwürdige Erklärung, also verschwieg Mücke es weiterhin. Ihn wunderte, dass die Kripo bei der Durchsuchung von Eddys Wohnung sowie seiner Computer kaum verwertbares Material gefunden hatte. Thea glaubte, er habe das zum eigenen Schutz oder eventuell auf Verlangen seiner Informanten getan – wahrscheinlicher war das Erste, meinte sie. Die Kommissarin war sich dennoch sicher, dass er irgendwo seine Beweise und Unterlagen aufgehoben haben musste. Andreas stimmte ihr zu. Die Frage war nur: Wo sollte man ohne Anhaltspunkte anfangen zu suchen, wenn man schon in seinem privaten Umfeld nicht fündig geworden war?

Andreas erzählte Thea Oleknavicius von seinen damaligen Erfahrungen mit Eddy. Wenn der sich nicht um 180 Grad gedreht hätte, wäre er bei seinen Recherchen sicherlich energisch und skrupellos vorgegangen, ohne Rücksicht auf Verluste. Bestimmt könnte man in diesem Job nur bei solch einer Arbeitsweise erfolgreich sein, mutmaßte er. Thea sah das ähnlich. Sie kannte Zeugen, die von Eddy Sawatzki ausgenutzt, ja sogar betrogen worden waren, weil er ihre Aussagen aus dem Zusammenhang gerissen und für seine Absichten zurechtgebogen hatte. Auch hatte er sich nie für die Schwierigkeiten und Konsequenzen interessiert, die den Leuten durch ihn entstanden waren. Wie hatte es der Fernsehmensch genannt: So was glitt an Sawatzki ab wie Butter am heißen Pfannenrand.

11.

Das letzte Drittel des Februars hatte bereits begonnen, als Frank Trenkler seine frühere Kommilitonin Jessica Reinders anrief und sie zusammen mit ihrem Freund zu einem exklusiven Dinner in die VIP-Lounge der Blue-Asia-Arena einlud, dem vor zwei Jahren fertiggestellten Stadion der Blue Stars im Bonner Süden. Trenkler war sehr daran gelegen, dass Andreas Mücke mitkam, denn er konnte sich neben einem schönen Abend mit den beiden auch eine Zusammenarbeit mit dem Detektiv vorstellen. Am Telefon stellte er einen gleichermaßen lukrativen wie speziellen Auftrag in Aussicht, sofern man übereinkäme, so viel könnte sie ihrem Freund gegenüber schon einmal andeuten. Ins Detail ginge er am Mittwochabend. Er würde sich freuen, wenn Jessica das arrangieren könnte. Frank Trenkler bot an, sie von einem Fahrer abholen und wieder nach Hause bringen zu lassen.

»Ja«, antwortete Jessica.

»Das heißt?«

»Schick uns den Fahrer«, sagte sie, ohne lange zu überlegen, solch ein Angebot bekam man schließlich nicht alle Tage. Sie hoffte nur, dass ihre Zusage nicht voreilig gewesen war, denn sie hatte keine Ahnung, ob Andy an diesem Abend nicht bereits etwas vorhatte. Andererseits winkte ein Auftrag, den würde er sich bei seinem ausgeprägten Geschäftssinn schon nicht entgehen lassen – das hatte er noch nie gemacht.

Am Münstereifeler Himmel kreuzten sich oberhalb des *Dachsbaus* die Kondensstreifen zweier Flugzeuge. Jessica entfernte sich gedankenverloren vom Fenster; mit der Fernbedienung stellte sie die Anlage lauter. *Radio Euskirchen* meldete kurz darauf, dass Trainer Patrick Rothenbach zwei Monate nach seiner Entlassung bei den Blue Stars einen neuen, ebenfalls abstiegsbedrohten Erstligaverein übernommen habe. An seinem Exklub ließ er kein gutes Haar. Vor der Saison war man sich einig, klagte er, einen gestandenen Stürmer wie Finnbogason, Kramaric oder Füllkrug verpflichten zu wollen. Perspektivspieler wie beispielsweise Waldschmidt, Selke oder Arp wären dazu ideale Ergänzungen gewesen. Doch anstatt sich intensiv um die genannten Spieler zu bemühen, hätte der Manager ihm mit Spyros Lidakis einen ins Team geholt, den er selbst nicht auf dem Zettel gehabt hatte. Jessica grinste. Solche Alleingänge hatte Frank früher schon drauf, wenn ihm etwas nicht passte, zu kompliziert war oder zu lange dauerte.

Nach dem Werbeblock und zwei Musiktiteln berichtete der Radiosprecher, dass am gestrigen Sonntagabend zwischen 18 und 22 Uhr Einbrecher in Bad Münstereifel unterwegs gewesen waren. In einem Einfamilienhaus im Nachtigallenweg müssen die oder der Täter aus einem Tresor 4.000 Euro, Wertpapiere und Schmuck entwendet haben. Den Code für den Safe hatte der Hausherr auf dem Holzrahmen des Bildes notiert, das den Tresor überdeckte. Ein Polizeisprecher warnte vor derartigem Leichtsinn. Vor der aufgebrochenen Terrassentür, hieß es, wurde die Zigarettenkippe einer holländischen Marke gefunden.

12.

An der Wand hinter Frank Trenkler hingen gerahmte Fotos der jeweiligen Aufstiegsmannschaften. Die Blue Stars hatten fünf Aufstiege in knapp zehn Jahren vorzuweisen. Der jetzige Reservetorwart war als Einziger seit der Verbandsliga dabei, wusste der Manager zu berichten. Er betrieb schon mit 23 den Aufwand eines Profis mit dem Erlös eines Geringverdieners. Bis zum Aufstieg in die Bundesliga war er immer die klare Nummer eins gewesen. Sein anfängliches Monatsgehalt von 685 Euro hatte sich in neun Jahren mehr als verhundertfacht.

»Alle Achtung«, meinte Jessica.

»By the way, kennt ihr die Geschichte der BSB?«

Jess und Andy machten betretene Gesichter. »Seit wann gibt es den Verein?«, fragte Andreas schließlich.

»1899 wurde er gegründet, bis vor elf Jahren hieß der Klub noch Blau-Schwarz Bonn, dann kam der Investor und mit ihm der Aufschwung«, schwärmte Trenkler. »Eine einzigartige Erfolgsgeschichte! Eigentlich wollten sie sich damals beim BSC einkaufen, aber …«

»BSC?«, fragte Jessica dazwischen.

»Dem Bonner Sportclub«, erläuterte Andreas. »Du erinnerst dich doch an die Pokalpleite der Blue Stars hier in Bonn.«

»Jetzt, wo du es sagst.«

»So viel zur Erfolgsgeschichte«, lachte Trenkler. »Der Bonner SC war bis vor sechs Jahren der bekanntere Verein. 1968 ist der BSC sogar in die Regionalliga West aufgestiegen, da kicken sie heute auch wieder, allerdings war damals die Regionalliga der direkte Unterbau zur Bundesliga.«

»Gegen einen Klub aus der eigenen Stadt aus dem Pokal zu fliegen, ist bestimmt besonders hart«, meinte Jess.

»Richtig peinlich war das!«, gab Trenkler zu. »Trotzdem haben beide Vereine das Spiel und den Abstiegskampf letzte Woche beim Rosenmontagszug spaßig aufgegriffen. *BSC & Blue Stars, loss mer f(r)iere!*, darüber das allgegenwärtige Abstiegsgespenst mit dem entrissenen DFB-Pokal auf dem gemeinsamen Wagen.«

»Coole Idee, so sollte das sein«, nickte Jessica anerkennend.

»Meine Kollegen Schmitz und Mazurkiewicz waren sofort dabei!«

»Und der Bonner SC hatte damals keinen Bock, sich von diesem Investor vereinnahmen zu lassen?«, fragte Andreas etwas frech.

»Offenkundig nicht, aber was heißt vereinnahmen – das ist mir viel zu negativ besetzt. Es ging nur um eine enge Partnerschaft. Der Reiner Calmund sagte nach dem Aufstieg zu mir: Frank, eins musst du dir merken, Tradition schießt keine Tore, dat is so! Geht euren Weg. Ich find dat echt spitze!« Klar, dachte Andreas, als Manager würdest du auch so reden.

»Ohne das Geld der *Blue Asia Consulting* wäre das hier alles nicht machbar gewesen«, Trenkler machte eine ausholende Handbewegung, »die Geldgeber in Shanghai und Bangkok wissen eben genau, in was sie ihre Millionen investieren. Die Bundesliga hat dort nach der englischen Premier League und der spanischen Liga den höchsten Stellenwert. Allein zu unserem Freundschaftsspiel gegen den BVB kamen in China fast 28.000 Zuschauer. Die Dortmunder, müsst ihr wissen, sind bei den Asiaten äußerst beliebt. Doch immerhin zählen inzwischen auch die Blue Stars in Asien zu den bekannteren deutschen Teams. Tendenz steigend!« Frank Trenkler redete mit wachsender Begeisterung über boomende Marketingstrategien und den modernen europäischen Fußball, wovon Jessica und Andreas gerade so viel verstanden, dass sie sich auf Augenhöhe mit einem normalen Stadionbesucher befanden.

Jess war seit Ewigkeiten Köln- und seit ungefähr einem Jahr auch Bonn-Fan. In Andys Augen war es höchst widersprüchlich, zwei rheinische Rivalen gleichzeitig zu mögen – aber das war ihr Ding. Er mochte die mit Geld hochgezüchteten Blue Stars nicht, freute sich höchstens für Julian über deren Punktgewinne. Seine Abneigung behielt er für sich, möglicherweise war sie in erster Linie durch Vorurteile entstanden – Klubs wie die Blue Stars, der VfL Wolfsburg oder RB Leipzig gehörten nun einmal nicht zu den beliebtesten der Liga. Die Atmosphäre in der punktuell erleuchteten Arena war jedenfalls auch für Andreas beeindruckend. Jessica hatte das während des Dinners ohnehin mehrfach betont. Sie erfreute sich zusätzlich an einem Selbstporträt von August Macke, dem im Ersten Weltkrieg mit nur 27 Jahren gefallenen Maler aus Bonn. Trenklers Bemerkung, dass der August altersmäßig prima zu den Spielern an der gegenüberliegenden Wand passe, fand sie weniger gelungen. Männer eben – dieser Spruch hätte genauso gut aus dem Mund ihres Freundes stammen können.

Für zusätzliches Flair im weiten Rund sorgten die Lücken zwischen den Tribünenblöcken, durch die man tagsüber vorbeiziehende Frachtschiffe auf dem Rhein beobachten konnte – ein beliebtes Motiv der TV-Sender vor und während der Übertragungen, in Kombination mit dem Mond ein fast unschlagbares. In der Dunkelheit ließen sich die kaum beleuchteten Schiffe allerdings mehr erahnen. Laut Frank sollen diese

Lücken aber in der kommenden Sommerpause geschlossen werden, weil durch sie zusätzlicher, mitunter ungemütlicher Wind ins Stadion gefegt wird. In der geschlossenen, behaglichen, gut geheizten Lounge konnte man sich das gerade nur schwer vorstellen. Frank, Jessica und Andreas blickten auf das satte Grün des angestrahlten Spielfelds und warteten auf ihren Espresso sowie eine weitere Flasche Wein.

»Wenn man die Arena so sieht, mag man sich gar nicht vorstellen, dass es mit dem Klub vielleicht wieder in die 2. Liga geht«, meinte Jessica. »Ich will aber nicht schwarzmalen und drücke euch fest die Daumen.«

»Das darf auch nicht passieren«, seufzte der Manager. »Auf keinen Fall, deshalb haben wir im Winter noch einmal richtig Geld in die Hand genommen und die Offensive verstärkt.«

»Der Rückrundenstart in Mainz gibt ja Grund zur Hoffnung«, sagte Andreas, der die Aufholjagd nach dem 0:2 zur Pause nicht für möglich gehalten hatte.

»Damit komme ich jetzt auch langsam auf den Punkt.« Frank schüttete seinen Gästen und sich Wein nach, blickte dabei beiden tief in die Augen. »Der Pascal Wagner trifft nach seiner Verpflichtung auf Anhieb, das ist etwas, wovon Lidakis meilenweit entfernt ist. Der neue Cheftrainer Hippeli wollte ihn bereits aussortieren, muss damit nun noch ein Weilchen warten, weil sich Wagner und Ackermann in Mainz leider verletzt haben, zumindest Martin Ackermann wird uns wochenlang fehlen. Zu allem Überfluss gab's in der Schlussminute noch die Rote Karte für Ilisevic, aber die Notbremse musste der Junge machen, sonst hätten wir den Ausgleich kassiert. Wenn ich das gewusst hätte, hätten wir am *Deadline Day* noch einmal zugeschlagen.«

Andreas und Jessica sahen sich fragend an.

»Am letzten Tag der Transferperiode«, erklärte Frank den Ahnungslosen. »Am 31. Januar wurden uns mehr als 40 Spieler angeboten, und je später es wurde, umso mehr purzelten die Preise. Egal, bleiben wir bei Lidakis.«

»Spyros steckt wirklich in einem Formtief«, meinte Andreas, der zuletzt die Berichte über die Blue Stars etwas sorgfältiger studiert hatte.

Trenkler war sich da nicht so sicher: »Trainer Jörg Hippeli hält ihn für bundesligauntauglich. Ihm ist absolut schleierhaft, wie Lidakis beim VfL Bochum in zwei Spielzeiten 39 Buden erzielen konnte. Es war zwar eine Liga tiefer, aber so gewaltig ist der Unterschied nicht.«

»Haben nicht alle mal ihre Durststrecken? Wir kennen das doch aus dem Fernsehen, wenn es heißt, Stürmer XY hat seit 940 Minuten oder so kein Tor erzielt.« Andreas nickte zu Jessicas Ausführungen.

»Anfangs dachte ich das auch«, bestätigte Frank, »inzwischen glaube ich, dass deutlich mehr dahintersteckt. Hippeli behauptet, er vermisse bei ihm alles, was einen Top-Stürmer auszeichnet.«

»Deutlich mehr – was meinst du damit? Was soll denn dahinterstecken? Gibt es konkrete Anhaltspunkte dafür?« Drei Fragen auf einmal, Jessicas Gesicht war ein einziges Fragezeichen.

»Wir wissen es nicht! Jedoch glauben wir, dass im letzten Sommer, also bevor er zu uns kam, irgendwas passiert sein muss. Dass man uns etwas Wichtiges vorenthalten hat, was ihn daran hindert, an seine alte Leistungsfähigkeit anzuknüpfen. Seinen holländischen Berater kannst du vergessen – der stellt sich dumm, darin ist er Weltmeister. Für den sind immer die anderen schuld.«

Andreas Mücke spürte, wie Trenklers intensive Blicke auf ihm ruhten. »Ich glaube zu wissen, worauf du hinauswillst – Jess hatte schon so etwas angedeutet.«

Frank nickte und begann den Knoten seiner Krawatte zu lockern. »Da liegst du richtig!«

»Ihr wollt also, dass ich herausfinde, was in der Zeit zwischen Bochum und Bonn passiert ist.«

»Genau, vielleicht sogar schon etwas früher. Die letzten fünf Spiele hatte er auch beim VfL nichts gerissen, das kann natürlich Zufall gewesen sein. Oder es lag am bevorstehenden Wechsel in die erste Liga oder daran, dass die Saison für sein Team gelaufen war.«

»Warum ist euch das so wichtig?«

»Es geht um einen Haufen Geld, wie du dir sicherlich denken kannst, Andreas. Spyros' Marktwert ist von sieben auf fünf Millionen gesunken, seitdem er bei uns ist. Wir wollen ihm helfen, zur alten Stärke zurückzufinden – alternativ, da bin ich offen, sind uns auch Gründe willkommen, die uns berechtigen, den Vertrag mit ihm zu kündigen.«

Andreas gingen die wildesten Ideen durch den Kopf. Aber sein Geschäftssinn funktionierte ebenfalls noch: »Was zahlt ihr?«

»25.000 im Erfolgsfall bei absoluter Diskretion«, schoss es aus Frank heraus. »Kein Kontakt zur Presse, zu keiner Zeit!«

»Hattest du mir nicht etwas von einer lukrativen Sache erzählt?«, Andy schaute Jess fragend an. Die gab den gleichen Blick hilfesuchend an ihren früheren Studienkollegen weiter.

»Okay! 35.000 Euro, weil ihr es seid!«

»Und wenn ich nichts finde, dann habe ich, sagen wir, zwei Monate umsonst gearbeitet und obendrein jede Menge Spesen gehabt?«

Der Manager breitete machtlos die Arme aus – so ist das Geschäft, sollte das wohl heißen.

»Ich mache es ...«, Andreas nickte nachdenklich.

»Das freut mich, ich wusste es!«, unterbrach ihn Frank und streckte sich nach der Schale mit Lakritz am Ende des Tisches.

»Sorry, ich bin noch nicht ganz fertig«, sagte Andreas. Der Manager hielt in der Bewegung inne. »Ich mache es für 50.000, davon allerdings 20.000 Euro als garantierter Betrag vorab.«

»Schöne Preise hast du!«

»Nur damit ich später meine Rente nicht mit Pfandflaschen aufstocken muss!«

»Ist klar, wegen der Rente. Der ist gut, den muss ich mir merken«, sagte Trenkler mit einem Gesicht, als würde er nachrechnen. Wenig später tippte er auf dem Smartphone herum.

Erwartungsvolle Stille herrschte. Jessica wollte sich nicht einmischen, sie schaute verträumt in die menschenleere Blue-Asia-Arena und genoss Ausblick und Wein. Die Männer begannen, ums Geld zu feilschen – das ging eine Weile hin und her, sie fühlte sich an den Basar von Marrakesch erinnert, den sie vor einiger Zeit besucht hatte, als sie mit Lotte in Marokko unterwegs gewesen war. Jessica hätte nicht gedacht, dass Andreas so hartnäckig um Beträge und Bedingungen streiten konnte. Sie wäre dazu nicht in der Lage, schon gar nicht in dieser imposanten Umgebung. Als Trenkler schließlich noch Dauerkarten drauflegen wollte, schien das Ende der Verhandlungen nahe.

»Einverstanden, dann 12.000 als nicht zurückzahlbarer

Vorschuss und 32.000 Euro im Erfolgsfall obendrauf«, willigte Andreas ein. »Im Vertrag definierst du den Erfolg genauso, wie wir das gerade besprochen haben.«

Frank Trenkler holte tief Luft – wahrscheinlich lernt man das so bei Managerseminaren. »Das ist selbstverständlich für mich, daran zweifelst du doch nicht, oder?«

Andreas lächelte verschmitzt: »War es Rudi Völler oder der Rummenigge, der dich als größtes Schlitzohr der Liga bezeichnet hat?«

»Ach, du weißt selbst, was die Zeitungen so alles verzapfen, wenn der Tag lang ist.«

»Und was die Dauerkarten betrifft: Nimm es mir nicht übel, die brauch ich nicht. Weißt du, ich bin Gladbach-Fan, meine Tochter übrigens auch.«

Frank Trenkler winkte ab und lachte. »Die Borussia ist in drei Tagen unser Gast. Dann bekommt ihr wenigstens für dieses Spiel Tickets von mir«, er schaute zu Jessica rüber. »Gehst du mit?«

»Klar!«

»Also drei Tickets.«

»Vier«, korrigierte Andreas. »Mein Sohn Julian will mit, wie ich ihn kenne – übrigens ein Fan von euch!«

»Das spricht für seinen Sachverstand – hat er schon ein Trikot?«

»Nur das Auswärtstrikot vom Vorjahr, aus dem er längst herausgewachsen ist.« Jessica boxte Andy in die Seite, ihr war die Anspielung ihres Freundes offensichtlich peinlich. Frank hatte als Manager damit kein Problem und lachte.

»Verstehe – mit welchem Namen sollen wir es beflocken?«

»Lidakis!«

Trenkler zog die Brauen hoch, nickte jedoch, als er sah, dass Andreas es ernst meinte.

»Ich nehme eins mit dem gleichen Namen, bezahle es aber«, Jessica sagte es entschlossen.

»Du bezahlst hier nichts«, erwiderte Frank.

»Nein, das möchte ich nicht!«

»Wirklich nicht?«

»Ich werde es bezahlen!«

»Wie du meinst ... Du konntest dich schon damals durchsetzen.«

Sie einigten sich auf ein kurzes Treffen in der Geschäftsstelle vor dem Spiel am Samstag, dann wäre auch der Vertrag fertig. Die Bankverbindung sollte Andreas ihm ruhig vorab per E-Mail mitteilen. Nach den »harten Verhandlungen«, wie der Manager zwinkernd betonte, müsse man den Abend nun bei einem guten Glas Wein in Ruhe ausklingen lassen.

13.

Er genoss dieses Bild. Bestimmt will er heute Nacht darin schlafen, vermutete Andreas Mücke. Julian freute sich noch immer über das neue blau-schwarze Trikot, das er stolz über einem Pullover trug. Er schaute ständig an sich herunter und streichelte das Vereinslogo der Blue Stars. Richtig toll wäre der Tag erst, wenn der Spieler mit der Nummer 9, dessen Namen Julian und Jessica auf den Shirts trugen, auch auf dem Platz stehen und mitspielen würde. Spyros Lidakis musste auf der Bank Platz nehmen und mit ansehen, wie die weiß gekleideten Gladbacher das Spiel diktierten und bereits die eine oder andere Torchance vergeben hatten. Die Spieler der BSB fanden überhaupt nicht ins Spiel. Der Innenverteidiger Patrick Funk verlor beinahe jeden Zweikampf, auch die Kopfballduelle, und das bei einer Größe von 1,96 Meter. In den letzten Spielzeiten hatten sie ihn in Bonn noch ehrfurchtsvoll als Funkturm bezeichnet, den Namen war er seit einem halben Jahr los. Hinter vorgehaltener Hand sprachen einige Mitspieler schon von einem Scheinriesen, dem erforderlichen Teamgeist zum Trotz. Frank hatte es ihnen am Mittwochabend verraten. Die spottenden Kollegen waren dabei selbst nicht besser – sie bildeten es sich vielleicht ein – bewiesen es aber weder im Training noch im Spiel. Es haperte in der Mannschaft nicht nur an den spielerischen Fähigkeiten, viel schlimmer war für die Bonner Fans, dass sie nur halbherzig in die Zweikämpfe gingen und jeglichen Siegeswillen vermissen ließen, und das in einer Phase, wo sie als Tabellenschlusslicht jeden Punkt benötigten. Es sah ganz danach aus, als erreichte auch der neue Trainer die

Spieler nicht. So konnte man im Abstiegskampf nicht bestehen, dabei hatte es nach dem Sieg in Mainz doch so gut ausgesehen. Die Gästefans im Süd-Block feierten dagegen ihr Team, das vor Energie nur so strotzte. Für die Bonner Spieler hatten sie bloß höhnische »Absteiger-Absteiger«-Rufe übrig.

Anna und Andreas wurden unruhig, weil ihrer Borussia trotz drückender Überlegenheit der Treffer nicht gelingen wollte – zu oft hatten sie erlebt, dass sich so etwas am Ende rächen konnte. Julian und Jess rechneten dagegen ängstlich damit, dass der Rückstand nur eine Frage der Zeit war. Wie der dann wieder wettgemacht werden sollte, entzog sich ihrer Fantasie. Die Blue Stars lieferten an diesem Nachmittag wenig Grund zur Hoffnung.

Der Zuschauer hinter ihnen schimpfte schon seit Spielbeginn über den unfähigen Vorstand. Für manche Leute ist das Fußballstadion eine Art *Speakers' Corner*. Als Jess sich einmal umdrehte, nörgelte er in Anspielung auf die Trikots: »Ihr hättet euch besser einen anderen Spieler ausgesucht – ich war von Anfang an gegen diesen Griechen. So ein Humbug, diese Notlösungen aus den unteren Ligen, ist doch wahr!«

Julian drehte sich ebenfalls um. »Mein Vater hat eine Pistole«, meinte er seelenruhig, was immer das Kind damit auch sagen wollte.

»Das ist doch mal eine Information«, fand der Mann neben dem Nörgler. Der hatte das gar nicht mitbekommen, denn er ließ sich nun über die griechische Staatsverschuldung aus, als müsse er persönlich dafür herhalten.

»Stimmt das, was der Mann sagt?«, fragte Julian seinen Vater.

»Ich glaube, der hat nicht viel Ahnung. Vom Fußball nicht,

und auch sonst nicht«, flüsterte Andreas ihm ins Ohr. Solchen Typen ging er prinzipiell aus dem Weg – sie quatschen einen zu, sobald man ihnen die Gelegenheit dazu gibt, und nicht selten endet ihr unerträgliches Gefasel mit rassistischen Parolen.

Kurz vor dem Seitenwechsel kamen die Blue Stars durch einen geschickt vorgetragenen Konter doch noch in den gegnerischen Strafraum. Die scharf hereingezogene Flanke erwischte der blond gefärbte Mittelfeldspieler schulmäßig mit dem Kopf. Es brauchte einige Augenblicke, bis die Bonner – Spieler wie Zuschauer – realisierten, dass sie soeben tatsächlich 1:0 in Führung gegangen waren. Die meisten Zuschauer vor und hinter ihnen sprangen jubelnd auf, lagen sich freudestrahlend in den Armen, klatschten sich ab. Auch Julian und Jessica tanzten ausgelassen vor ihren blauen Plastiksitzen. Auf der Videotafel erschien der überdimensionale Schriftzug *Tooor!* Anschließend zerbröselte eine magische Pranke einen chinesischen Glückskeks, bis die Botschaft zu lesen war: *Die Blue Stars spielen nicht – sie machen ernst!* Es folgte das Foto des japanischen Torschützen Yuto Nakazawa.

»So eine Kacke«, maulte Anna. »Das erlebt man nur mit Borussia, weil die zu dämlich sind, rechtzeitig alles klar zu machen. Den blöden Japaner hast du das ganze Spiel über nicht gesehen!«

»In der zweiten Halbzeit drehen wir das Ding«, meinte Andreas zu seiner Tochter.

»Hat der Nakazawa überhaupt schon mal getroffen? Och menno, im nächsten Leben werde ich Bayern-Fan.«

»Warte es ab, da geht noch was!« Mücke zeigte sich optimistisch. Danach schaute er zu Jessica rüber, die sich langsam beruhigte und zu normalem Verhalten zurückfand: »Am Schluss wird abgerechnet, Liebchen!« Sie streckte ihm die Zungenspitze raus. Als Julian ihn erst frech, dann unsicher angrinste, strich er ihm über den Kopf. Sollte er sich wenigstens freuen.

Die Lust auf eine Bratwurst war Andreas vergangen. Anna ebenfalls, die brauchte erst gar nicht gefragt zu werden. Sie will nie etwas, wenn sie sich im Schmoll-Modus befindet. Da Jessica sowieso aufs Klo musste, bot sie Julian an, ihm ein Würstchen mitzubringen.

Nachdem Andreas sich versichert hatte, nicht beobachtet zu werden, nutzte er die Zeit, den vor dem Spiel abgeholten Vertrag verstohlen zu prüfen. Zwischendurch lachten die Zuschauer spöttisch, als der Stadionsprecher die Highlights aus der ersten Hälfte auf den Videowänden ankündigte. Mücke war mit den Bedingungen und Trenklers Formulierungen einverstanden – das Vertrauen der Vereinsführung in Lidakis ging Richtung null, das wurde durch das Papier richtig deutlich. Seine Kinder wussten nicht, in welcher Form er ab sofort für die Blue Stars tätig ist. Sollte Anna ihn fragen, musste er eine Ausrede parat haben. Auch wenn er sich sonst um Offenheit bemühte: Dieser Job erforderte ein Höchstmaß an Diskretion. Dass Jessica Bescheid wusste, lag nicht in seiner Verantwortung, das hatte Frank Trenkler in Kauf genommen. Sorge bereitete ihm das allerdings nicht. Andreas wusste, dass sie das Vertrauen rechtfertigen würde. Sie war nicht der Typ, der aus Versehen etwas ausplapperte.

Natürlich verpasste Jess durch den Halbzeittrubel vor den Toiletten und Verkaufsständen den Wiederanpfiff um einige Minuten. Als sie endlich ihren Platz wieder eingenommen und Julian sein Brötchen mit der Bratwurst gereicht hatte, erzielten die Gladbacher den Ausgleich.

»Guten Appetit dann auch!«, Anna konnte sich einen hämischen Kommentar nicht verkneifen.

Kaum hatten sich die Gästefans beruhigt, stand es plötzlich 1:2. Der lang aufgeschossene Innenverteidiger hatte einen Eckball mit dem Kopf kraftvoll in den rechten Torwinkel gehämmert. Innerhalb von wenigen Minuten hatte die Borussia das Spiel gedreht.

In der gleichen Zeit verwandelten sich in der Arena verärgerte Gesichter in glückliche, und die zuvor überwiegend zufriedenen Mienen in enttäuschte.

Das war bei den vier aus Bad Münstereifel mit der Bahn angereisten Zuschauern nicht anders, jetzt waren Anna und ihr Vater obenauf. Julian kämpfte tapfer mit dem Rest seiner Bratwurst, von der Anna behauptete, ihre Haut sei robuster als die Bonner Defensive.

Die Entscheidung schien gefallen, als die Gladbacher eine Viertelstunde später einen Elfmeter zugesprochen bekamen. Hofmann verwandelte sicher zum 1:3. Aus der Gästekurve erschallten erneut die »Absteiger-Absteiger«-Rufe, danach waren lautstarke Hohngesänge zu hören, die den unbeliebten rheinischen Rivalen der Bonner mit einschlossen: »Ihr seid scheiße, wie der FC Köln!«

Vor ihnen erhob sich ein Mädchen in Julians Alter, zeigte zu den Borussen-Fans und meinte zu Anna: »Die haben voll die coolen Sprüche drauf!«

»Haben die nicht!«, fauchte Julian verzweifelt.

»Haben die wohl!«, meinte das Mädchen.

»Du bist doof!«, wandte Julian sich ab.

»Setz dich bitte hin, Lena!«, bat die Mutter.

»Hundertpro haben die das«, sagte Anna und zwinkerte

dem Mädchen zu. »Mein Bruder meint das nicht so – der hat ADHS!«

»Anna!« Mückes Tonfall verriet, was er vom unterirdischen Humor seiner Tochter hielt.

Ein Raunen ging durchs Stadion, als ein Gladbacher aus 20 Metern den Pfosten traf, der Nachschuss wurde vom Bonner Keeper reaktionsschnell über die Latte gelenkt. Anna beugte sich zu ihrem Vater: »Warum sollen wir nur gewinnen, wenn wir auch demütigen können?«

Ein Scheusal konnte Anna noch immer sein, daran hatte ihre Reife nichts geändert. Mücke hoffte mit Rücksicht auf Julian, dass keine weiteren Tore mehr fielen – feuchte Augen hatte er bereits. Wenigstens bekam sein Sohn noch Spyros Lidakis zu sehen, der sich vor ihrer Tribüne auf seinen Einsatz vorbereitete. Trainer Jörg Hippeli erteilte ihm noch einige taktische Anweisungen und schickte ihn mit einem Klaps aufs Spielfeld. Die Bonner Fans nahmen die Einwechslung des Griechen mit Humor: »Jetzt geht's los, jetzt geht's los«, klang es aus deren Kurve, als würde auch nur einer an die Wende glauben.

Drei Minuten später wurde Lidakis in aussichtsreicher Position auf der Außenbahn angespielt, er hatte nur noch einen Gegenspieler vor sich. Einige Fans schöpften schon Hoffnung, sprangen von ihren Sitzen – doch Spyros rutschte der Ball vom Fuß.

»Du wirst noch ein ganz Großer!«, schimpfte der Nörgler hinter ihnen. »Mir reicht's, da kannst du besser zum BSC gehen, die sind noch zu hundert Prozent authentisch! Nicht so wie diese hoch bezahlten Söldner hier!« Er verabschiedete sich von seinem Sitznachbarn und begab sich auf den Heimweg.

Das Spiel plätscherte so dahin. »Die einen brauchen nicht mehr, die anderen können nicht«, meinte der Reporter des *WDR*. Anna hatte die Lautstärke ihres Smartphones auf die höchste Stufe gestellt. »Das gibt's nicht«, rief sie den anderen zu, »der SC Freiburg führt beim BVB.«

»Gut so!«, lachte Jessica, die scheinbar nicht realisierte, dass auch der Sportclub im Abstiegskampf steckte. Für einen Moment erschien der Ansatz eines Grinsens in Julians Gesicht.

Dann jubelten die Bonner tatsächlich noch einmal. Nach einem weit herein geschlagenen Freistoß sprangen fünf, sechs Spieler hoch. Irgendeiner muss den Ball in dieser unübersichtlichen Situation so glücklich oder unglücklich getroffen haben, dass er im Gladbacher Netz landete. Anna tippte auf ein Eigentor, doch die Stadionregie nannte als Torschützen Spyros Lidakis.

»Der nächste Blinde«, motzte Anna. »Wir bauen heute jeden auf.«

Mücke freute sich ein wenig – zumindest war Julian nun notdürftig getröstet. Zuschauer, die ihre Plätze bereits im Zorn verlassen hatten, kehrten aufgeregt mit neuem Optimismus zurück.

Kurz darauf wurden vier Minuten Nachspielzeit angezeigt, und plötzlich war Feuer in der Partie. Die Blue Stars entfachten eine Leidenschaft, die keiner für möglich gehalten hatte. Man fragte sich, warum sie das erst jetzt taten. Ein Freistoß aus guter Position wurde von Mannschaftskapitän Thomas Bracht überhastet in die oberen Ränge geschossen. Jörg Hippeli tobte am Spielfeldrand wie ein wütendes Tier. Mit einem Tritt gegen eine Wasserflasche ahmte er den Schuss nach.

Im Gegenzug hatte Gladbach erneut die Chance, alles klar

zu machen, doch der eingewechselte Spieler übersah den frei postierten Mitspieler, versuchte es stattdessen allein. Eigensinn pur – Mücke konnte es nicht verstehen.

Die Blue Stars kamen noch einmal über die Mittellinie. Nach einem geschickten Spielzug wurde Lidakis am Sechzehner angespielt – der zögerte wieder einen Moment zu lange und wurde prompt von zwei Gegenspielern attackiert. Der Schiedsrichter entschied abermals auf Freistoß. Der Abwehrspieler verstand die Welt nicht mehr, er zeigte an, dass er den Ball gespielt hatte, griff sich unverstanden an den Kopf. Spyros schnappte sich energisch den Ball – ein Mitspieler wollte ihm den entreißen. Spyros blieb stur – beide blickten zur Trainerbank. Trainer Hippeli deutete auf Lidakis, der sich den Ball anschließend zurechtlegte. Ein Borussen-Stürmer kam zurückgelaufen, um die Mauer zu verstärken. Er berührte dabei leicht den Ball, machte sofort eine entschuldigende Geste, die trotzdem nicht verhinderte, dass er die Gelbe Karte sah. Für Hippeli war die Szene eine grobe Unsportlichkeit, die mehr zur Folge haben müsste. Die Gladbacher Trainerbank winkte sein Theater als lächerlich ab, viel wichtiger war doch, die Spielzeit im Auge zu behalten, weshalb einige Borussen in der Coachingzone konfus auf nicht vorhandene Armbanduhren tippten. Lidakis ging nach vorne, um sich das runde Spielgerät ein weiteres Mal zurechtzulegen. Für alle Stadionbesucher sichtbar, konzentrierte er sich einen Tick zu lang, holte tief Luft und lief an. Es war, als legte er den gesamten Frust der bisherigen Saison in diesen Schuss. Wuchtig knallte der Ball gegen die Unterkante der Latte und von da ins Netz. Ein ohrenbetörender Lärm erschallte durch die Arena – die Blue Stars hatten tatsächlich noch den Ausgleich erzielt. Der Jubel auf dem Platz und auf den Rängen war unbeschreiblich. Überall wurden Handys gezückt. Spyros zeigte allen, wie schnell er laufen konnte, und erreichte in persönlicher Bestzeit die Trainerbank, wo das aufgesprungene Personal mit ausgebreiteten Armen auf ihn wartete. Die meisten Spieler des weiß gekleideten Gegners ließen sich enttäuscht auf den Boden fallen.

»Tooor für die Blue Stars«, der Stadionsprecher zog jedes Wort in die Länge. »Lange hat er nicht getroffen, heute dafür doppelt! Torschütze zum 3:3 in der Blue-Asia-Arena ist der Spieler mit der Nummer 9, das ist unser Spyros …«

»Lidakis!«, kam es aus 30.000 Kehlen.

»Spyros?«

»Lidakis!«

»… unser Spyros?«

»Lidakis!«

»Und was sagen wir da?«

»Danke, Spyros!«

Es schien, als sei mit diesem Treffer alles Vorherige vergessen. Der Schiedsrichter hatte die Partie unterdessen abgepfiffen. Aus den Lautsprechern erklang die Melodie des Sirtaki, des berühmten griechischen Volkstanzes.

Nachdem sich beide Mannschaften minutenlang von ihren Fans verabschiedet hatten, wies Julian seinen Vater darauf hin: »Guck mal, der spricht jetzt mit Gott!«

Tatsächlich war Lidakis für kurze Zeit den Mitspielern, Betreuern und Journalisten entwichen und schickte mit hochgerecktem Kopf Worte zum Himmel. Ehrlich wirkende Gesten unterstrichen das Ganze. Andy war sich sicher, dass diese Sätze oder Gebete seiner vor Kurzem verstorbenen Freundin galten. Er war über Nicole Baumanns Tod also doch noch nicht hinweg. Welch ein Kontrast zu den Szenen vor einigen Wochen am Aussichtspunkt von Kanoni, als Spyros ihm wie ein eiskalter, berechnender Egoist vorkam. Mit einer Kopfbewegung machte er Jessica auf Spyros' Versunkenheit aufmerksam. Als sie seinen Hinweis verstanden hatte, bekreuzigte sich Lidakis und lief wieder zu seinen Kameraden. Unter seinem Trikot zeichnete sich ein Sixpack ab.

14.

Nachdem Mücke den eiskalten Begrüßungs-Ouzo getrunken hatte, nahm er den *Becher des Pythagoras* von der Fensterbank, begutachtete ihn und drehte das getöpferte Gefäß einige Male hin und her, bevor er mit seiner Erklärung begann. »Bis zur obersten Markierung bleibt der Wein im Kelch, schüttet man geringfügig mehr hinein, gibt es eine kleine Überflutung, weil dann restlos alles aus dem Fuß direkt auf den Tisch läuft. Könnt ihr mir folgen?«

»Es geht gerade noch«, meinte Jessica. Julians Interesse galt mehr der Fensterscheibe, in der sich sein Trikot spiegelte.

»Und wozu war das gut?«, fragte Anna.

»Es diente der Gerechtigkeit, damit jeder gleich viel zu trinken erhielt.«

»Dann bekam es besser der Tisch«, spottete Jessica, die sich unauffällig umschaute, bevor sie zur Blumenvase griff. »Du kannst uns viel erzählen ...«

»Warum sollte ich?«

»Genau!« Anna gab ihr recht. »Darin ist er groß.«

»Macht ihr jetzt den Tisch nass?«, wollte Julian wissen. »Darf man das?«

»Mal schauen!« Jess hielt inne. »Bis hier passiert nichts, richtig?«

»Richtig!«

Sie gab einen Schuss dazu und wartete ab. Noch immer geschah nichts. Jess schaute ratlos hoch.

»Nicht so zaghaft«, Anna riss ihr die Vase aus der Hand und kippte drauflos. Im Nu breitete sich das auslaufende Wasser auf der Tischdecke aus. Anna wollte sie mit der Stadionzeitschrift abdecken. Damit war Julian nicht einverstanden, der sie in Sicherheit brachte, indem er sich auf sie setzte. Am Nachbartisch kicherten junge Leute über einen Trump-Witz.

»Kein Problem«, sagte wenig später der Kellner mit gebrochenem Akzent und einem gewinnenden Lächeln, »das ist die Größe von unserem Herakles-Teller. Exakt!« Er betrachtete das Ausmaß noch einmal mit schiefgelegtem Kopf und korrigierte sich: »Nicht ganz, etwas Wasser muss noch hinzu.«

Jess zog es vor, die Blumenvase und den Becher auf die Fensterbank zu stellen. Der Vorfall war ihr peinlich.

Zu Julian sagte der Kellner: »Schenkst du mir dein Trikot, auch wenn es mir nicht passt?«

»Nein, das bekommt keiner.«

»Lidakis ist ein guter Mann, aber er trifft nicht mehr!«

»Heute hat er zwei Tore geschossen«, verbesserte ihn Julian.

»Was sagst du da? Das glaube ich nicht!«

»Doch, hat er wohl – in sechs Minuten.«

»Leider stimmt es«, Anna nickte der Bedienung zu.

»So sind die Griechen: Mal spielen sie grottenschlecht und wollen sich schon ins Meer stürzen, und dann spielen sie plötzlich wie die Götter!«, strahlte der Kellner, den sie im Lokal Dios nannten.

»Ich habe gesehen, wie er mit Gott gesprochen hat«, meinte Julian.

»Siehst du«, Dios strich ihm über den Kopf. Trotz der Proteste von Jessica und Andreas ließ er es sich nicht nehmen, vor der Vorspeise die Tischdecke zu wechseln. Nicht das Wasser war das Problem, sondern sein leicht fauliger Geruch.

Auch bei der dritten Wiederholung des *Sportstudios* am Sonntagmorgen war Julian derart in die Fernsehbilder vertieft, dass man ihn nicht ansprechen konnte. Beim Anschlusstreffer zum 2:3 hatte Lidakis in der Tat einen Riesendusel gehabt. Als der Ball in den Sechzehner geflankt wurde, wollte ihn ein Mönchengladbacher Abwehrspieler per Kopf aus dem Strafraum befördern. Er hatte den Ball allerdings so unglücklich getroffen, dass er dem verdutzten Griechen an die Schulter und von dort ins Tor gesprungen war. Mit etwas Pech hätte man beim möglichen Videobeweis sogar auf Handspiel entscheiden können, denn Spyros hatte den Ball mit dem ausgestreckten Körperteil zwischen Oberarm und Schulter berührt. Der Freistoß Minuten später war dagegen vom Allerfeinsten. Lidakis hatte den Ball mit fantastischer Schusstechnik und der Wucht von 208 gemessenen Stundenkilometern ins Netz gejagt. Es sollte keinen wundern, meinte der *ZDF*-Reporter, wenn die Kollegen der *ARD* diesen Treffer in die Auswahl zum *Tor des Monats* aufnahmen. Im anschließenden Kurz-Interview sagte der Doppeltorschütze im holprigen Deutsch, dass er den tollen Fans endlich seinen ehrlichen Kopf zeigen wollte, gemeint war wohl das wahre Gesicht. Er sei erleichtert nach den schrecklichen Monaten und sich sicher, dass es mit den Blue Stars nun aufwärtsgehe. Man schaue nach vorn. Sein nasses schwarzes Haar glänzte wie frischer Teer.

»Kuchen?« Jessica erschien im Türrahmen.

»Wir haben gerade erst gefrühstückt.«

»Natürlich auch nicht jetzt! Ich fahre für ein paar Stunden in meine Wohnung. Ich habe dir doch gestern erzählt, dass ich noch Klassenarbeiten korrigieren muss. Wenn ich wiederkomme, kann ich Kuchen mitbringen!«

»Wo gehst du denn hin?«

»Salzmarkt?« Jess sprach das Wort wie eine Frage aus.

»Dann nehme ich Käsekuchen!«

»Und du, Julian?«

»Ich auch!« Es war offensichtlich, dass er nicht zugehört hatte.

»Ich denke, du magst keinen Käsekuchen ...«

»Mag ich auch nicht!«

»Bring ihm Marmorkuchen mit«, sagte Andreas.

Gast im *Sportstudio* war ausgerechnet der Bonner Trainer, der das Unentschieden wie einen Sieg genoss. Als er auf seinen Stürmer Spyros Lidakis angesprochen wurde, sagte Hippeli, dass sich die Geduld mit ihm langsam auszahle. Geglaubt hätten sie ja immer an ihn.

»Warum haben Sie ihn denn erst so spät gebracht?«, wurde er von der Moderatorin gefragt.

Jörg Hippeli legte den Kopf in den Nacken, kratzte sich am Ohr und sagte: »Zum einen aus taktischen Erwägungen, zum anderen aus ...«, er geriet kurz ins Stocken. »Ich drücke es mal so aus: Wir wollten ihn ein wenig provozieren, um sein Potenzial herauszukitzeln.«

»Und das funktioniert dann so einfach?«

»Wir haben es alle gesehen«, antwortete er mit einem verschmitzten Lächeln. Das Publikum im Mainzer Studio sparte nicht mit Beifall.

»Beim letzten Freistoß haben Sie bewusst auf Lidakis gezeigt.«

»Das hatte ich mir beim Morgenessen überlegt, dass Spyros die schießen wird, sobald er auf dem Platz ist. Hätten wir einen Penalty bekommen, hätte er ihn auch reingemacht.«

»Papa, was ist ein Penalty?«

»Ein Elfmeter.«

»Warum sagt der das denn so komisch?«

»Der Trainer kommt aus der Schweiz, da sprechen die Leute etwas anders als hier.«

»Weiß ich doch!«

Im folgenden Bericht äußerte sich auch Manager Frank Trenkler zu Spyros Lidakis. Er sei sich absolut sicher, sagte er mit zufriedenem Gesicht und zerzaustem Haar, dass der Verein an ihm noch viel Freude haben werde. Die Blue Stars hätten den Jungen schließlich nicht verpflichtet, wenn sie nicht hundertprozentig von Spyros, seinem Charakter und seinen Fähigkeiten überzeugt gewesen wären. Andreas Mücke glaubte, nicht richtig zu hören, und blickte auf das vor dem Spiel erhaltene Kuvert, das auf dem Tisch neben dem TV-Programm lag. Er fragte sich, ob sein Auftrag mit den beiden Lidakis-Toren zur Makulatur geworden war. Bevor er irgendwas unternahm, telefonierte er am besten mit Frank.

Der unterstrich gerade im Fernsehen die Richtigkeit des Trainerwechsels im Dezember. Jörg Hippeli wäre seit Langem sein persönlicher Wunschkandidat gewesen, sagte Trenkler unmittelbar nach dem Abpfiff. Man erkenne überall, ob im Spiel oder bei den Trainingseinheiten, die exzellente Handschrift des Schweizers. Rund um die Blue-Asia-Arena sei eine neue Euphorie entstanden, die in ganz Bonn spürbar wäre. Und die, die das nicht merken oder merken wollen, würden sich in den kommenden Wochen noch richtig wundern.

»So zuversichtlich haben wir ihn zuletzt selten gesehen«, meinte die Moderatorin.

Langsam zog ein Lächeln über Hippelis Lippen: »Der Frank

weiß eben, dass ich nicht wegen der Museen und der schönen Frauen nach Bonn gekommen bin.«

»Sondern?«

»Man sagt in der Branche, mein Name stehe für Erfolg.«

»Und das stimmt?«, fragte die Moderatorin keck.

»Weiß ich nicht – auch die, die keine Ahnung haben, behaupten so etwas.«

Sie wandte sich mit neugierigem Gesicht dem Trainer zu: »Waren Sie wirklich der Wunschkandidat der Bonner gewesen, Herr Hippeli? Immerhin waren in den Medien vorher jede Menge anderer Namen, wie beispielsweise Breitenreiter, Nouri oder Veh, zu hören gewesen. Torsten Frings und Jeff Strasser wurden ebenfalls genannt.«

»Ich weiß, ich weiß«, sagte Hippeli, »wahrscheinlich hatte keiner der vielen Experten mit meiner Zusage gerechnet. Ich übrigens auch nicht.« Wieder quittierte das Publikum seine Schlagfertigkeit mit Gelächter und kräftigem Applaus.

»Sie glauben also noch an den Klassenerhalt?«

»Auf jeden Fall! Ich denke nur positiv, das bin ich meiner Blutgruppe schuldig!«

»Jörg Hippeli, meine Damen und Herren, der neue Trainer der Blue Stars Bonn! Wohlgelaunt, wie wir ihn aus der Bundesliga kennen. Schön, dass Sie wieder da sind. Vielen Dank, wir sehen uns noch gleich an der Torwand.«

15.

In einem Boulevardblatt wurde der extrem verregnete Monat für Depressionen und Selbstmorde verantwortlich gemacht. Bereits bis vergangenen Samstag, also bis zum 24.02., wäre in der Region so viel Niederschlag gemessen worden wie in keinem Februar der vergangenen 40 Jahre. Es hieß, dass auch die letzten Tage des Monats keine Besserung versprachen, es würde lediglich etwas kälter werden. Lidakis blätterte über den Artikel hinweg, in dem ein Biologe abschließend erklärte, warum das Wetter den Menschen aufs Gemüt schlage, und dass das Klima einst für die Hexenverfolgung mitverantwortlich gewesen war. Er griff erneut zum Sportteil und betrachtete das Foto von sich, das ihn wenige Sekunden vor Ausführung des Freistoßes zeigte. *Hammerdakis* nannten ihn die Redakteure, das gefiel ihm – den Sinn des Wortes hatte Spyros auf Anhieb verstanden.

Nachdem er es Irini vorhin erklärt hatte, war sie ihm mit glänzenden Augen um den Hals gefallen. Später hatte sie den Artikel fotografiert und bei *Facebook* veröffentlicht, seitdem war auch im Internet die Hölle los. Die Leute aus der Heimat schrieben, dass das Tor ständig im griechischen Fernsehen gezeigt werde, das andere übrigens auch. Spyros wusste gar nicht, dass er der erste Korfiot war, der sich als Torschütze in der Bundesliga einen Namen gemacht hatte.

Damit stand er nun auf der Liste mit berühmten Griechen wie Theofanis Gekas oder Angelos Charisteas. Oder dem Metzgergesicht, dem kompromisslosen Abwehrspieler Kyriakos Papadopoulos, den er besonders verehrte. Schade nur, hieß es aus Korfu, dass der Name Lidakis aus Kreta stammte. Da hatten sie recht – seinen Urgroßvater hatte es nach einem heftigen Familienstreit nach Korfu verschlagen. Kreta hatte er nie wieder betreten, genau wie der sture Bock es als junger Mann allen prophezeit hatte.

Der Oberschenkel schmerzte kaum noch. Im Sonntagstraining hatte er sich gestern eine Zerrung eingefangen. Der Doc hatte ihn daraufhin direkt aus dem Verkehr gezogen und die Hamstrings, wie er die hintere Oberschenkelmuskulatur nannte, mit einem langen Streifen von der Kniekehle bis zum Gesäß getapt. Zum Glück war heute trainingsfrei. Hippeli rief immer am Tag nach dem Spiel zum leichten Training, das für die komplett eingesetzten Spieler nur aus reinem Auslaufen bestand.

Erst den folgenden Tag bekamen alle Spieler frei, seines Wissens war das überall in den höheren Ligen so. Im theoretischen Teil ging es gestern wieder einmal um sein Lieblingsthema: das Pressing! Hippeli behauptete, dass das von seinen Stürmern am Samstag viel zu spät eingeleitet worden sei und dem Gegner zahlreiche Torchancen ermöglicht habe. Lidakis fand es schon merkwürdig, dass der Trainer ausgerechnet ihm das am ausführlichsten erklärte, wo er doch ohnehin erst spät eingewechselt worden war. Wäre das nicht eher ein Thema für die Halbzeitpause des Spiels gewesen? Nach seinem Empfinden hatte er in zwei Fällen sogar zu früh mit dem Pressing begonnen und damit unnötige Wege auf sich genommen. Das war ihm erst klar geworden, als er schon dabei gewesen war, ins Leere zu laufen.

Seitdem Irini bei ihm wohnte, lagen mehr Modezeitschriften als zu Nicoles Zeiten in der Wohnung herum, zumindest seit zwei oder drei Wochen. So kannte er sie gar nicht; was wollte sie nur mit den ganzen Blättern, deren Inhalt sie ohnehin nicht verstand: *Brigitte, Elle, Glamour, Cosmopolitan, Freundin* und wie sie alle hießen? Irinis Deutsch hatte in der kurzen Zeit auch ohne Helena gute Fortschritte gemacht, sie war jedoch weit davon entfernt, in dieser Sprache Zeitungen lesen zu können.

Das begann bei ihm ja gerade erst zu funktionieren – noch keine vollständigen Artikel, aber bei vereinzelten Sätzen oder bei den Überschriften klappte das manchmal schon. Er schlug eines dieser Magazine auf und las: *Hilfe, meine Frisur ist zu alt für mich!* Was für ein Unsinn: Irini hatte ihr Haar ewig so getragen, schon mit 13 und auch davor, genau wie seine Schwester Maria.

Er blätterte weiter und schlug das Heft wieder zu. Dann griff er zu einem weiteren Magazin. Entsetzt schüttelte er den Kopf – okay, von Mode verstand er nicht viel. Doch diese ganzen Modelle aus Deutschland oder Frankreich, die er hier sah – nein, das waren keine Frauen. Irini war tausendmal schöner. Und das sollte so bleiben – natürlich, mit den Jahren konnte sie zunehmen, wenn es ihr schmeckte. Sie musste ja nicht gleich so auseinandergehen wie seine alte Rektorin am Lyzeum. Rund wie ein gutgefüllter Hefezopf war sie geworden, die gute Panagiota Gatou. Immer dominant, doch voller Energie und purer Lebensfreude.

Einmal hatte sie mit dem Schlüsselbund nach seinem Bruder geworfen, aber ausgerechnet ihn getroffen, obwohl er nie den Unterricht gestört hatte. Wenn er sich richtig erinnerte, war die Gatou mit seinem Schulabschluss pensioniert worden. 18 war er da gewesen und hatte gerade die ersten Kurzeinsätze für AO Kérkyra absolviert. Was für ein unvergleichliches Gefühl bei seiner ersten Einwechslung vor 2.500 Zuschauern im Kérkyra Stadium. Mit windzerzausten Haaren hatte Irini auf der Haupttribüne gesessen und ihm zugewinkt, fast so stolz wie er war sie gewesen.

16.

Frank Trenkler war mit den Gedanken noch im Büro des Cheftrainers, als in der Innentasche seiner Jacke das Mobilteil klingelte. Er schloss das Bürofenster und schaltete die Heizung einige Grad höher. Im Türrahmen stand Christine, eine fürs Merchandising zuständige Mitarbeiterin, die wissen wollte, ob er gleich mitkäme. Sie hätte bei Gianluca für halb eins den runden Tisch reserviert.

»Hallo Andreas, was gibt's? Wie hat dir unsere Aufholjagd gefallen?« Der Manager blickte auf seine Uhr und nickte Christine zu.

»Das glaube ich dir«, sprach Trenkler weiter. »Ich bin ja hier weit und breit der größte Optimist, doch am Samstag habe ich nicht mehr dran geglaubt.«

Andreas Mücke grinste, bedächtig formulierte er seine Gedanken: Nach allem, was er in den letzten drei Tagen über Spyros Lidakis gehört und gelesen hatte, war er sich nicht mehr sicher, ob er mit seinem Job überhaupt beginnen sollte, deshalb der Anruf.

Frank fragte ihn, was sich denn groß geändert habe. Im Grunde hätte der Junge eine gute Aktion gehabt – belanglos, ob die ein oder hundert Mal im TV gezeigt würde. Nein, nein, davon dürfe man sich nicht irritieren lassen.

»Das dachte ich mir auch«, sagte Andreas, »aber so, wie ihr ihn alle in den Himmel gelobt habt, war ich mir am Ende unsicher.«

»Über einen Spieler, den wir lieber heute als morgen verkaufen würden, sagen wir nichts Schlechtes in der Öffentlichkeit. Mal abgesehen davon, dass das ohnehin mieser Stil wäre. Das ist nicht unsere Art«, beteuerte der Manager.

Das klingt alles so einleuchtend, dachte Mücke. Da verarscht man lieber das Publikum nach Strich und Faden.

Wie hieß es noch so schön in der Stadionzeitschrift: *Unser bester Sponsor seid ihr, die Fans.* Wahrscheinlich muss man solche Dinge beherrschen, will man in leitender Funktion erfolgreich sein.

»Andreas?«

»Ja.«

»Weißt du, was der Hippeli vorhin zu mir sagte?«

»Erzähl es mir.«

»Lidakis spielt falsch.«

»Wie, falsch?« Mücke verstand nicht, wie das gemeint war.

»Lidakis spielt falsch, auf der falschen Position – Hippeli sieht Spyros eher im defensiven Bereich, dort hätte er seine Stärken. Diesen Gedanken hätte er schon vor Wochen gehabt.«

»Das kann ich mir nicht vorstellen.«

»Ich ehrlich gesagt auch nicht. Doch der Trainer ist davon überzeugt, dass Lidakis das Spiel *vor sich* haben muss, um bessere Leistungen abzuliefern; sein defensives Zweikampfverhalten wäre mit Abstand besser als sein offensives.«

»Spielt er denn jetzt in der Abwehr?«

»Das muss selbstverständlich der Trainer entscheiden. Ich hoffe, Hippeli lässt ihn wenigstens die Elfmeter und Freistöße schießen, damit er vielleicht noch auf fünf Buden diese Saison kommt und wir ihn im Sommer besser loswerden können. Es gibt in der Bundesliga in der Tat noch schlechtere Stürmer, insofern hält sich das mit unserem Flop in Grenzen.«

»Viel Ahnung habe ich ja nicht von dem Geschäft – aber von

der Logik her, glaube ich, wäre es vernünftiger gewesen, wenn ihr im Winter seinen ehemaligen Trainer verpflichtet hättet.«

»Der passt nicht zu unserer gesamten Philosophie. Außerdem ist es nicht üblich, einen Coach nur deshalb zu verpflichten, weil er einen guten Draht zu einem Spieler hat, der sonst nicht funktioniert.«

Erneut ließ sich Christine in der Tür blicken: »Wir wollen dann jetzt …«

»Wartet! Ich fahre mit«, rief Trenkler ihr hinterher. »Sorry, Andreas, wir haben im Vereinsbistro einen Tisch bestellt – übrigens, wenn du das nächste Mal in Bonn bist, sollten wir das einmal gemeinsam besuchen.«

»Warum nicht, wenn es gut ist.«

»Das garantiere ich! Der Pächter ist ein fußballverrückter Italiener und ein Koch der Spitzenklasse. Bis zum Aufstieg in die 3. Liga hat er für uns gekickt, danach noch ein Jahr beim BSC. *Pazzi per il blu* heißt sein Lokal, frei übersetzt: Verrückt nach blau – in Anspielung auf die Blue Stars und die italienische Nationalmannschaft, vielleicht hatte er auch noch an das Meer und den Himmel gedacht.«

Mit den Wirten Bad Münstereifels kam er zum Verrecken nicht ins Geschäft, vielleicht sollte er sein Glück in Euskirchen versuchen. Ungeprüft wollten sie hier alle von seinem Genever *zweifelhafter Herkunft*, wie einer sich verächtlich ausgedrückt hatte, nichts wissen. Gut möglich, dass bald ein Zahnarztbesuch auf ihn zukam.

Mittlerweile kannte Wim alle Kneipen des Ortes. Früher müssen es mehr gewesen sein, hatten sie ihm im *Little Bit* neulich erzählt. Doch das Kneipensterben war nichts Außergewöhnliches, das war in Deutschland nicht anders als in den Niederlanden. In Münstereifel soll das City Outlet mit dazu beigetragen haben – aber auch da widersprechen sich die Leute, selbst die Wirte sehen das unterschiedlich. Het is mij egaal, dachte Wim, im Endeffekt hat überall derjenige die besten Karten, der bei Kauf- und Mietobjekten am meisten hinblättert. Das hatte mit den Gesetzen von Angebot und Nachfrage zu tun, so genau interessierte ihn dieser theoretische Mist aber nicht. Mit den Gesetzen hatte er es nicht so. Wim lächelte über seinen witzigen Vergleich.

»Trinkst du einen mit?«, fragte der Mann, der rechts neben ihm am Tresen stand und bis vor einer Minute ungeduldig darauf gewartet hatte, seine Bestellung aufgeben zu können.

»Warum nicht? Wenn man mich so lieb drum bittet.« Wim rutschte nach links auf den nächsten freien Barhocker und zeigte dem Fremden den freigewordenen Platz.

»Der Satz hätte von mir sein können«, lachte der Mann, der einige Jahre älter war als er. »Bleibst du bei dem?«

Wim schaute auf sein halb volles Glas, als müsste er überlegen. »Ja!«

»Ina, machst du noch ein Pils dazu? Und zwei *Stephinsky*.«

»Was ist denn das?«

»Dachte ich mir gleich, dass du nicht von hier kommst! *Stephinsky* ist ein Kräuterschnaps aus unserer Gegend, der räumt auf im Magen. Satte 43 Umdrehungen, sag ich dir.«

»Das kann sich sehen lassen!«

Der Fremde gab ihm die Hand: »Ich bin Gero Stiweck! Ich wohne auch nicht in Münstereifel, aber nicht weit weg.« Ihm hing der Bauch über die schlecht sitzende Hose, ein undefinierbares Tattoo zierte seine Stirn.

»Prösterchen!«, die Betonung lag auf einem endlosen Ö.

»Proscht, ich heiße Wim.«

»Prost!«

»Niet slecht!« Wim wischte sich den Mund mit dem Ärmel seines Pullovers ab. Da konnte sein Genever nicht mithalten. »Ich wohne bis Mai hier.«

»Ach, wirklich?« Stiweck war überrascht, seine Augen begannen zu leuchten. »Das musst du mir erklären!«

»Kennst du den Fußballer Spyros Lidakis von den Blue Stars?«

»Fußball ist nicht meine Sache – verdienen alle viel zu viel, wenn du mich fragst. Genau wie die Rennfahrer.«

Wim überlegte: »Da hast du recht – die leben wie die Götter und arbeiten nicht einmal dafür!«

»Gerecht ist das nicht«, fand Gero.

»Oder ist Fußball für dich Arbeit?«

»Natürlich nicht!« Gero drehte sein Bierglas nervös zwischen Daumen und Zeigefinger.

»Zie je! Pardon: Siehst du!«

»Macht nix! Und, äh ... was ist mit diesem Lidakis?«, mit einem beherzten Zug leerte Gero das Glas. »Der Name kommt mir doch irgendwie bekannt vor.«

»Dem bringe ich Holländisch bei. Mal eine Stunde am Tag, mal zwei. Oft auch gar nicht.«

»Und davon kann man leben?« Mit skeptischem Blick glotzte Gero ihn an. Er staunte über den starken Haarwuchs auf seinem Handrücken, dafür bildete sich auf Wims Kopf eine Glatze, die von einem hellblonden Haarkranz umringt wurde.

»Es geht ...«, meinte der Niederländer. Er verkniff sich eine Bemerkung über seine diversen Nebeneinkünfte – schlimm genug, dass sie im Nachtigallenweg die Kippe gefunden hatten, seitdem rauchte er ausschließlich selbstgedrehte. Die restlichen *Caballeros* hatte er am Kölner Hauptbahnhof an Penner verschenkt.

»So einfach möchte ich mein Geld auch verdienen. Da hast du es fast so gut wie die Fußballer!«

»Nee, das wäre super. Was arbeitest du denn, sagt man das so auf Deutsch?«

»Perfekt!«

»Und, was machst du?«

»Na ja, ich bin Beschaffungskünstler.« Gero gefiel es, sich wichtig zu machen und in Rätseln zu sprechen, während sich Wim unter dem deutschen Begriff rein gar nichts vorstellen konnte.

»Wie?«

»Import, Export.«

»Okay! Import, Export«, wiederholte Wim.

»Einkauf, Verkauf. Je nachdem, ist mitunter ein wenig grenzwertig. Mich hatten sie deshalb schon mal weggesperrt, verstehst du? Unter uns: Nicht der Rede wert, die paar Monate hab ich locker auf einer Arschbacke abgesessen.«

Wims Mund wurde von einem Lächeln umspielt, das besagte, dass er im Bilde war. »Du warst im Knast?«, fragte er nach einer Weile.

»Nicht so laut! Muss ja nicht jeder mitbekommen, worüber wir uns so nett unterhalten. Vor allem die da nicht«, sein Kinn deutete auf die Bedienung. Sein Blick glitt über ihren Körper. »Hat unsere Ina nicht heiße Beine in ihrem Röckchen – machst du uns noch zwei Bier?« Gero fragte sich, was sie wohl drunter trug.

»Die Getränke könnt ihr haben, deine dummen Sprüche braucht kein Mensch.«

»Entschuldigung.« Gero zog jede Silbe in die Länge, die erhobenen Hände ließen sein gespieltes Getue lächerlich wirken. »Man wird ja wohl noch nett sein dürfen.«

»Mit durchgebumsten Slogans des letzten Jahrhunderts? Ich brauche keine Nettigkeiten von dir – und, hör zu, auch sonst nichts!« Ina nahm die Gläser aus dem Becken und trocknete sich die Hände ab.

»Warum bist du so unfreundlich?«

»Weil du es sonst nicht kapierst!«

»Zicke«, nuschelte Gero und schüttelte den Kopf. *So sind sie, die Weiber*, sollte das wohl heißen.

Nach der dritten Runde begann Gero Stiweck mit seinem Gesülze auch Wim auf die Nerven zu gehen. Kein Wunder, dass er gesessen hatte. Typen wie Gero vertrauten sich jedem an, konnten einfach nichts für sich behalten. Sie redeten sich um Kopf und Kragen, ohne es zu merken. Das war ihr Dilemma. Okay, im Gefängnis war Wim ebenfalls gewesen – in Dordrecht, 20 Kilometer südöstlich von Rotterdam. Der Aufenthalt im Knast hatte jedoch seine Sinne geschärft, deshalb misstraute er den meisten. Schon beim zweiten Kneipenbummel in Bad Münstereifel waren ihm die beiden Bullen aufgefallen, die sich einige Tage lang für alles Mögliche interessierten und Wim den Spaß am Saufen genommen hatten. Seit sechs Wochen sah man sie nicht mehr, nicht in den Kneipen und auch nicht in der Spielhalle. Soweit seine Informationen stimmten, war der Mord von Anfang Dezember noch nicht aufgeklärt, aber so richtig wunderte das keinen.

Wim beantwortete Gero Stiwecks weitere Fragen einsilbig.

Und es war erstaunlich, was der plötzlich alles über Spyros und seine Wohnung wissen wollte. Das war schon mehr als auffällig. Glaubte der Domkop wirklich, dass ein Fußballprofi sein Vermögen zu Hause verstecken würde? Wenn es etwas zu holen gäbe, würde er sich drum kümmern, dazu brauchte er diesen redseligen Schluckspecht nicht. Es war ja schließlich nicht so, dass er nicht selbst schon auf die Idee gekommen wäre.

Wim bestellte eine letzte Runde. Er entnahm seiner Geldbörse zwei Zehner und schob sie zu Ina hinüber. Seine knappe Geste verriet ihr, dass es so stimmte. Gerne hätte Wim einige Sätze mit ihr gewechselt, aber sein Gefühl verriet ihm, dass Gero sich eingemischt und alles vermasselt hätte.

17.

Auf der Autobahn nach Bochum hatte reger Verkehr geherrscht. Andreas Mücke stiefelte über einen nicht asphaltierten Parkplatz, überquerte eine stark befahrene Straße und erreichte wenig später das Trainingsgelände am *Vonovia* Ruhrstadion. Für 13 Uhr war das öffentliche Training der Lizenzspieler angesetzt. Es war eingetroffen, was Frank Trenkler ihm prophezeit und worauf Andreas gehofft hatte: Er war nicht der einzige Besucher – rund 120 interessierte Beobachter hatten sich am letzten Tag des Februars eingefunden, nicht wenige hatten das Rentenalter bereits erreicht. Andreas konnte nicht nachvollziehen, was attraktiv daran sein sollte, Fußballspielern beim Training zuzusehen, noch dazu bei diesen ungemütlichen Temperaturen. Wahrscheinlich wussten diese Leute nichts mit sich anzufangen oder sie waren durch und durch eingefleischte VfL-Fans.

Mücke gesellte sich zu einem Pulk von etwa zehn bis zwölf Leuten. Kurze Zeit später zückte er sein Smartphone. Anna fragte, ob sie wegen einer Feier am Abend in Münstereifel bei ihm übernachten könnte und ob er um 17 Uhr zu Hause wäre. In einer weiteren, sofort danach eingetroffenen Nachricht wollte sie wissen, ob er noch ihre Zahnpasta und Zitronenjoghurt vorrätig hätte. Er simste seiner Tochter, dass alles okay wäre, dass er gerade in Bochum sei, sich aber spätestens um drei auf den Heimweg machen würde.

Als die ersten Spieler den Platz betraten, war spärlicher Applaus zu vernehmen. Einige Profis grüßten mit erhobener Hand verhalten zurück. Im Nu waren circa zwanzig Bälle über den Platz verteilt, dunkle Wolkenfetzen huschten über den Himmel.

Links neben Andreas standen vier ältere Zuschauer; selbst der jüngste von ihnen dürfte die fünfzig schon eine Weile überschritten haben. »War ja nicht viel am Wochenende«, sagte Mücke gut hörbar mit dem Blick aufs Spielfeld gerichtet.

»Hinten fehlt die Grundordnung«, antwortete einer, den sie Jupp nannten. »Da haben wir hier letztens noch drüber geredet, aber auf uns hört ja keiner.«

»Die Null muss stehen«, etwas Gescheiteres, als eine verstaubte Schalker Weisheit von sich zu geben, fiel Mücke gerade nicht ein. Er hatte vorhin beobachtet, wie einige Assistenten des Trainers Hütchen und Stangen aufgebaut hatten. Auf einigen Kleinfeldern spielten jeweils sechs bis acht Bochumer gegeneinander. »Wozu sollen diese Spielchen eigentlich gut sein?«

»Ballbehauptung«, kam es wie aus einem Munde.

»Warste im Stadion?«, wollte einer wissen.

»Klar«, meinte Mücke, der sich gestern die Wiederholung im Bezahlfernsehen angeschaut hatte.

»Wo sitzt du denn immer? Wir haben dich hier noch nie gesehen.«

»Äh, im Block E.«

»Wat – im Gästeblock?«

Puh, es ging schon los. Andreas war um eine Ausrede nicht verlegen: »Ist schon klar! Ich war nur ausnahmsweise im Gästeblock, was ich schwer bedauert habe.« Fragende, verständnislose Blicke seiner Platznachbarn trafen ihn. »Na ja, wir hatten Besuch aus Franken, da wollte ich es denen recht machen.«

»Dat käm bei mir nich inne Tüte«, meinte jemand, dessen Fan-Schal sehr verwaschen aussah.

»Bei mir auch nicht!« Jupp pflichtete ihm bei.

Andreas versuchte, das Thema zu wechseln. »Aber auch vorne hapert es. Der Spyros fehlt uns an allen Ecken und Kanten.«

»Da sagst du was«, stimmte der Mann direkt neben ihm zu. Er reichte den gerade erhaltenen Flachmann an Mücke weiter. »Hier nimm, dat ist genau dat Richtige bei dem Wetter. Egon, mein Name.«

»Danke, Egon.« Andreas wischte sich mit dem Handrücken den Mund ab. »Kümmelkorn?«

»Nicht ganz! Da ist Bärwurz drin – stimmt's, Maradona?«

»Bärwurz aus dem Bayerwald! Den muss man trinken, solange er kalt ist.«

»Nicht übel – kanntet ihr den Spyros Lidakis näher?«

»Nö, der hat nie viel geredet!«, meinte Jupp.

»Brauchte er auch nicht«, verteidigte Egon ihn. »Der hat Tore sprechen lassen.«

»Hier vorne«, Maradona deutete mit dem Kinn aufs Spielfeld, »hat er sich im Training die Narbe am Mund geholt. Da hatte der Timo voll durchgezogen.«

»Quatsch, Spyros hatte die Birne viel zu weit unten – da konnte der Timo nix für«, meinte Jupp. »Was hätte der tun sollen, Timo musste so ...«

»Sag ich doch«, unterbrach Egon ihn. »Dem Spyros war es egal, ob er spielte oder trainierte, der hat Vollgas gegeben. Eine Schande, wat die Bonner aus ihm gemacht haben. Scheiß-Millionäre, nun hat er Kohle ohne Ende, aber seine Karriere ist kaputt am Gehen, auch wenn er Samstag mal getroffen hat. Und dann noch der Tod vonne Freundin!«

»Die waren hier im letzten Jahr ein Herz und eine Seele. Ein Drama ist das«, seufzte der mit dem Schal.

»Tja, das war wirklich schlimm. Die Narbe ist mir auch aufgefallen«, ließ Andreas sie wissen. »Lidakis ist mir zufällig vor zwei Monaten am Flughafen über den Weg gelaufen, übrigens mit seiner neuen Freundin.«

»Ob er sich da einen Gefallen getan hat«, Maradona hatte seine Zweifel.

»Na und«, maulte Egon, als müsste er Lidakis verteidigen. »Dat is seine Sache – vonne Nicole war er schon vorher getrennt! Du mochtest sie doch selbst nicht, haste immer gesagt!«

»Trotzdem!«

»Wat trotzdem?«

»Ich mein' ja nur ...«

»Ihr geht mir alle auffe Pimpernellen!« Egons Redebedarf schien abrupt gestillt zu sein. Maradona sah zu Mücke, zuckte mit den Schultern und nahm einen weiteren Schluck aus dem Flachmann.

Das Training war unterdessen in vollem Gange. Aus verschiedenen Ecken des Platzes waren Rufe, Kommandos und Pfiffe zu vernehmen. Mücke ließ die Leute zurück, indem er etwas von einem erhofften Dreier in Heidenheim murmelte. Er wollte auf die andere Seite des Platzes – vielleicht fand er dort jemanden, der ihm mehr über Lidakis erzählen konnte.

»Man sieht sich«, rief ihm einer mit Verzögerung hinterher. Es konnte Maradona gewesen sein. Mücke setzte seinen Weg fort. Hier und da wurde er gegrüßt, als gehörte er zur VfL-Familie. Die Stimmung der Fans war beim Training entspannter, weil es da, anders als im Spiel, nicht um Sieg oder Niederlage ging. Zwar hatte er noch kein Bochumer Heimspiel gesehen, doch die angespannte Atmosphäre dürfte in allen Stadien die gleiche sein, sofern die Heimmannschaft nicht gerade 5:0 führte: Überall wurde mitgefiebert, vor allem wurde aber laut geflucht und geschimpft – über die Spieler, den Trainer, die Taktik, den selbstgefälligen Vorstand und natürlich über jede Schiedsrichterentscheidung gegen das eigene Team. Wenn man dann noch darüber nachdachte, wie viel Geld der Fan für seinen voraussehbaren Ärger ausgab, musste man sich schon sehr darüber wundern, dass die Stadien Woche für Woche prall gefüllt waren.

»Frank?« Mücke wurde aus seinen Gedanken gerissen. Meinte der Typ mit dem runden, gutgenährten Gesicht etwa ihn?

»Ja?«

»Frank, bist du es wirklich? Das ist toll, dass du dich einmal sehen lässt! Ich hab' dich schon von Weitem am Gang erkannt.«

»Sorry, da muss ein Missverständnis vorliegen. Ich heiße Andreas Mücke.«

»Herrje, das ist mir peinlich«, entschuldigte er sich und nannte Andreas seinen Namen, der an einen Fernsehkoch erinnerte. »Ich dachte, Sie wären der Fahrenhorst, ein ehemaliger Verteidiger von uns. Einer meiner Lieblingsspieler, den kennen Sie ja noch bestimmt …«

»Macht nichts«, sagte Andreas. Den erwähnten Spieler kannte er nicht. Er erinnerte sich ohnehin kaum an einstige Spieler, und zum VfL Bochum hatte er obendrein nie einen Bezug gehabt, auch wenn ihm kleinere Vereine sympathischer waren als Dortmund, die Bayern oder die Schalker.

»Wer war denn dein Lieblingsspieler?«, nun war sein Gegenüber, der mit unbewegter Miene Kaugummi kaute, wieder zum Du übergegangen. Ein Ehemaliger aus der Bochumer Vergangenheit fiel Andreas dann aber doch ein.

»Katze Zumdick!«

»Einen besseren Torhüter als den Ralf hatten wir danach nie wieder.«

»Da ist was Wahres dran – bei einem Spitzenklub wäre er hundertprozentig Nationalspieler geworden!« Man musste für diese Behauptung kein Experte sein, das ließ sich von jedem guten Fußballer behaupten, der bei einem Durchschnittsverein kickte.

»Und von den aktuellen Spielern?«, wollte der Koch wissen.

»Muss ich überlegen ... Zuletzt mochte ich besonders Spyros Lidakis, sein Torinstinkt war schon genial – zumindest, solange er bei uns war. Was jetzt in Bonn los ist, soll mir egal sein.« Mücke hatte das Thema schneller als erhofft anschneiden können.

»Ich fand es schade, dass er sich bei dem ausgehandelten Freundschaftsspiel hier nicht hat blicken lassen. Ein Großteil der Zuschauer ist extra seinetwegen gekommen.«

»Ach, das wusste ich gar nicht!«

»Krankheit hin oder her, das macht man nicht. Nicht nach seinen zwei tollen Jahren hier! So ein arrogantes Verhalten kannten wir von ihm gar nicht, dadurch hat er hier die letzten Sympathien verloren. Da sieht man, wie flott die Kohle den Charakter verändert.«

»Na ja, wenn er krank war ...«

»Wer's glaubt. Laut *RevierSport* war er am Tag drauf im Bonner Mannschaftstraining – bei bester Gesundheit!«

»Dann muss wohl bei seinem Abschied irgendetwas vorgefallen sein?«

»Das war ein großes Thema auf der Pressekonferenz. Doch weder unsere Leute noch die Bonner hatten eine Antwort darauf gehabt.« Der Fernsehkoch spekulierte minutenlang und unterstrich das Gesagte wie die Trainer auf dem Platz mit lebhaften Handbewegungen. Mückes lautes Niesen ließ ihn zusammenfahren.

»Gesundheit!«

»Danke!«

Andreas rieb sich die Augen und spürte, wie steif seine Glieder durch das Stehen in der Kälte geworden waren. Dankbar kickte er einen Ball, der ihm vor die Füße gerollt war, aufs Spielfeld zurück. Der Spieler bedankte sich mit erhobener Hand.

»Wer war denn das?«

»Unser Österreicher, ein Angriffsspieler. Kennst du etwa Lukas Hinterseer nicht?«

»Doch, klar. Hat der eigentlich noch mit Spyros zusammengespielt?«

»Nein, man merkt, dass du nicht oft hier bist. Der Lukas ist im letzten Sommer aus Ingolstadt gekommen, gegen Dresden hatte er kurz vor Schluss das 3:2 gemacht, der hat ordentlich was drauf.«

»Stimmt, jetzt fällt es mir wieder ein.«

»Wenn du von den Spielern etwas über Spyros wissen willst, müsstest du Manuel, Felix, Anthony oder Timo fragen. Oder den Tim. Warum interessiert dich der Verräter überhaupt noch?« Das gutgenährte Gesicht hob die Augenbrauen: »Der ist Vergangenheit!«

»Nur so«, beschwichtigte Andreas. »Ich würde gern wissen, was hier bei seinem Abschied passiert ist.«

»Das wird wahrscheinlich ein großes Geheimnis bleiben.«

»Mich stimulieren Geheimnisse«, antwortete Andreas vielsagend.

Nach dem Training suchten die meisten Spieler schnurstracks den Weg in die warme Kabine. Nur wenige unterhielten sich kurz mit den Fans, gaben Autogramme oder standen für gemeinsame Fotos zur Verfügung. Auch Andreas versuchte nach dem Zufallsprinzip, mit drei Spielern ein Gespräch zu beginnen. Der erste behandelte ihn noch am freundlichsten, indem er sagte, dass er leider beim VfL den Spyros nicht mehr persönlich kennengelernt hätte; echt schade, nach allem, was er über Spyros gehört hatte. Der müsste ein super Kollege gewesen sein. Der nächste Spieler schaute Andreas kurz in die Augen und nuschelte etwas in der Art, dass er zu diesem Thema nichts mehr sagen wollte – nein wirklich: »Kein Kommentar!«

Der letzte Akteur, der zuvor noch ausgiebig Autogramme verteilt hatte, lief stur an Mücke vorbei. Er ließ ihn mit seiner deutlich gestellten Frage einfach stehen. »Gott schütze mich vor Größenwahn und Arroganz«, rief Andreas ihm verärgert hinterher. Er war sich sicher, dass der Typ seinen Fluch nicht einmal mitbekommen hatte. Garantiert lag seine Aufmerksamkeitsspanne unter fünf Sekunden.

Als Andreas auf der Autobahn war, versuchte er vergeblich, Frank Trenkler telefonisch zu erreichen. Mehr Glück hatte er dafür bei Thea Oleknavicius, der Bonner Hauptkommissarin. Theas Leute tappten auch nach 80 Tagen auf der Suche nach dem Mörder von Eddy Sawatzki weiterhin im Dunkeln. »Wir haben ein weiteres Mal Befragungen in Bad Münstereifel und speziell auf dem Hennesweg durchgeführt und mit Personen aus seinem privaten und beruflichen Umfeld gesprochen.« Andreas hatte Mühe, sie zu verstehen. Er stellte den Lautstärkeregler etwas höher, um das Prasseln des Regens aufs Autodach zu übertönen.

»Meine Kollegen Freddy Kleinelsen und Bernd Hertel haben sogar vier Abende lang euer Nachtleben genossen und sich in unterschiedliche Hotels eingemietet, um etwas in Erfahrung zu bringen. Immerhin gibt es inzwischen ein paar vielversprechende Ansätze, mehr auch nicht.«

»Was denn für Ansätze?«

»Entschuldige, Andreas, du weißt, dass ich dazu keine näheren Angaben mache.«

»Schon okay.« So gut kannte er sie wirklich.

»Rufst du von unterwegs an?«, fragte Thea kurz darauf. »Wo steckst du denn gerade?«

»Im Ruhrgebiet, bin aber auf dem Weg nach Bad Münstereifel.«

»Warst du beruflich da?«

»Ja.«

»Hat dein Fall etwas mit Paul-Eduard Sawatzki zu tun?«

»Hm.« Wie kam sie überhaupt auf diese Idee, fragte er sich. Reichte es nicht, wenn er sich das einredete, um diesen Gedanken Stunden später zu verwerfen?

»Was denn jetzt?« Auch Theas manchmal ungeduldige Art war ihm vertraut.

»Vielleicht ja, aber dafür habe ich nicht den geringsten Beweis – höchstens so ein Bauchgefühl.«

»Erzähl!«

»Nein, dazu ist es viel zu früh. Möglicherweise liege ich total daneben und mache mich lächerlich.«

»Nun sag schon!«

»Es macht keinen Sinn, weil die Logik fehlt.«

»Wie du meinst!«

»Wir könnten uns demnächst auf ein Bier treffen, dann bezahle ich!«, schlug er stattdessen vor.

»Wenn es meine Zeit zulässt, gerne. Ich ruf dich an, ja?«

»Okay, mach das!«

Anschließend versuchte es Andreas noch einmal beim Manager der BSB. Während es bei Trenkler klingelte, stellte Mücke den Scheibenwischer um eine Stufe höher, denn der Wind peitschte nun die fetten Regentropfen beinahe waagerecht gegen seine Frontscheibe. Kaum zu verstehen, wie da noch Autos an ihm vorbeirauschen konnten.

»Hallo, Andreas, was gibt's?«

»Ich war beim Training der Bochumer.«

»Gut, aber deshalb rufst du nicht an, oder?«

»Warum war Lidakis beim Freundschaftsspiel nicht dabei? Es war für ihn doch eine Art Abschiedsspiel in Bochum?«

»Sein Spielerberater hatte mich angerufen, Spyros muss fürchterliche Magen-Darm-Probleme gehabt haben.«

»Und tags drauf konnte er wieder Vollgas geben, findest du das nicht kurios?«

»Mag sein, dass es das war. In erster Linie freuen wir uns darüber, wenn es einem Spieler wieder besser geht.«

»Was ist das für ein Typ, dieser Spielerberater?«

»Van Meegen? Nervig wie alle – freiwillig und privat würde ich mich mit denen nicht abgeben.«

»Ist bei Spyros' Abschied in Bochum etwas vorgefallen?«

»Nicht, dass ich wüsste.«

»Es muss einen Grund geben, warum er diesem Verein aus dem Weg geht.«

»Ich glaube eher, dass da ohne Grundlage etwas hochgespielt wird. Lidakis und van Meegen behaupten, man sei im Guten auseinandergegangen. Warum sollte ich das bezweifeln?«

»Seltsam ist es schon ...«

»Dann finde es heraus, Andreas! Und grüß Jessica von mir!« Mücke drückte ihn weg und verzog das Gesicht. »Dann finde es heraus«, äffte er ihn nach. Er hatte sich von dem Gespräch mehr erhofft.

Nachdem er sich beruhigt hatte, musste er zugeben, dass Frank recht hatte. Das machte die Sache für ihn natürlich nicht leichter. Die ganze Geschichte um Spyros Lidakis war sehr verworren – Andreas war sich nicht einmal sicher, ob Trenkler mit offenen Karten spielte oder ob auch er ihm etwas verheimlichte. Leute wie Frank sind mit allen Wassern gewaschen, haben überall noch ihre Hinterzimmer, und genau deshalb sind sie erfolgreich. Andreas durfte sich nicht beklagen: Es gehörte zu seinem verdammten Job, dieses undurchsichtige Geflecht zu entwirren. Er selbst hatte es so gewollt; und mal ehrlich, die stinknormalen Observierungsaufträge hingen ihm doch zuletzt so richtig zum Halse heraus. Aller Anfang ist schwierig, wie oft hatte er diese Floskel gehört? Ihm wäre schon geholfen, wenn er wüsste, wo er beginnen sollte. Er dachte an das Gespräch mit Thea. Ist Eddy der Schlüssel, um das richtige Tor aufzustoßen? Möglich wäre es, aber es gab keinen Ansatzpunkt, sieht man mal von den Stichpunkten Profisport, Griechenland und Holland ab, die Sawatzki am Telefon erwähnt hatte. Vor seinen zwei Jahren beim VfL Bochum hatte Spyros Lidakis in der holländischen Eredivisie beim FC Utrecht gekickt und dort in 52 Spielen 30 Tore geschossen. Das hatte Mücke gestern Abend übers Internet herausgefunden.

Auf dem kurzen Stück zwischen Leverkusen und der Kölner Rheinbrücke hörte es schlagartig auf zu regnen. Die trockene Fahrbahn verriet Andreas, dass das Wetter hier in den letzten Stunden erträglicher gewesen war. Nach einer Tank- und Kaffeepause an der Raststätte *Ville* ließ sich sogar die Sonne blicken. Er zog die Sonnenblende herunter und seufzte: Ihre wenn auch schwachen Strahlen hätten den Besuch des Trainings angenehmer gestaltet. Demnächst würde es anders aussehen – er war sich sicher, nicht das letzte Mal in Bochum gewesen zu sein.

Die Verkäuferin bedankte sich für seine Hilfe, um die sie ihn gebeten hatte. Der klemmende, schwer ausklappbare Werbeständer stand jetzt stabil im Eingangsbereich des Supermarktes. Die Aktion hatte ihn mehr Kraft und Geschicklichkeit gekostet, als er gedacht hätte. Ein Blick auf die Uhr bestätigte, dass er gut in der Zeit lag. Andreas schob erleichtert den Einkaufswagen durch die Gänge, prüfte das ein oder andere Teil, bevor er es zu den anderen Sachen legte. Als er vor dem Zahnpasta-Sortiment stand, fiel ihm nicht ein, welche Marke Anna benutzte. Kurzerhand drückte er die Verbindung zu seiner Tochter.

»Ich dachte, du hättest sie vorrätig.«

»Habe ich das gesagt?«

»Hast du!«

»Dann hab ich sie eben nicht vorrätig – spielt das eine Rolle?« Endlich nannte sie ihm die Marke, außerdem bat sie ihren Vater, Bananen zu kaufen – möglichst feste, könnten ruhig noch ein wenig grün sein.

»Gut, dass ich angerufen habe! Bist du schon im Bus?«

»Nein, in der Bahn. Vor fünf Minuten ist sie losgefahren.«

»Ich warte am Bahnhof auf dich.«

»Bis gleich!«

Er fand die Bananen mit dem gewünschten Reifegrad auf Anhieb. Ein Schild belehrte ihn, dass sie an der Kasse abgewogen wurden – das handhabte man wohl in jedem Supermarkt anders. Andreas kaufte vorsichtshalber noch Badeschaum, Kaffee, Milch und einige Zitronenjoghurts, auch wenn er sich ziemlich sicher war, im Kühlschrank noch welche zu haben.

An den Kassen herrschte um diese Zeit das übliche Gedränge. In zehn Minuten würde Anna eintreffen, aber das war locker zu schaffen.

Kurz darauf hatte er an einer zusätzlich besetzten Kasse die Möglichkeit, seine Einkäufe sofort aufs Band zu verteilen. Andreas griff nach zwei Schokoriegeln und legte sie dazu. Er zählte die wenigen Scheine in seiner Geldbörse und beschloss, sich noch 200 Euro auszahlen zu lassen, als ihn die Kassiererin wegen der Bananen ansah.

»Die wiegen Sie doch ab!«

»Ich hatte Sie gefragt, ob das *Chiquita-*, *Rewe-* oder Bio-Bananen sind.«

»Puh, woher soll ich das wissen? Man hatte mir nur gesagt, sie sollen richtig fest sein.«

»Männer halt«, meinte die vorwitzige junge Frau hinter ihm zu der Kassiererin. Sie trug eine dicke, lange Strickjacke über der Jeans. Irgendwie kam sie Andreas bekannt vor – woher nur, fragte er sich.

»Hauptsache, wir haben keine Vorurteile und beherrschen das Einparken.« In Richtung Kasse sagte er: »*Chiquita* sind es nicht, dann wären nämlich Aufkleber drauf.«

Die junge Frau grinste noch über seinen Kommentar: »Stimmt, und die Bio-Bananen sind in der Regel nicht so groß.«

»Geht doch, dann sind es unsere!« Für die Kassiererin gab es keinen Zweifel mehr.

18.

Gegen Mitternacht hatte Andreas seine Tochter von der Feier im sogenannten Goldenen Tal abgeholt, einer bevorzugten Wohngegend Bad Münstereifels. Während Anna nach ihrer Rückkehr sofort in einen tiefen Schlaf gefallen war, wälzte sich Mücke im Schlafzimmer in seinem einsamen Doppelbett ruhelos hin und her. Er wollte die störenden Gedanken loswerden oder sie wenigstens in eine andere Richtung zwingen, doch je hartnäckiger er dies versuchte, umso präsenter blieben die aktuellen Eindrücke haften: vom Bochumer Trainingsgelände und dem herumgereichten Flachmann, von den Kommandos der Spieler und Trainer, von dem Starkregen auf der Autobahn und von Frank Trenkler. Auch Eddy tauchte vor seinem inneren Auge auf; es war, als wollte er ihm etwas Wichtiges sagen, ohne auch nur einen einzigen Ton herauszubekommen. Ein sprachloser Eddy; das war mal etwas ganz Neues! Ein Bild, das Andreas anfangs spotten ließ – doch irgendwann wurde das Gefühl der Schadenfreude durch Furcht verdrängt. Dann drangen auch noch Spyros Lidakis und die neue Freundin in seinen wuseligen Schädel ein. Aus dem nebulösen Duo wurde ein Trio: Unverhofft stand auf einmal Nicole Baumann zwischen den beiden und machte ihnen eine Szene, wie sie sie bestimmt noch nie erlebt hatten. Als Eddy auf die jungen Leute zeigte und ihm etwas zurufen wollte, war der Spuk zu Ende. Mücke versuchte noch, von seinen Lippen abzulesen, bevor das Bild zu wässrig wurde. Kurz darauf verschwand es mit einem ertrinkenden Eddy.

Nicole, genau, die war es – plötzlich wusste Andreas, an wen ihn die Frau mit der dunkelgrünen Strickjacke im Supermarkt erinnert hatte. Mit einem Schlag war er hellwach.

Er dachte an den Artikel über Nicoles Unfall, den er auf seinem Smartphone gelesen hatte. In der *Wolfsschlucht* war das gewesen, als er auf Eddy Sawatzki gewartet hatte. Nur noch wenige Tage, dann war das auch schon drei Monate her. War in dem Bericht nicht die Rede davon gewesen, dass die Staatsanwaltschaft einen Gutachter mit der Untersuchung des Alfa Romeos beauftragt hatte?

Andreas füllte den Becher mit frischem Kaffee und versenkte zwei Stück Zucker darin. Anschließend schlurfte er von der Küche ins Wohnzimmer, hob Annas Jacke auf, schmiss sie aufs Sofa und schaltete seinen Laptop ein. Die Digitaluhr zeigte 4:38 Uhr. Auf der Umgehungsstraße oberhalb der Burg musterte er in der Ferne die Scheinwerfer vereinzelt vorbeiziehender Fahrzeuge.

Der bereits gelesene Zeitungsartikel wurde ihm durch die Suchmaschine erneut angezeigt. Andreas überflog den bekannten Text ein zweites Mal. Er nippte am heißen Kaffee und sah, dass es einen neueren Bericht zu Nicoles Unfalltod gab. Zweifelsfrei war erwiesen, hieß es darin, dass am rechten Vorderrad ihres Wagens die Radmuttern gelockert worden waren. Das Auto hätte das Rad verloren, was zur Folge gehabt hatte, dass Frau Baumann zunächst in eine Leitplanke, danach in eine Böschung gerast sei. Das sich mehrfach überschlagende Fahrzeug sei zum Schluss gegen einen Baum geprallt. Andreas schloss die Seite, da er den Rest ebenfalls schon kannte. Gelockerte Schrauben waren also die Ursache gewesen – das sah wirklich nach einer vorsätzlichen Tat aus, auch wenn es theoretisch möglich war, dass sich die Schrauben von selbst gelockert hatten. In der Praxis kam das allerdings äußerst selten vor.

Mücke scrollte sich durch weitere Meldungen. Die meisten Beiträge beschäftigten sich mehr mit dem Profifußballer Lidakis und den Blue Stars Bonn als mit dem Tod seiner ehemaligen Freundin. Stutzig wurde Andreas bei einer Überschrift und der Frage, ob Nicole B. einem Dummejungenstreich zum Opfer gefallen war. »Das soll wohl ein Witz sein«, flüsterte er ungläubig vor sich hin. Er klickte den Beitrag an:

»Nicht ohne Winterreifen durch die kalte Jahreszeit!«: Zwei Oberhausenern hat diese Empfehlung wahrscheinlich das Leben gerettet. Nachdem der Monteur Moritz L. innerhalb weniger Tage zweimal feststellen musste, dass mehrere Radmuttern an Fahrzeugen seiner Stammkunden gelockert waren, hat die Werkstatt die Polizei verständigt. Hausbefragungen und Überprüfungen von Polizeibeamten haben ergeben, dass an mindestens fünf weiteren Fahrzeugen im Bereich des Ebertplatzes Manipulationen an Autorädern vorgenommen worden sind. Drei Fahrzeughalter sind aufgrund von Scheppergeräuschen oder »eirigem« Fahrverhalten rechtzeitig stutzig geworden und konnten Schlimmeres verhindern. In zwei weiteren Fällen ergaben eigene Kontrollen infolge der Polizei-Warnungen, dass sich jemand an den Radschrauben zu schaffen gemacht hatte. Reifenmonteur Moritz L.: »Meine Kunden können froh sein, erst im Dezember die Reifen gewechselt zu haben. Eigentlich ist das viel zu spät!«

Nach diesen Erkenntnissen erscheint nun auch der Unfalltod von Nicole B. (ehemalige Freundin des Fußballprofis Spyros Lidakis) in einem anderen Licht. Am 6. Dezember verlor ihr Auto das rechte Vorderrad, wodurch der schreckliche Unfall ausge-

löst wurde. Frau B. wohnte ebenfalls im Marienviertel in der Nähe des Ebertplatzes. Die Anwohner sind schockiert: »Traurig, dass erst immer etwas passieren muss. Diese Dummejungenstreiche gehen entschieden zu weit!«

Polizeisprecher Breuer widerspricht ihnen energisch: »Von einem Streich kann nicht die Rede sein! Wer so etwas macht und damit Menschenleben riskiert, ist nichts anderes als ein Verbrecher! Das Problem dieser Straftaten besteht für uns darin, dass weder der genaue Zeitpunkt bestimmt werden kann, noch dass Spuren hinterlassen wurden. Mögliche Zeugen mögen sich bei der Kripo Oberhausen melden.«

Andreas hatte das Gefühl, erst einmal keinen Schritt weitergekommen zu sein. Wenn in Nicoles Wohngegend an mehreren Fahrzeugen die Radschrauben gelockert worden waren, sah das nicht nach einem persönlich motivierten Anschlag aus. Vielmehr schien es eher die Tat eines Psychopathen gewesen zu sein – vielleicht waren auch militante Autogegner am Werk gewesen. Selbst andere politische, ideologische oder religiöse Gründe konnten nicht ausgeschlossen werden, nach all dem, was in den letzten Jahren in der Welt passiert war. Und das war weit mehr, als sich mit gesundem Menschenverstand begreifen und verstehen ließ.

Andreas erschrak, er wandte den Blick nach der warmen Hand, die seine Schulter berührte. »Bist du schon auf?«

»Ich konnte nicht schlafen. Dann war mir eine Idee gekommen, und deshalb recherchiere ich schon.«

»Worum geht es denn?«, fragte seine Tochter. Mücke erzählte es ihr in knappen Sätzen.

»Hm. Wenn der Täter es wirklich auf diese Frau abgesehen haben sollte, könnte er an den anderen Autos die Schrauben nur zum Schein gelockert haben, um vom tatsächlichen Opfer und vielleicht auch von sich abzulenken. Ich würde das auf jeden Fall so machen!«

»Aha!« Es klang lustig, mit welcher Überzeugung sie das sagte, als wäre sie in der Tat dazu fähig.

»Ich meine, wenn ich so ticken würde! Bei Nicoles Auto die Schrauben richtig lösen, bei den anderen nur ein wenig. Ist doch logisch, oder?«

Andreas wägte die Möglichkeiten ab. »Dafür, dass es noch keine sechs Uhr ist, bist du schon verdammt wach! Das kenne ich ja gar nicht von dir!«

»Ich lege mich wieder hin.«

»Tu das!« Mücke trank den letzten Schluck des kalt gewordenen Kaffees. »Danke«, rief er Anna hinterher, »an deiner Theorie ist was dran!«

Er schloss die Seite und suchte nach weiteren Artikeln. Besonders interessierte er sich nun dafür, ob fehlende Radmuttern des Alfas in der Nähe des Unfallortes gefunden worden waren. Andreas konnte sich vorstellen, dass der Täter, sollte er es tatsächlich auf Nicole Baumann abgesehen haben, sie komplett an sich genommen hatte. Das wäre der große Unterschied gewesen, den Anna ihm gerade aufgezeigt hatte. Aber wie konnte man das beweisen? Genauso gut könnte er die Muttern großzügiger gelockert haben, dann hätte Nicole sie nach und nach viele Kilometer vor dem Unfall verloren – das Ergebnis war das gleiche. Er wusste nicht, ob das Auto Radkappen gehabt hatte, die vorhandene Schrauben gehindert hätten, auf die Straße zu fallen. Nachdem Andreas sich einen weiteren Kaffee geholt hatte, suchte er nach Fotos des Autos. Seine Ahnung bestätigte sich: Der Sportwagen hatte natürlich serienmäßig Alufelgen! Ähnlich wie bei seinem Golf sollten fünf Schrauben allemal ausreichen, das Rad sicher am Fahrzeug zu befestigen.

Mücke erinnerte sich an seinen Schulfreund Frederik Schmalbauch, der ihn vor Jahren dazu ermutigt hatte, sich als Privatermittler selbstständig zu machen. Frederik war seit Langem Detektiv in Düsseldorf und besaß gute Kontakte zur Mülheimer und Oberhausener Polizei. Eventuell konnte Andreas über ihn an aktuelle Informationen über den Stand der Dinge kommen. Er wollte jedenfalls nichts unversucht lassen und spürte, wie sehr er sich an Annas Version klammerte. Mücke grübelte, blickte aus dem Fenster in die nachlassende Dunkelheit und biss sich gedankenverloren auf die Unterlippe. Sollte tatsächlich ein Zusammenhang zwischen den Morden an Nicole Baumann und Eddy Sawatzki bestehen, dann würden sich die nur über Spyros Lidakis beziehungsweise dessen Umfeld lösen lassen. Damit hätte er einige greifbare Ansätze in der Hand, allerdings wäre es für ihn nicht das erste Mal, dass Wunschdenken und Realität nicht übereinstimmten. Nüchtern betrachtet war alles möglich: von der heißen Spur bis zu der Gefahr, sich so richtig zu verzetteln.

19.

Ein klappriger Kleintransporter rumpelte hinter seinem Rücken über die Münstereifeler Pflastersteine. Andreas sah ihn kurz darauf in die Marktstraße einbiegen. Er nippte an seinem Weißwein und schaute Jessica weiter dabei zu, wie sie sich genüsslich über die frischen Spaghetti mit Scampi und Kirschtomaten hermachte. Hätte er gewusst, dass Jess vor dem Unterricht bei Helena Siakavara noch etwas essen wollte, hätte er vor anderthalb Stunden zu Hause auf das Rührei und die Champignons aus der Dose verzichtet. Hier in der *Frischeküche* am Marktplatz verspürte er zwar Appetit, aber er wusste ganz genau, dass er nicht viel hinunterbekam. Stattdessen bestellte er bei Vanessa Hürten, der Mitinhaberin, ein weiteres Wasser für sich.

»Dreh dich mal um – draußen geht gerade dein spezieller Freund vorbei.«

Mücke blickte über seine rechte Schulter auf die Straße.

»Andere Seite!« Jess deutete mit dem Kopf in die entsprechende Richtung.

»Tatsächlich, Spyros Lidakis himself – mit Freundin.«

»Arrogant kommt er mir nicht vor.«

»Komm, erzähl mir nichts, ich war gestern beim Training der Bochumer Profis.«

»Und deshalb sind sie alle gleich?«

»Selbstverständlich nicht!« Andy schaute wieder nach vorn.

»Wie heißt eigentlich das Mädel?«

»Irini«, antwortete Mücke. »Den Namen habe ich durch Trenkler erfahren.«

»Und weiter?«

»Das wusste er selbst nicht.«

»Auf mich macht Lidakis eher einen nachdenklichen, in sich gekehrten Eindruck.«

»Ich weiß nicht, in Bochum nannten sie ihn einen Draufgänger, einen Hitzkopf.«

»Auf dem Platz vielleicht, aber vom Wesen her nicht. Vielleicht hat er sich auch verändert. Die letzten Monate waren für ihn schließlich sehr ereignisreich.« Jessica schob ihren Teller weg, die Serviette legte sie wenig später dazu.

Andreas sah zur Seite. »Jetzt wird's spannend«, sagte er und begann leicht mit den Fingern zu trommeln. »Schau mal, wer da aus der Buchhandlung kommt!«

»Helena!«

»Genau!«

»Ich dachte, sie wäre schon daheim.«

»Nun bin ich neugierig – angeblich kennt sie Spyros ja nicht.« Beide Augenpaare verfolgten die Szene.

»Alles in Ordnung?«, fragte Vanessa.

»Alles bestens«, bestätigte Jessica, ohne sie anzuschauen. Die Inhaberin zuckte mit den Schultern. »Entschuldige«, rief Jess ihr hinterher. »Im Moment sind Müdigkeit und Unaufmerksamkeit meine ständigen Begleiter«, sagte sie mehr zu sich selbst.

»Habe ich es mir doch gedacht!« Mücke klopfte mit der Faust auf den Tisch. »Begrüßt man so jemanden, den man nicht kennt?«

»Ich jedenfalls nicht!« Jess konnte es ebenfalls nicht verstehen: »Was soll dieses Versteckspiel? Warum erzählt uns Helena solch einen Schwachsinn?«

Immerhin schien es so, als lernte sie Irini tatsächlich erst gerade kennen. Spyros machte die beiden Griechinnen offenbar miteinander bekannt. Sie schüttelten sich überschwänglich die Hände, anschließend umarmten sie sich. Man sah dem Fußballer an, dass ihm dieses Bild gefiel.

»Tja, warum macht Helena das nur?« Andreas nickte nachdenklich, dann wurde er resolut: »Das werde ich sie gleich fragen, darauf kannst du dich verlassen.«

Auch wenn die schwache Sonne von einem Fetzen tief hängender Wolken verdeckt war, hatten sich Jessica und Andreas beim Verlassen des Lokals dazu entschieden, die Strecke nach Eicherscheid zu laufen. Bei halbwegs zügigem Schritt war Helenas Wohnung in etwas mehr als einer halben Stunde locker zu erreichen. Vorher parkte Andy seinen Golf noch um, indem er ihn auf einen gebührenfreien Platz vor dem Schwimmbad abstellte.

Am Campingplatz spielten zwei Kinder Fangen. »Geht's noch?«, rief Andreas, als ein Junge ihn so eng umkurvte, dass er im Schritt innehalten musste. Kurz darauf rutschte der Bengel aus und machte Bekanntschaft mit einer Pfütze. Ausgelassen setzten die Kinder ihr Spiel fort, begleitet vom Gebell eines angeleinten Hundes.

Typisch Lehrerin, dachte Mücke amüsiert, als er zwei Stunden später seine Freundin beim Mitschreiben beobachtete. Es faszinierte ihn, wie schnell und sauber Jessica alles in ihre Kladde notierte und dabei noch entspannt aussah. Ihm dagegen war schon immer gleichzeitiges Hören und Schreiben schwergefallen. Bereits als Jugendlicher hatte er sich meist erfolgreich davor drücken können, wenn in der Schule oder im Verein ein Protokollführer gesucht wurde. Hatte es ihn dann erwischt, musste er bei den anderen ständig nachfragen, ob er dies oder jenes richtig verstanden hatte.

Helena Siakavara schaute auf ihre Armbanduhr, seufzte und staunte, wo die Zeit geblieben war. Normalerweise kam Mücke der Unterricht ebenfalls sehr kurzweilig vor – heute war er unkonzentriert, bestimmt auch wegen der verkürzten Nacht. Doch in erster Linie wurde er das Bild von Helena und Spyros nicht los. Seitdem er an diesem Tisch saß, überlegte Andreas fieberhaft, wie er nach dem Unterricht am elegantesten die Kurve fand, Helena auf den Profifußballer anzusprechen. Wie sie wohl diesmal reagieren würde, fragte er sich. Vorstellen konnte er sich alles ... Jessica schien seine Gedanken zu erraten und schenkte ihm einen freundlichen Blick.

»Magst du zusammenfassen, Andreas?«

»Was meinst du genau?« Er wollte sich etwas Zeit verschaffen.

»Wir waren beim umgangssprachlichen *Herzlichen Glückwunsch.* Was würdest du einem Griechen sagen, wenn du ihm zum Geburtstag gratulierst?«

»*Chronia polla* würde ich ihm wünschen, also *viele Jahre,* die er hoffentlich noch vor sich hat.« Andreas war mit seiner Antwort zufrieden, das Entscheidende hatte er wohl doch mitbekommen.

Jessica mischte sich ein: »Wobei das auch zu anderen Anlässen gewünscht wird – aber eben besonders zum Geburtstag!«

Helena klatschte in die Hände: »Kinder, ihr macht mir große Freude, bald braucht ihr mich nicht mehr!«

»Nun übertreibst du«, meinte Jess.

»Nein, im Ernst, nach dem nächsten Korfu-Urlaub seid ihr perfekt, besser als die meisten Griechen!«

»Ach was«, Mücke war klar, dass sie gerade maßlos übertrieb. Er sah es positiv und wertete ihre Sätze als Lob. »Du baust uns richtig auf, Helena! Das tut gut!«

»Ihr habt es verdient!«

»Dein griechischer Landsmann Spyros Lidakis hat mich dagegen am Samstag verzweifeln lassen. Kurz vor Schluss traf er gegen meinen Verein, ausgerechnet. Das ging mitten ins Herz, sag ich dir!«

»Ja, ich habe davon gehört. Das mit den Toren, meine ich«, erwiderte Helena in durchaus normaler Tonlage, das Scherzhafte in ihrer Stimme verschwand auf der Stelle.

»Und hast du dich gefreut?« Es wunderte Andreas, dass Jessica nachhakte – besser hätte man es an dieser Stelle nicht machen können.

Helena verzog das Gesicht. »Ich habe es nicht so mit dem Sport, auch als Zuschauer nicht!«

»Aber wo es ein Stürmer aus unserer Stadt ist«, meinte Andreas, »noch dazu dein Landsmann.«

»Ja, schon ...«

»Helena«, wieder schaltete sich Jess ein, »wie gut kennst du Spyros Lidakis?«

»Warum wollt ihr das überhaupt wissen?«, fragte Helena nach einer Weile. »Immer fragt ihr mich nach diesem Lidakis, ich kann es bald nicht mehr hören.« Die Farbe ihres Wollkostüms schien passend gewählt zu sein, dachte Jessica. Auf einem *VHS*-Kurs über Farbpsychologie hatte sie gelernt, dass Schwarz unter anderem für Unnahbarkeit, Distanz und Einsamkeit steht.

»Weil du uns im Dezember erzählt hattest«, fuhr Jess fort, »du würdest ihn nicht kennen. Wir haben vorhin am Zwentibold-Brunnen gesehen, wie ihr euch begrüßt habt. Entschuldige, so begrüßen sich keine Fremden.«

»Na und? Findet ihr das etwa schlimm?«

»Wir fragen uns ja nur, warum du so ein Geheimnis daraus machst. Es ist schließlich nichts dabei, einen Promi zu kennen. Ich habe beispielsweise mit dem Manager der Blue Stars zusammen studiert, warum sollte ich das leugnen?«

Helena winkte ab: »Jessica, du weißt doch, wie das in so einer kleinen Stadt ist: Gestern war man sich fremd und einen Tag später kennt man sich! Wir Griechen sind unter uns sowieso herzlicher zueinander, als das bei euch üblich ist. Wir müssen zusammenhalten.«

»Dann habt ihr euch also kennengelernt?«, fragte Andreas.

»Ja, vor drei Wochen, es können auch vier sein«, sagte Helena, »so genau habe ich mir das nicht gemerkt. Spyros ist ja fast noch ein Kind, er könnte ohne Weiteres mein Sohn sein.«

Andreas wollte es bei dieser halbherzigen Information belassen und signalisierte Jessica das durch Augenkontakt. Zum einen wollte er es sich nicht mit Helena verscherzen – zum anderen brauchte er Zeit zum Nachdenken und musste seine Karten nicht voreilig auf den Tisch legen. Helena wusste offensichtlich nicht, dass Spyros in den ersten Januartagen, also vor acht Wochen, schöne Grüße ausgerichtet bekommen hatte. Und zwar angeblich von ihr! Andreas Mücke war in der Nähe des Flughafens von Kérkyra so dreist gewesen, als er Anna hinterhergerannt war. Im Gegensatz zu Helena hatte Spyros Lidakis überhaupt keinen Hehl daraus gemacht, dass sie sich kannten. Mehr noch, er hatte sie als gute Frau bezeichnet. Wie eine zweite Mama, so waren seine Worte gewesen.

Bevor sie aufbrachen, fragte Jessica, ob sie die nächsten Unterrichtsstunden vorverlegen könnten, weil Andreas in der kommenden Woche verreisen müsse und sie selbst ab Donnerstag einen Schwimmkurs für syrische Flüchtlinge leitet. Sie einigten sich, den Sprachunterricht zukünftig auf Dienstag zu verlegen. Helena wollte von Andreas wissen, ob es wieder zu Jessicas Vater nach Korfu ginge. Die Lügnerin muss das gar nicht wissen, dachte er und erfand eine Fahrt nach England. Jess drehte sich verlegen zur Seite, als er davon sprach, dass die Kosten für die Fährtickets selbst in der Vorsaison unter aller Kanone wären. Das Stöhnen über Preise passte immer und überall.

20.

Helena Siakavara wäre um ein Haar von ihrer Freundin Lea Siemensmeyer überrumpelt worden, aber sie hatte sich gewehrt und war hartnäckig geblieben. Auch wenn sie morgen frei hatte, war ihr nicht danach zumute, mit Lea in den Geburtstag hinein zu feiern. Dazu hätte sie sie früher einladen müssen – außerdem sahen sie sich ohnehin am Samstagabend, zu ihrer eigentlichen kleinen Feier. Helena hatte auch keine Lust, noch einmal Andreas zu begegnen; ihr Bedarf, ausgefragt zu werden, war für diese Woche gedeckt. Erst bei ihrem letzten Besuch war Helena bewusst geworden, dass Andreas die Wohnung oberhalb ihrer Freundin bewohnte, dabei hatte Lea den Detektiv aus ihrem Haus schon vorher erwähnt gehabt.

Eine Zeit lang hatte sie sogar von ihm geschwärmt, jedoch keine Chance gesehen, bei ihm zu landen. Vermutlich lag es an ihrem Doktortitel oder daran, dass ihr das Haus gehörte, in dem er zur Miete wohnte. Lea war sich sicher gewesen, dass Andreas zu der Sorte Mann gehörte, die es nicht ertrugen, wenn die Partnerin erfolgreicher war als sie selbst. Deshalb hielten auch Leas Beziehungen meist nicht allzu lange. Nach ihrer eigenen Einschätzung lag es weniger an ihrer Intelligenz als vielmehr daran, dass die Männer in der Regel keinen Ehrgeiz hatten. Davon konnte bei ihrem aktuellen Freund keine Rede sein, denn er hatte Lea für heute und die kommenden Tage absagen müssen, weil wichtige Geschäfte im Ausland auf ihn warteten. Helena Siakavara war es durchaus klar, dass das der Grund für die spontane Einladung gewesen war. Lea wollte nicht alleine sein, das war alles, aber nicht Helenas Problem. Nach diesem Tag wollte sie einfach ihre Ruhe haben, und sie wusste gut genug, wie anstrengend Lea oft sein konnte. Nüchtern betrachtet war es eine lockere Freundschaft ohne größeren Tiefgang, trotzdem hing sie irgendwie an ihr.

Helena füllte das Glas mit Leitungswasser. Anschließend fingerte sie aus dem Tablettendöschen eine *Ramipril* und eine *Amlodipin* heraus, ihre morgendliche und abendliche Dosis gegen Bluthochdruck. Schon komisch, dachte sie während des Herunterschluckens, dass Lea nach gut einem halben Jahr den Namen ihres Freundes noch immer vor ihr geheim hielt. Wenn sie von ihm erzählte, vermied sie es regelmäßig, ins Detail zu gehen. Stattdessen blieb sie lieber geheimnisvoll. Helena fühlte sich von ihrer Freundin unterschätzt, dabei war sie längst im Bilde. Aber genau das wusste Lea nicht!

Durch das Fenster der Dachgaube sah sie unten auf der Straße die blauen Lichtpunkte eines Hundehalsbandes. Sie schüttelte den Kopf. Wäre sie das Tier, würde sie diese fürchterliche Blinkerei verrückt machen. Helena kippte den Rest des Wassers achtlos ins Spülbecken, stellte das Glas beiseite und beschloss, für den Abend eine Kanne Tee zu kochen.

Obwohl sie beinahe ihr halbes Leben, also gut 25 Jahre, in Deutschland verbracht hatte, studierte sie jeden Abend im Internet als Erstes die Nachrichten aus ihrer Heimat. In Larisa, hieß es, sei gestern eine vierköpfige Familie festgenommen worden, weil sie tonnenweise Sonnenblumenöl mit grünem Farbstoff versehen und als hochwertiges Olivenöl in den Handel gebracht hatte. Das einzig Erfreuliche sei gewesen, dass in dem gepanschten Öl keine krebserregenden Substanzen gefunden worden wären. Auch fünf Tage nach seinem Wahnsinns-Tor war Spyros noch nicht aus den griechischen Medien verschwunden. Ein enger Vertrauter von Alexis Tsipras forderte, dass Spyros Lidakis für die kommenden Qualifikationsspiele der Nationalmannschaft berücksichtigt werden solle. Der Fußballverband reagierte prompt, indem er seine Unabhängigkeit unterstrich und sich jede Einmischung verbat. »Alle reden sie von meinem Jungen«, wisperte Helena nachdenklich, aber auch stolz vor sich her. Sie schlürfte am heißen Tee und stellte die Tasse auf den Untersetzer zurück.

Bei *YouTube* schaute sie sich die Treffer gegen Mönchengladbach ein weiteres Mal an – der griechische Kommentator war wie berauscht, nannte Spyros einen jungen Gott. Typisch, mit solchen Vergleichen waren sie schnell dabei. Helena mochte das nicht; auch wenn es um Spyros ging, solche Glorifizierungen standen keinem Menschen zu, erst recht keinem Sportler. In diesem Punkt teilte sie voll und ganz die Auffassung ihrer Kirche. Helena zuckte zusammen, als unten die Haustür zuknallte.

Nachdem sie sich mit einem Stück Schokolade beruhigt hatte, wandte sie sich wieder dem Monitor zu. *YouTube* bot ihr weitere Videos an. Hauptsächlich mit Manolis Lidakis, einem leicht fülligen Sänger, der bald die sechzig erreicht haben dürfte, wenn er sie nicht schon überschritten hatte. Zwischen seinen Songs und Auftritten tauchte im Angebot der Spots immer wieder der Name Spyros Lidakis auf. Helena schaute sich Ausschnitte von Sportsendungen aus früheren Jahren an, als Spyros noch für Bochum, Utrecht und Panathinaikos gespielt hatte. Die fast unsichere Art, wie er mit Anfang zwanzig nach jedem Tor lächelte, ließ sie ihren Herzschlag spüren. Es drückte bescheidene Freude und gleichzeitiges Mitgefühl für den Gegner aus, einfach rührend in dieser Kombination. Mit dem Handrücken trocknete sie ihre Augen. Dieses Lächeln hatte Helena an ihm nicht mehr kennengelernt – wo war es geblieben? Irgendwann muss es ihm abhandengekommen sein, welch ein Verlust. Helena war sich sicher, dass der Profifußball die Spieler zwar reich macht, ihnen jedoch etwas viel Wertvolleres raubt. Ruhm und Geld lassen sie zu anderen Leuten werden, zu gierigen und rücksichtslosen Wesen – sie verfremden ihre Seelen.

Helena kannte sich im Fußball nicht aus, und auch sonst nicht im Sport, aber sie kannte die Menschen! Sie tröstete sich damit, dass der Charakter ihres Spyros noch intakt war, doch man musste auf der Hut sein! Die Gefahren und Verlockungen lauerten überall. Vielleicht sollte sie doch hin und wieder bei ihm nach dem Rechten sehen, eigentlich musste das auch im Sinne von Herrn van Meegen sein. Was sprach denn schon gegen eine schützende Hand? Sie wollte sich ja nicht einmischen, nur eben eine Ratgeberin mit offenen Augen sein. Seine »deutsche Mama«, so hatte er sie genannt. Wer weiß, gegebenenfalls war die neue Freundin sogar froh, wenn ihnen jemand unter die Arme griff, der sich auskannte und es gut meinte. Wie hieß sie doch gleich? Helena erinnerte sich an die Gedächtnisbrücke, die sie sich am Mittag auf die Schnelle gebaut hatte: die Friedfertige. Irini dann also – in der Mythologie steht Eirene, beziehungsweise das abgeleitete Irini, für die Friedensgöttin. Ein wenig sah sie sogar danach aus.

Sie erschauderte auch noch, als sie sich das Video zum vierten Mal ansah. Spyros Lidakis hatte vor eineinhalb Jahren *Sport1* ein Interview gegeben, nachdem er im Spiel gegen Greuther

Fürth einen lupenreinen Hattrick, wie die muntere Reporterin es nannte, erzielt hatte. Helena verstand die Welt nicht mehr: Wie konnte es möglich sein, dass Spyros damals Feinheiten und Redewendungen der deutschen Sprache beherrscht hatte, die sie ihm vor einigen Monaten in mühevoller Kleinarbeit hatte beibringen müssen? Auch fiel ihm die freie Rede leichter, als sie es von ihm gewohnt war. Und das mit einem Mikrofon vor dem Mund, bei dem ihr selbst kein Wort über die Lippen gekommen wäre.

Es bestand natürlich kein Zweifel daran, dass es Spyros war, der da so selbstsicher vor der Kamera stand. Sie erkannte sogar die kleine Narbe am Mundwinkel wieder, an der er sich im Juni ausgerechnet noch einmal verletzen musste. Als sie die Narbe im Sommer bei Spyros entdeckt hatte, fühlte sie sich sofort an den bekannten Sänger erinnert, der *Another Day In Paradise* und andere Hits gehabt hatte.

Helena wiederholte das Video immer und immer wieder, sie hätte es irgendwann auswendig herunterbeten können. »Kein Ding«, grinste Spyros mit größter Selbstverständlichkeit zum Abschluss des Interviews und verabschiedete sich von der jungen Reporterin mit einem freundlichen Klaps auf die Schulter, wie es sonst eher unter Männern üblich war. *Kein Ding*, sie hatten auch über diesen Ausdruck geredet, für den sie keinen adäquaten Vergleich in der griechischen Sprache gefunden hatte. *Mahlzeit, Arschgeige, Pustekuchen, fuchsteufelswild:* Spyros konnte und wollte nicht einsehen, dass die sonst so korrekten Deutschen derart verhunzelte Begriffe benutzten. *Mahlzeit*, was sollte so ein Wort? Das ergab doch keinen Sinn. Da konnten sie besser *Halleluja* oder *Erntedank* rufen, insgeheim gab Helena ihm recht. Auf dem Fußballplatz war das für Spyros etwas anderes, aber das war überall auf der Welt so, das zählte nicht. Mit zwanzig knappen Kommandos kam man in der Fußballersprache in jedem Land und mit jedem Spielsystem zurecht, hatte er ihr erklärt.

Helena Siakavara wusste nicht mehr weiter. Jetzt hätte sie gerne jemanden gehabt, mit dem sie reden konnte, der ihr zuhören würde. Sie wusste, dass Lea mit ihrer hektischen und meist unkonzentrierten Art dafür nur bedingt geeignet war. Doch das spielte im Augenblick keine Rolle – sie musste raus, selbst das unaufhörliche Ticken der Standuhr kam ihr plötzlich bedrohlich vor. Es war nicht mehr auszuhalten. In wenigen Minuten würde die Uhr zehn schlagen. Es war spät geworden, aber noch nicht zu spät für Lea. Nachdem Helena sich etwas frisch gemacht hatte, packte sie eine Flasche Sekt ein und fuhr mit dem Auto die knapp fünf Kilometer zu ihrer Freundin nach Bad Münstereifel.

21.

Andreas hatte gerade die Eier in die Pfanne geschlagen, als sein Telefon klingelte. »Gehst du mal ran?«, rief er aus der Küche. Doch er bekam keine Antwort.

»Oder kannst du hier nach den Spiegeleiern schauen?« Wieder rührte sich nichts.

»Jessica?«

»Jessica!« Wo steckte sie bloß – hastig nahm er die Keramikpfanne vom Ceranfeld und begab sich in den Wohnraum. Währenddessen klingelte das unter einer Zeitung verborgene Telefon weiter.

Am anderen Ende meldete sich Frederik Schmalbauch aus Düsseldorf. Sein ehemaliger Schulfreund und Detektiv-Kollege kam gleich zur Sache. So wie es aussah, seien am rechten Vorderrad von Nicole Baumanns Alfa tatsächlich alle Radmuttern großzügig gelockert, wenn nicht gar beseitigt worden. Auf der gleichen Seite sei am Hinterrad eine Schraube gelockert worden, was für die Verkehrssicherheit des Fahrzeugs allerdings belanglos war. Frederik vermutete, wie übrigens auch dessen Bekannter bei der Mülheimer Kripo, dass der Täter bei der Manipulation des Hinterrads gestört worden war und später nicht mehr zurückgekehrt sei. Andreas konnte sich dies ebenfalls gut vorstellen.

Der Hammer aber waren die gefundenen abgebrochenen Reste eines mit Sekundenkleber befestigten GPS-Trackers im unteren Bereich des Kotflügels. Das Modell des Peilsenders konnte zwar festgestellt werden, mehr aber auch nicht. Von der dazu gehörenden SIM-Karte fehlte jede Spur.

»Das sieht nach einem gezielten Anschlag aus«, mutmaßte Mücke.

»Ist es auch. Man geht davon aus, dass beim Lösen der Schrauben der irgendwann angebrachte Tracker wieder entfernt wurde.«

»Hm.« Wie so oft schlenderte Andreas beim Telefonieren hin und her.

»Tja.«

»Und sonst?«, fragte Andreas nach einer Pause, um das Gespräch in eine andere Richtung zu lenken. »Versäumst du es noch immer, rechtzeitig zum Friseur zu gehen?«

»Ach, hör auf!«

»Schon gut – doch im Ernst: Wie geht es dir?«

»Beschissen ist geprotzt, langsam habe ich die Sache verdaut.«

»Welche Sache? Schieß los!«

Während Frederik erzählte, drehte sich im Schloss der Wohnungstür ein Schlüssel. Andy stellte die Pfanne aufs Ceranfeld zurück und bewegte den Schalter auf die höchste Stufe.

»Und dann mussten die Bullen kurzerhand statt des Erpressers die Ehefrau verhaften? Wahnsinn, bei euch ist ja mächtig was los.«

»Langsam, langsam, das war auch für mich etwas Außergewöhnliches.«

»Hör zu, die Geschichte müssen wir unbedingt bei einem Bier vertiefen«, schlug Mücke vor. »Am besten wieder im *Füchschen* oder bei *Schumacher*.«

Frederik war sofort einverstanden, er hatte zuvor Andreas davon erzählt, dass im letzten Sommer die Frau seines Auftraggebers zur Mörderin geworden war, und das zu einem

Zeitpunkt, wo er den gesuchten Erpresser entlarvt hatte. Andreas versprach seinem Schulfreund, ihn bald in Düsseldorf zu besuchen. Jetzt müsse er Schluss machen, sie hätten noch nicht gefrühstückt.

Jessica kam in die Küche, nachdem sie vorher mit undefinierbarem Gemurmel etwas in der Diele abgestellt hatte: »Puh, die Kälte im Treppenhaus beschert mir eine Gänsehaut? Schau mal!«

Andy betrachtete ihre nackten Beine: »Warum ziehst du dir nichts drüber?«

»Von wem hab' ich das wohl?«

»Ich bin schließlich nicht so empfindlich. Wo warst du eigentlich? Das Telefon hatte geklingelt, als ich gerade mit den Spiegeleiern beschäftigt war.«

»Unten war ich, das Altpapier runterbringen. Das hatte ich dir doch gesagt!«

»Hattest du?« Die Verwunderung in seinem Gesicht war nicht zu übersehen. »Echt?«

»Du hattest mich extra gebeten, bloß alle *Kicker*-Hefte an Ort und Stelle liegenzulassen.«

Andy schloss den offen stehenden Mund und zog es vor, zu schweigen. »Hm.«

»Und dann hat mich noch die Siemensmeyer aufgehalten. Die friert übrigens auch – ihre Gastherme hat gestern Abend den Geist aufgegeben.«

Es war halb zwölf, als Jessica und Andreas ihr Frühstück beendeten. Lediglich zwei halb volle Kaffeebecher standen noch vor ihnen.

Ursprünglich hatten sie vorgehabt, um diese Zeit ihre Einkäufe schon erledigt zu haben. Andererseits hat so ein halb vertrödelter Samstagmorgen auch seinen Reiz, zumal die Geschäfte noch lange geöffnet waren.

»Wie war das mit der Frau, die verhaftet worden ist? Ich hatte da vorhin was aufgeschnappt.«

Andreas legte den Prospekt vom Discounter auf Seite. »Frederik sollte für einen Bauunternehmer herausfinden, wer ihn erpresst. Der Anrufer hatte damit gedroht, dass seiner Stieftochter etwas Scheußliches passiert, wenn er nicht zahlt. 50.000 Euro in kleinen Scheinen hatte er gefordert, eine vergleichsweise geringe Summe.«

Jessica runzelte die Stirn. »Und?«

»Es war der leibliche Vater des Kindes, der vom plötzlichen Reichtum seiner Ex ein Stück abhaben wollte.«

»Wie krank muss man sein ...«

»Nun ja, wenn sie ihn wegen des Unternehmers verlassen hat, kann ich ihn schon irgendwie verstehen.«

»Ich weiß nicht ... Und dann hat sie ihn abgeknallt, einfach so?«

»Exakt! Bei der Geldübergabe, von der die Kripo übrigens informiert war! Muss wohl alles sehr schnell gegangen sein – zu schnell, als dass jemand hätte reagieren können. Die Frau hatte eine Mordswut gehabt, im wahrsten Sinne des Wortes.«

»Sie hätte besser an ihr Kind denken sollen, das nun ohne Vater und Mutter dasteht. Ich glaube, ich habe darüber in der Zeitung gelesen.« Jess starrte nachdenklich in ihren Becher, in dem sich nur noch eine unappetitliche Pfütze befand. Sie wechselte noch einmal das Thema: »Ist diese Nicole eigentlich obduziert worden?«

»Kann ich mir nicht vorstellen. Es ist ja offensichtlich, dass der Verkehrsunfall die Todesursache war.«

»Machen die das nicht grundsätzlich?«

»Wo denkst du hin? Rechtsmedizinern zufolge wird in Deutschland nur ein Prozent der Toten obduziert – das kritisieren sie seit Jahrzehnten.«

22.

Es half alles nichts, sie musste es Arie van Meegen sagen. Lea hatte ihr vor zwei Tagen ebenfalls dazu geraten, abgesehen davon, dass sie ihm ohnehin versprochen hatte, sich zu melden, sobald ihr etwas Merkwürdiges auffiel. Der Holländer überwies ihr seit Monaten pünktlich 750 Euro – es wurde höchste Zeit, sich des Geldes würdig zu erweisen. Helena Siakavara bereitete ihrer konfusen Wanderung durch die Wohnung ein abruptes Ende und nahm zum gefühlt zwanzigsten Mal das verhasste Mobilteil in die zittrige Hand. Diesmal würde sie die Verbindung nicht abbrechen, wie sie es die ganze Zeit gemacht hatte, meistens noch bevor sie die zwölfstellige Nummer vollständig gewählt hatte.

Aufgeregt wie ein aufgescheuchtes Huhn schilderte Helena dem Manager, oder was er für Spyros war, was sie in dem Video bei *YouTube* gesehen hatte. Seit Donnerstag hatte sie es sich immer wieder angeschaut, gestern bestimmt zehn Mal, und heute zuletzt vor einer halben Stunde. Obwohl es belanglos war, welches Detail sie wann entdeckt hatte, warf sie die Zeiten durcheinander. Die Worte ratterten nur so aus ihr heraus. Es fiel Arie van Meegen schwer, Helena zu folgen. Beunruhigt ließ er sich auf seinem Ledersofa nieder – verdammt, zusätzliche Scherereien konnte er im Moment nicht gebrauchen. An die Möglichkeit von verräterischen Videos hatte er vorher gedacht und sie aus dem Verkehr ziehen lassen – mit Geld, mit schönen Worten, seinem Einfluss oder, wenn alles nichts geholfen hatte, mit Drohungen. Diesen blöden Film hatte er übersehen, solche Fehler durften nicht passieren. Verdomme, van Meegen kochte vor Wut, wie sollte man da mit dem Nägelkauen aufhören? Die unsortierte Anruferin aus Eicherscheid gab ihm den Rest: Sie begann fünf Sätze, ehe sie den ersten beendete. Und bevor er eine Frage zu Ende formulieren konnte, unterbrach sie ihn schon wieder, ohne auch nur ansatzweise auf ihn einzugehen. Furchtbar, solche Leute, einfach nur furchtbar, eine Zumutung für alle anderen! Eine Borderlinerin war nichts dagegen! Da brauchte sich Lea gar nicht zu wundern, dass ihre Freundin unter erhöhtem Blutdruck litt.

Die zwei Finger breit *Cardhu* besänftigten Arie, er stellte das Whiskyglas ab. Ein altes Interview war also noch im Netz, das dürfte kein Problem sein. Es gab Schlimmeres – das sollte sich regeln lassen.

»Nun beruhigen Sie sich doch, gute Frau«, sagte er schließlich. »Ich will Ihnen das erklären!«

»Sie haben es gewusst?«, fragte sie zaghaft. Es war, als falle ihr der buchstäbliche Stein vom Herzen. Helena spürte die Erleichterung. Sie hätte es ihm gleich mitteilen sollen, damit wäre ihr viel Kummer erspart geblieben.

»Aber natürlich«, sagte Arie van Meegen nach kurzem Schweigen und lehnte sich zurück. Endlich hatte die Frau ihr Redetempo gedrosselt. Er fuhr fort: »Unser Junge hatte Ende Mai auf Korfu einen Motorradunfall mit schlimmeren Kopfverletzungen erlitten, als das für einen Laien aussah. Teile seines Gehirns wurden in Mitleidenschaft gezogen, deshalb musste Spyros einige Dinge neu erlernen – das gilt auch für seine Deutschkenntnisse, die vor dem Unfall besser waren. Mit Ihrer Hilfe hat er seinen alten Stand rasch wieder erreichen können. Gott sei Dank, kann ich da nur sagen!«

»Oh, das ist ja schrecklich – der arme Spyros!«

»Auch seine Beziehung zu Nicole hatte darunter gelitten – ich glaube, wir hatten ihr neulich unrecht getan. Ganz sicher hatten wir das, so ehrlich muss man sein!«

»Inwiefern?«

»In seiner Erinnerung dominierte nur noch Irini, seine Jugendliebe aus dem Bergdorf. Nicole Baumann konnte nichts dafür!«

»Oje, die Unglückliche. Wenn ich das gewusst hätte, wäre ich anders zu ihr gewesen!«

»Es ist nicht Ihre Schuld! Ich konnte machen, was ich wollte, Spyros wollte nichts mehr von Nicole wissen! Er hat Irini sogar Gedichte geschrieben – raten Sie mal, was er darin sagt. Ich habe sie mir übersetzen lassen!«

»Keine Ahnung, irgendwas Nettes.«

»Ein Beispiel: Irini wäre *Die Tür zu seinem Haus*. Haben Sie so etwas Durchgeknalltes schon einmal gehört?«

»Oh, wie schön! Das passt zu Spyros, genau so kenne ich ihn!«

»Als Frau sehen Sie das anders – aber glauben Sie nicht, dass ich nicht romantisch sein könnte. Das kann ich sehr wohl!«

»Und trotzdem haben Sie ihn wieder Fußball spielen lassen, obwohl in seinem Hirn alles durcheinandergeraten war?«

»Er hatte einen Dreijahresvertrag in Bonn unterschrieben, den wollte er nicht gefährden. Selbst ich konnte Spyros nicht umstimmen, deshalb haben wir uns für diesen Weg entschieden, nachdem die griechischen Fachärzte grünes Licht gegeben haben.«

»Wenn er schwer am Kopf verletzt war, ist das doch viel zu riskant!«

»Das dachte ich am Anfang auch – ich bin allerdings kein

Mediziner. Und wie man sieht, ist alles gut gegangen. Spyros ist halt ein harter Hund! Er spricht wieder hervorragend Deutsch und in der Bundesliga klappt es auch immer besser!«

»Das stimmt wirklich!«

»In meinem holländischen Dorf sagen die Leute: Man muss het slechte mit het goede nehmen!«

»Da ist was dran!«

»Es bleibt dabei, dass Sie mit niemandem darüber reden? Es wäre schade, wenn die Blue Stars wegen dieser Geschichte am Ende noch den Vertrag anfechten.«

»Machen die so etwas?«, fragte Helena mit Unverständnis.

»Jetzt wo die am Abgrund stehen, traue ich denen alles zu. Der Mensch zählt heutzutage nichts – deshalb ist mir Ihre Loyalität so wichtig.«

»Selbstverständlich behalte ich alles für mich! Wo denken Sie hin?«

»Nein, nein, ich weiß ja, dass ich mich auf Sie verlassen kann. Halten Sie bitte weiterhin die Augen auf – das ist unser kleiner Deal, wenn Sie so wollen.«

»Das mache ich. Und ...«

Einen Moment war es still, wollte sie noch was von ihm? »Ja?«, fragte er ruhig.

»Haben Sie vielen Dank! Es ist gut zu wissen, dass Spyros Sie auf seiner Seite hat.«

Wie sehr er doch die Leute verabscheute, die untertänig zu Kreuze krochen. Angewidert drückte van Meegen die Verbindung weg. Schon vorher war er aufgestanden und hatte sich auf seinem Chefsessel am Computer niedergelassen. Das Video schaute er sich zwei Mal an. Es war ein ihm bekanntes Interview aus einer Sendung von *Sport1* – das Spiel gegen

Fürth hatte er damals im VIP-Bereich des Bochumer Stadions verfolgt.

Die Aufnahme war in der Tat verräterisch, das ließ sich nicht schönreden. Vor allem jetzt, wo aufgrund guter Leistungen damit zu rechnen war, dass Spyros häufiger in den Medien zu sehen sein wird. Der Müll musste aus dem Netz verschwinden – unverzüglich! Er wusste auch schon wie: Es reichte, den Beitrag beim kalifornischen Hauptsitz zu melden und großkotzig mit juristischen Konsequenzen zu drohen. Arie van Meegen verwies auf die Verletzung der Persönlichkeitsrechte seines Mandanten, außerdem verstoße die Verwendung des Songs im Hintergrund gegen die letzte Vereinbarung, die *YouTube* mit der *GEMA* geschlossen habe. Er erinnerte an vergangene Urteile des Hamburger Landgerichts. Zum Glück gehörte das Interview mit 14.500 Klicks nicht annähernd zu den Top-Videos – wahrscheinlich genügte die Drohung schon, damit es von *YouTube* gelöscht wurde, alles andere wäre denen erfahrungsgemäß zu lästig. Van Meegen ließ die Hand auf der Maus ruhen und überlegte: Sollte der Film in zwei Wochen doch noch zu sehen sein, würde er demjenigen gehörig Druck machen, der es auf die Plattform gestellt hatte.

Arie blieb auf dem Kanal hängen und suchte nach aktuellen Beiträgen von jungen Fußballspielern, die er eventuell unter Vertrag nehmen könnte. Er träumte von einem zweiten Spyros Lidakis – noch so ein Glückstreffer, und er hätte ausgesorgt bis ans Ende seiner Tage. Immerhin hatte sein zweites Zugpferd durch den Wechsel zum SV Sandhausen und die regelmäßigen Einsätze einen Marktwert von 765.000 Euro bei *Transfermarkt.de* erreicht. Die Namen, Eckdaten, Schwächen und Stärken von über 80 vielversprechenden Talenten hatte er im Kopf – seine frühere Tätigkeit als Nachwuchsscout bei zwei Bundesligisten hatte ihre Spuren hinterlassen. Viele junge Talente kickten in den Niederlanden, in Belgien, in Dänemark oder in deutschen Ligen, meist unterhalb der Zweiten Liga oder noch in der A-Jugend. Bei dem 16-jährigen René aus Luzern hatte er im Sommer zu lange gezögert, dabei war er sich sicher gewesen, dass dieses Ausnahmetalent ein zweiter Mark van Bommel wird. Als er ihn endlich unter Vertrag nehmen wollte, hatte der Bursche gerade bei einer größeren Beratungsagentur unterschrieben. Nun spielte er im Nachwuchsbereich vom FC Basel, sein Marktwert hatte sich in wenigen Wochen verdreifacht. Nach van Meegens Einschätzung hatten sie den Jungen trotzdem über den Tisch gezogen. Das gab es bei ihm nicht, da herrschten klare Verhältnisse: Für das Wohl seiner Spieler tat er alles – die Vereine juckten ihn einen Scheißdreck. Vielleicht sollte er es tatsächlich so machen wie die großen in der Branche und sich einen eigenen Nachwuchsscout leisten – nachgedacht hatte er darüber schon oft.

Sein Ausflug auf der Videoplattform endete wie so oft mit dem Anklicken von Szenen aus *Zeiglers wunderbarer Welt des Fußballs*, nicht selten folgten danach noch irgendwelche Sexfilmchen. Ein Blick auf die Uhr verriet ihm allerdings, dass vor fünf Minuten die Samstagsspiele der Bundesliga begonnen hatten. Mit der Fernbedienung startete Arie van Meegen die Fußball-Konferenz auf *sky*. Die Bayern führten bereits gegen die ersatzgeschwächten Blue Stars. In einem Wettbüro am Neumarkt hatte er auf ein 3:0 für die Münchner getippt, wenn er da mal nicht zu niedrig lag.

23.

Ausgerechnet ein aus der U23-Mannschaft erstmals bei den Profis eingesetzter Mittelfeldspieler erhielt am Sonntag im *Rhein-Echo* die beste Note für das Spiel bei den Bayern. Der zu Saisonbeginn vom Stadtrivalen Bonner SC gekommene Daniel Blaurock musste sich mit Abstand am meisten gegen die hohe Niederlage gewehrt haben und wurde dafür mit einer Drei belohnt.

Die hoch bezahlten Kollegen, schrieb das Blatt, hätten sich an seiner Laufbereitschaft und seinem Kampfeswillen ein Beispiel nehmen sollen. Folgerichtig bekamen alle anderen Blue Stars von der Boulevard-Zeitung eine gnadenlose Sechs verpasst, mit Ausnahme von Spyros Lidakis, der auf der Position des rechten Verteidigers wider Erwarten etliche gute Szenen gehabt hatte. Außerdem konnte er in der 83. Spielminute einen knallhart geschossenen Handelfmeter zum 1:5 verwandeln. Mit nunmehr drei Saisontoren sah seine Bilanz nun schon etwas freundlicher aus.

Eventuell, mutmaßte der Reporter, hatte Frank Trenkler tatsächlich recht, als er vergangene Woche behauptete, dass der Verein an ihm noch reichlich Freude haben werde. Sein Einsatz in der Defensive kam für alle überraschend. Trainer Jörg Hippeli sei wenigstens seinem Ruf zu außergewöhnlichen Maßnahmen gerecht geworden – eine Erklärung für den mutlosen Auftritt bei den Bayern sei ihm dagegen nicht eingefallen. »Das sind Spiele, wie wir sie nicht sehen wollen«, muss er lapidar nach dem Abpfiff festgestellt haben, dabei erinnerte er selbst während der Partie mehr an einen eingenickten

Nachtportier als an einen Motivator. Ob die Blue Stars beim Trainerwechsel eine gute Wahl getroffen haben, bezweifelte das Blatt. Langsam zeige sich, dass Hippeli außer der Wiederholung seiner sattsam bekannten Floskeln und Durchhalteparolen wenig zu bieten habe. Unter einem Neuanfang hätten sich die Leser der Zeitung etwas anderes vorgestellt.

»Andreas, kannst du mal kommen?«, rief Jessica aus der Diele. »Frau Doktor Siemensmeyer ist die Wohnungstür zugeschlagen.«

»Bitte nicht so förmlich«, zierte sich die Vermieterin mit den langen dunkelbraunen Locken. Mücke legte seufzend die Zeitung beiseite, trank im Stehen noch einen Schluck Kaffee und begab sich in die Diele.

»Herr Mücke, entschuldigen Sie die Störung«, sagte Lea Siemensmeyer. »Ich habe mich gerade ausgesperrt, als ich Leergut in den Keller bringen wollte. Vielleicht könnten Sie ... Ich meine, für die Detektive im Fernsehen sind verschlossene Türen ja nie ein Problem.«

»Sie meinen, ob ich die Tür öffnen könnte?«

»Genau! Hach, ich könnte mich treten – sonst stecke ich immer den Schlüssel ein!«, piepste ihre Stimme.

»Ich kann's versuchen, klar!«

»Die unverschämten Schlüsseldienste verlangen heutzutage ein Vermögen, gerade sonntags«, klagte die Frau, die unter seiner Wohnung lebte.

»Das muss nicht sein«, gab Mücke ihr recht. Jessica nickte den beiden zu: »Ich wollte mich sowieso um die Spülmaschine kümmern.«

Am Schloss tat sich nichts – mit der *Payback*-Karte ließ sich die Wohnungstür nicht öffnen. Das klappte schon einmal nicht so, wie Frau Siemensmeyer das in einschlägigen TV-Serien gesehen hatte. Andreas musste den Elektropick aus seinem Golf holen, er war sich sicher, mit dem akkubetriebenen Aufsperrwerkzeug mehr Erfolg zu haben. Sekunden, nachdem er das Teil angesetzt hatte, konnte die Nachbarin ihre Wohnung betreten.

»Man staunt immer wieder, wie fix so etwas geht«, die Erleichterung war ihr anzusehen.

»Sie haben Glück gehabt, ab Dienstag oder Mittwoch werde ich für ein paar Tage auf Korfu sein«, ließ Andreas sie wissen. »Jessicas Vater muss in seinem Haus noch zwei Zimmer renovieren, dabei werde ich ihm behilflich sein.«

»Bei mir müsste auch dringend tapeziert werden«, seine Vermieterin zuckte mit den Schultern. Mücke beschloss, das nicht als Arbeitsangebot zu werten. Und wenn, hatte er es überhört.

»Korfu?«, fuhr sie fort, »dieser gut aussehende Bundesligaspieler kommt doch daher.«

»Jepp«, meinte Mücke, »wenn Sie Spyros Lidakis meinen – den Millionen-Flop der Blue Stars Bonn, auch wenn er langsam besser wird. Einen anderen kenne ich nicht.«

»Ach, sagen Sie das nicht so abwertend. Sie haben ja keine Ahnung, was der junge Mann alles durchgemacht hat.«

»Das stimmt – wissen Sie es denn?«

»Na ja, meine Freundin kennt ihn schon recht gut, weil sie ihn unterrichtet hatte.«

»Frau Siakavara?« Er hatte so etwas geahnt – deshalb war sie so seltsam, wenn von ihm die Rede war.

»Genau, Sie haben sie hier ja bestimmt schon einmal gesehen, wo Sie und Ihre Partnerin bei ihr Griechisch-Unterricht nehmen.«

»Ja.« Sonderbar, dachte Andreas, wie gut die Siemensmeyer über ihre Mieter informiert war. Es wäre klüger gewesen, wenn er gerade nichts von Korfu gesagt hätte.

»Und Helena hat mir gestern Abend so einiges anvertraut, was sie von Spyros' Spielerberater erfahren hat, nachdem sie ihn auf ein Lidakis-Interview auf einem Videokanal angesprochen hatte.«

»Was denn genau?«

»Oh, da darf ich gar nicht drüber reden. Helena hat es mir auch nur gesagt, weil ich sie am Donnerstag schon ermutigt hatte, Arie van Meegen wegen dieser Geschichte anzurufen. Arie, das ist sein Berater.« Andreas wunderte sich, dass seine Nachbarin den Spielerberater beim Namen kannte.

»Ich musste Helena richtig zusetzen«, betonte Frau Siemensmeyer, »um ihr etwas zu entlocken.«

»Das verstehe ich, aber so einen kleinen Hinweis können Sie mir doch geben, wo sie es jetzt so spannend gemacht haben.« Mücke versuchte es ansatzweise auf die mitleidige Tour, ohne es dabei zu übertreiben. Auf überhebliches Getue würde Frau Doktor nicht hereinfallen. So merkwürdig sie auch war, man durfte sie nicht unterschätzen. »Quasi als Wiedergutmachung.«

Sie machte ein betretenes Gesicht. »Nein, das geht eigentlich nicht, ich musste es Helena versprechen.«

»Eigentlich? Vielleicht ein klitzekleiner Wink!« Gut, dass Jessica ihn so nicht sah.

»Ich weiß nicht.« Lea Siemensmeyer zierte sich noch, aufgeregt drehte sie eine ihrer Locken um den Zeigefinger.

»Ein wenig neugierig sind wir doch alle, nicht wahr?« Ein Lächeln huschte über sein Gesicht.

»Ich verrate nur, dass dieser Lidakis vor der Saison einen Motorradunfall auf Korfu hatte. Das ist schon viel mehr, als ich sagen wollte.« Anscheinend meldete sich ihr Gewissen – die Miene begann sich zu verfinstern. »Das wissen Sie nicht von mir!«

»Schon gut, schon gut«, Andreas hob unschuldig seine Hände. Wohl war ihm beim Ausfragen nicht gewesen, aber ohne sich ein wenig zu verstellen, kam er oft nicht weiter. »Ich wollte Sie nicht in Verlegenheit bringen!«

»Na ja, behalten Sie es bitte für sich! Danke noch einmal fürs Aufsperren. Ich sollte für die Zukunft einen Schlüssel bei Helena hinterlegen, so wie sie es umgekehrt auch macht.«

»Das ist keine schlechte Idee«, meinte Mücke, bedankte sich ebenfalls und wünschte ihr einen schönen Sonntag.

24.

Während sich Jessica den *Tatort* aus Münster ansah, versuchte Andreas seit dem späten Nachmittag, das brisante Interview mit Spyros Lidakis im Internet zu finden. Es war zum Verzweifeln: Außer Spielberichten und einigen Best-of-Zusammenschnitten seiner Tore für Kérkyra, Panathinaikos, Utrecht und den VfL Bochum war nichts zu finden – abgesehen von überflüssigen Links, die nicht funktionierten. Dafür begannen allmählich seine Ohren zu schmerzen, weil immer wieder die griechischen Schnulzen eines gewissen Manolis Lidakis gespielt wurden; zumindest dann, wenn er die Videos nicht ratzfatz wegdrückte. Was ihm im Urlaub eventuell noch gefiel, konnte er im Moment überhaupt nicht ertragen. Vielleicht auch, weil ihm Panagiota bei der Silvesterfeier anvertraut hatte, dass nur Franzosen und Schlagersänger etwas von der Liebe verstünden.

Am Ende war er bloß sauer gewesen, denn Jess hatte eifrig zugestimmt: *Ganz Paris träumt von der Liebe!* Das hatte seine Freundin doch nicht ernst gemeint, wo sie von seiner Niederlage mit Charlotte und Eddy wusste?

Nebenan hörte er sie lachen. Er hätte sich auch besser für den Krimi entscheiden und die Suche auf morgen verschieben sollen. Andreas verließ fürs Erste den Videokanal und gab die Begriffe Lidakis und Unfall in eine Suchmaschine ein. Natürlich wurden ihm sofort sämtliche Schlagzeilen zum Unfalltod seiner Ex-Freundin Nicole Baumann präsentiert. Dass ein Schweizer Ehepaar in Lebensgefahr schwebte, weil es am vergangenen Wochenende mit dem Motorrad südlich von Moraitika verunglückt war, erfuhr Mücke, nachdem er die Suchbegriffe ausgetauscht hatte. Aber im Zusammenhang mit Lidakis wurde ihm kein Unfall angezeigt. Fehlanzeige auch bei den Wörtern Fußballstar, Torjäger oder Profifußballer. Wenn er dagegen die Jahreszahl mit Mai oder Juni eingab, wurde er überhäuft mit kleineren Crashs oder Badeunfällen. Möglicherweise konnte Frank Trenkler ihm mehr zu dem Unfall verraten. Andreas wollte ihn morgen anrufen und ihn um einen Stapel Autogrammkarten von Spyros zu bitten. Spätestens nach dem Hinweis von Frau Dr. Siemensmeyer war er sich sicher, dass er den Abstecher nach Korfu dazu nutzen musste, mehr über Lidakis zu erfahren. An den Motorradunfall eines bekannten Korfioten würde sich bestimmt jemand erinnern, notfalls könnte er mit einigen Scheinen nachhelfen. Und, wer weiß, vielleicht besaßen die Autogrammkarten im Trikot der BSB auf der Insel ihren Wert. Einige Mannschaftsposter wollte er ebenfalls mitnehmen – in Tarras' Taverne, erinnerte er sich, hing das Team von Panathinaikos aus einer früheren Saison mit dem 19-jährigen Spyros Lidakis.

Die Augen begannen zu brennen; für heute hatte er genug getan, wenn auch ohne nennenswerten Erfolg. Andy wollte den Rest des Abends mit Jessica verbringen. »Was hältst du von einem Wein?«, rief er ins Nebenzimmer.

»Viel! Hast du noch eine Flasche von dem trockenen Weißburgunder? Den wir letzte Woche hatten, meine ich.«

»Ich schau mal nach, ich glaube, schon.«

Als Andreas aus dem Keller zurückkam, begegnete ihm im Hauseingang ein Mann mit einem pompösen Blumenstrauß, der zu Lea Siemensmeyer wollte. Dem Akzent nach zu urteilen, könnte der späte Besucher ein Holländer sein. Mücke wurde das Gefühl nicht los, ihn schon einmal irgendwo gesehen zu haben, und wenn es nur auf einem Bild in der Zeitung gewesen war.

»Zieh die Schuhe aus«, hörte er seine Vermieterin sagen. Deutscher kann eine Begrüßung kaum ausfallen.

25.

Trenkler hatte Mücke für 14 Uhr in sein Büro eingeladen. Als er eintrat, telefonierte Frank mit einem Spieler der Frankfurter Eintracht, so viel hatte Mücke im Türrahmen noch mitbekommen. Den Namen kannte er aus Fußball-Übertragungen, ausnahmsweise! Scheinbar ging es um einen möglichen Wechsel, denn Trenkler wurde plötzlich leiser und wortkarger, verzichtete aber darauf, Andreas draußen warten zu lassen. Überhaupt wirkte Frank erstaunlich gelassen und gut gelaunt, dabei war die 1:5-Pleite bei den Bayern noch keine 48 Stunden her.

Er scherzte mit seinem Gesprächspartner, den er jetzt nur noch Herr nannte, mit einer anschließenden Atempause von zwei Sekunden. Diese Albernheiten gaben Andreas Mut, ihn nach der Übernahme der Kosten für Flug und Unterkunft auf Korfu zu fragen. Wohl war ihm bei der Sache nicht, denn eigentlich waren derartige Angelegenheiten im Vertrag klar geregelt. Andererseits traf es mit den Bonner Blue Stars keine armen Leute, so wie die mit dem Geld jonglierten. Das Feilschen gehörte schon immer zu Andys Geschäft, selbst als Jugendlicher war das so, als er mit Stadtführungen durch Bad Münstereifel seine Kasse aufgebessert hatte. Selbstschutz und eine gewisse Unsicherheit spielten ebenfalls eine Rolle in seinem Vorstoß, denn je länger er auf der Insel bleiben würde, umso erfolgreicher musste er sein, um nicht nur Ausgaben gehabt zu haben.

»Ich weiß, was du denkst, doch da muss ich dich leider enttäuschen.« Frank Trenkler nahm ihm gleich den Wind aus den

Segeln. »Du glaubst, in der Bundesliga werden die Millionen nur so hin- und hergeschoben, da spielen ein paar Tausender für eine kleine Reise keine Rolle. Das zahlen die Vereine mal eben aus der Portokasse, aber so ist es nicht. Wir müssen auch den wirtschaftlichen Erfolg im Auge behalten.«

»Ich möchte den Aufenthalt nur nicht abkürzen müssen, weil mir das Geld ausgeht«, konterte Mücke, der sich nicht geschlagen geben wollte.

»Ach, hör auf, du hast 12.000 Euro bekommen. Ein Viertel davon reicht ja wohl locker für einige Wochen Korfu. Was versprichst du dir überhaupt von der Reise, wenn ich das so nebenbei fragen darf?«

»Ich versuche, etwas über den Unfall herauszufinden.«

»Den Unfall?«

»Ja, Lidakis hatte einen Motorradunfall auf der Insel. Ich dachte, du wüsstest davon.«

»Nein, überhaupt nicht, auch bei den sportärztlichen Untersuchungen hatte nichts darauf hingedeutet.«

»Seltsam. Kannst du überprüfen, ob Spyros so um den 25. Mai auf Korfu war?«

»Das weiß ich zufällig genau, weil sein Spielerberater mit unserem Vertrag im Gepäck am 24. Mai zu Spyros gereist ist. Er wollte mich sogar mitnehmen.«

»Und?«

»Ich hatte keine Zeit, weil ich nach Zürich zu einem Kongress musste. Na ja, ich wäre auch sonst nicht mitgeflogen.«

»Was für ein Typ ist dieser Arie van Meegen, kann man ihm trauen?«

»Bisher hat er sich als zuverlässig erwiesen – letztendlich lege ich für keinen Berater meine Hand ins Feuer, dafür geht's um zu viel Geld. Unsere Scouts halten nicht viel von ihm; normalerweise muss ein Berater erst an denen vorbei, bevor er mit mir reden kann.«

»Normalerweise?«

»Nun, es war vorrangig meine verrückte Idee gewesen, Spyros nach Bonn zu holen.«

»Verstehe.«

»Und wer gab dir den Hinweis zu besagtem Unfall?«

»Ich habe auch so meine Quellen«, antwortete Andreas etwas zu geheimnisvoll, korrigierte sich aber sofort im Ton: »Mehr weiß ich leider nicht – komischerweise ließ sich im Internet nichts dazu in Erfahrung bringen. Umso wichtiger, dass ich hinreise.«

»Mach das!«

»Logisch.«

»Deine Quelle, hältst du sie für zuverlässig?«

»Denke, schon.«

»Sicher?«

»Sicher weiß ich es nicht! Es ist in der Tat kurios, dass das Internet von dem Unfall nichts wissen will.« Ganz korrekt war diese Aussage nicht. Mücke hatte nämlich doch noch am frühen Morgen einen knappen griechischen Zeitungsartikel gefunden, wonach ein ehemaliger Spieler des AO Kérkyra in der Nacht zum 26. Mai verunglückt war – allerdings war der gesamte Artikel äußerst oberflächlich gewesen, und die gewählte automatische Übersetzung hatte ihm auch nichts gebracht. Entweder bestand tatsächlich kein Zusammenhang mit Spyros Lidakis oder es wurde energisch versucht, etwas unter den Teppich zu kehren.

»Okay, dieses eine Mal zahlen wir das Flugticket und die Unterkunft, wenn du dich nicht gerade für ein First-Class-Hotel entscheiden wirst.« Trenklers Sinneswandel kam überraschend.

»Ich danke dir! Denkst du an die erwähnten Poster und Autogrammkarten?«

»Sicher doch«, Frank erhob sich und griff im hochwertigen Regal nach einem blauen Päckchen, »Christine hat dir noch drei Lidakis-Trikots dazu gepackt, plus eine Auswärts-Garnitur für deinen Sohn! Wusstest du übrigens, dass viele Klubs der englischen Premier League zu den miesesten Arbeitgebern auf der Insel gehören? Die speisen ihre einfachen Angestellten mit Minigehältern ab, oft unterhalb des Mindestlohns. Und dabei haben die Engländer wirklich andere Möglichkeiten als unsereins in der Bundesliga.«

Mücke dachte, dass alles gesagt war, aber Trenkler bat ihn, sich noch einmal zu setzen. Der Manager beugte sich nach vorn, schaute ihm tief in die Augen, bevor er mit gedämpfter Stimme weitersprach: »Andreas, solltest du herausfinden, dass ich bei der Verpflichtung Fehler gemacht habe, dann lass uns das intern klären. Häng es nicht an die große Glocke, ich möchte meinen Job behalten und werde mich erkenntlich zeigen.«

Andreas verstand, sagte nichts, stattdessen nickte er ihm zu. Trenkler bangte um seinen Stuhl, das spürte man – wer wollte es ihm verdenken? Er war wie alle anderen; nicht besser, aber auch keineswegs schlechter. Solange es vertretbar war, verhielt sich Andreas seinen Auftraggebern gegenüber immer loyal. Sicherlich auch diesmal, denn in Zeiten, in denen offensichtlich ganze Weltmeisterschaften gekauft wurden, wo sich im Profifußball alles nur noch ums Geld drehte und der Amateurfußball schon lange auf der Strecke blieb, musste sich Mücke keine Verdienste um die Sauberkeit eines ohnehin schmutzigen Geschäfts erwerben. Vielleicht sollte er nach seinem hoffentlich erfolgreichen Job für die Blue Stars dem kleineren Rivalen Bonner SC beitreten; die Idee war ihm schon letztens gekommen, als Thea Oleknavicius davon geredet hatte.

26.

»Mach meinen Kumpel nicht an«, knurrte der Mann mit holländischem Akzent am Waschbecken, nachdem er zuvor das Angebot des Kondom-Automaten begutachtet und sie einige belanglose Worte darüber gewechselt hatten. Sollte das etwa eine Drohung sein?

»Kein Interesse«, antwortete Andreas Mücke. »Und wenn das dein Kumpel ist, würde ich an deiner Stelle schön aufpassen.«

»Wie meinst du das?« Im kleinen Spiegel erkannte man einige schiefstehende Zähne im offenen Mund des Niederländers. Die hellblonden Haare des übrig gebliebenen Kranzes hingen fast auf seiner Schulter.

»Nicht, dass du in etwas hineingerätst, was dir später leidtut.«

»Er sagt, du hättest ihm ein Bein gestellt«, erwiderte der Mann, der sich jetzt umgedreht und die Arme bedrohlich verschränkt hatte. Adrenalin lag in der Luft.

Mücke warf das Papierhandtuch in den Behälter. »Unsinn, das war er selbst! Gero ist ein Kleinkrimineller.« Er schaute ihm kurz in die Augen: »Und noch dazu ein ziemlich ungeschickter, das nur am Rande.«

Mit diesen Worten ließ Andreas den Typen stehen. Was kümmerte ihn Gero Stiweck, mit dem er vor eineinhalb Jahren heftig aneinandergeraten war? Als er ihn das letzte Mal gesehen hatte, verschwand Stiweck gerade mit den Tageseinnahmen einer Eisdiele in Arloff – wenig später wurde er gefasst, weil Andreas der Polizei das Kennzeichen des Fluchtfahrzeugs nennen konnte.

Gero saß an der Theke des *Bitburger Bierhauses* und blätterte in der *Gießkanne,* einem kostenlosen Heftchen, das wöchentlich in den Geschäften Bad Münstereifels ausgelegt wird. Als Mücke an ihm vorbeiging, schaute der kleine Ganove demonstrativ zur Seite. Aus seiner Nase quollen borstige, schwarze Haare. Das Vorstrafenregister und seine gesamte Erscheinung passten nicht zum gepflegten Ambiente des Hauses – anscheinend wussten sie hier noch nicht, wen sie bedienten. Okay, sagte sich Andreas, solange er sich nichts zuschulden kommen ließ, war es auch egal.

Jessica hatte das bestellte Pilzpfännchen bereits vor sich stehen; sein Essen käme sofort, meinte die Bedienung. Das war gut, denn Andy hatte seit zehn Uhr nichts mehr gegessen und es zwischendurch bedauert, dass er im Gegensatz zu Jess den angebotenen Mohnkuchen bei Helena Siakavara ausgeschlagen hatte. Den Unterricht hatte er wie vor fünf Tagen unkonzentriert verfolgt, zu sehr war er mit seinem Fall und der bevorstehenden Reise nach Korfu beschäftigt.

Vorgestern hatte er bei Tarras in Barbati angerufen und das große Appartement für eine Woche gebucht. Sie hatten sich darauf verständigt, dass er anschließend tageweise verlängern könnte, je nachdem, wie langsam oder flink er mit der Arbeit vorankam. Gegenüber Tarras hatte er auch nur anstehende Renovierungsarbeiten bei Jessicas Vater in Acharavi erwähnt. Dass er auf der Insel einiges über Spyros Lidakis in Erfahrung bringen wollte, musste auf Korfu keiner wissen. Aus seiner Hosentasche zog er zwei kleine Britische-Pfund-Scheine, die ihm Helena überlassen hatte. Die könne er behalten, hatte sie gesagt, doch wenn er dran dächte, wäre es nett, wenn er ihr zwei Tüten *Maynards Wine Gums* mitbringen würde. Erst da war ihm eingefallen, dass er in der Vorwoche ihr gegenüber eine Reise nach England erwähnt hatte. »Kein Problem«, seine Antwort hatte geklungen, als käme sie von Jessicas Vater. Das Ergebnis kannte man. Seine Hoffnung hieß *Duty Free*, am besten schaute er gleich morgen in Köln nach den Süßigkeiten.

Jess legte das Handy auf die Seite: »Die Wine Gums bekommst du problemlos im Internet.«

»Nun bin ich beruhigt!«

»Ich meinte ja bloß ...« Sie hatte es gut gemeint, aber manchmal irritierte es Andreas, wenn sie laufend zum Smartphone griff, selbst während des Essens.

Jetzt kam auch der Holländer von der Toilette. Die Rechte hatte er lässig in eine Gürtelschlaufe eingehängt. Sein Gang war dagegen schleppend, der Rücken leicht gebeugt. Das machte ihn um einiges älter – Andreas schätzte ihn trotzdem nur auf Ende dreißig, höchstens. Bevor er etwas zu Stiweck sagte, warf er Mücke noch einen schwer zu deutenden Blick zu.

»Schmeckt's dir?« Jess bejahte, dennoch wollte sie vom Nachbartisch die Pfeffermühle haben.

»Und du bist auch zufrieden?«

»Und ob! Noch ein Bier?«

»Nur ein kleines.«

Andy gab dezente Handzeichen, woraufhin die Bedienung nickte. »Es ist übrigens Gero Stiweck, ich hatte richtig vermutet.«

»Erinnere mich nicht ständig an ihn. Ich sehe noch, wie ich in der Nacht deine Wunden versorgen musste.«

»Er hatte mehr abbekommen!«

»Das ist die Hauptsache – sorry, das hatte ich vergessen. Dann ist ja alles in bester Ordnung!«

»Du tust gerade so, als hätte ich die Schlägerei angezettelt.«

»Das habe ich nicht gesagt.«

Das Gespräch nahm keinen guten Verlauf. Jessica hatte schließlich gesagt, dass sie nicht an Stiweck erinnert werden wollte. »Ich bin gespannt«, meinte Andreas nach einer Weile, »wo ich morgen Abend sitze.«

»Vermutlich in der *Taverna Glyfa*. Die haben, soweit ich weiß, das ganze Jahr auf. Oder du gehst gleich nach der Ankunft einkaufen, dann kannst du deine Kochkünste perfektionieren …«

Andreas konterte: »Auf einer Herdplatte, du machst mir Spaß!«

»Stimmt auch wieder!« Jess grinste und hielt ihm ihr Glas zum Anstoßen hin: »Oder gerade deshalb – nimm die Herausforderung an!«

»Lass mich da erst mal ankommen.«

»Hast du schon einen Mietwagen?«

»Das erledige ich am Flughafen.«

Schade, dass er die Reise nicht verschieben konnte. In zweieinhalb Wochen begannen die Osterferien und es wäre zu schön, wenn er die Zeit gemeinsam mit Jess dort verbringen könnte, auch wenn sich am Tag ihre Wege zwangsläufig trennen würden. Aber Ostern auf Korfu, das musste man erlebt haben, da waren sich alle Reiseführer einig – für Theofanis und Panagiota war es sogar eine Sünde, nicht einmal im Leben das *Ewige Licht* an den Nächsten weitergereicht zu haben, wie es am Osterabend in Kérkyra sowie überall in Griechenland Brauch ist.

Die Hoffnung war noch nicht aufgegeben: Es konnte durchaus sein, dass sich seine Recherchen in die Länge zogen, dass Andreas nur stückchenweise vorankam und sich der Aufenthalt somit verlängerte. Ebenso war es möglich, dass er innerhalb weniger Tage wichtiges Material sammelte, das er Frank Trenkler vorlegte, und im Idealfall gleich die volle vereinbarte Prämie einkassierte. In beiden Fällen könnten Jessica und er die Osterferien auf der Insel verbringen. Doch Mücke fürchtete, dass etwas anderes eintraf, eine Art Zwitterlösung oder wie immer man das bezeichnete. Gegebenenfalls kam er nach ein oder zwei Wochen nicht mehr weiter und musste mit Informationen nach Deutschland reisen, die weder Fleisch noch Fisch waren – vielleicht in gewisser Hinsicht interessant, doch im Endeffekt kaum verwertbar. Andreas versprach sich dennoch viel von dem Abstecher nach Korfu. Das Ziel zeichnete sich deutlich ab. Die Reise war alternativlos und auch nicht verschiebbar. Was ihm fehlte, war einfach die Zuversicht, dass er erfolgreich sein würde.

»Woran denkst du?«, fragte Jessica unvermittelt.

»Och, dies und das. Es wäre toll, in drei Wochen mit dir in Barbati zu sein.«

»Das hatten wir alles schon besprochen.«

»Ich weiß.«

»Und es hängt mehr von dir als von mir ab.«

»Darum ja.«

»Kennst du den Mann neben Stiweck?« Jetzt begann sie mit dem Thema und deutete mit dem Kinn zu den Leuten, die fünf Meter von ihnen entfernt auf den Barhockern saßen.

»Nein, ich habe am Waschbecken mitbekommen, dass er Holländer ist.«

»Er erinnert mich auch ein bisschen an den jungen Herman van Veen.«

»Bei welchem Verein spielte der denn?«

»Das ist kein Fußballer.« Jessica schaute ungläubig: »Sag mal, du kennst Herman van Veen nicht?«

»Nö.«

»Wenn du Klaus Hoffmann und Konstantin Wecker kennst, müsste dir der Name auch etwas sagen. Sonst frag deine Mutter, die hat bestimmt noch Platten von ihm.«

Er überlegte: »Doch, jetzt weiß ich, wen du meinst!«

»Im Ernst?«

Andy fiel sogar eine Songzeile ein: »Ich hab überall blaue Flecken von dir ...«

»Na also, geht doch!«

»Wollen wir gleich gehen? Ich muss aber vorher noch irgendwo hin ...«

Wieder begegnete ihm der Holländer auf der Toilette. Diesmal mokierte er sich darüber, wie Andreas ihn vorhin stehen gelassen hatte. Angeblich hatte er sich durch Mückes arroganten Blick gekränkt gefühlt. Mannomann, welches Kraut rauchte der denn? Andreas versprach, es beim nächsten Mal mit einem Bier gutzumachen. Den Jungen musste er im Auge behalten – der Bursche roch nach Ärger!

27.

Nach dem Unterricht bekam Helena Siakavara überraschenden Besuch von Spyros' Freundin Irini, kaum dass Jessica und Andreas die Wohnung verlassen hatten – wahrscheinlich waren die beiden ihr vor dem Haus noch begegnet. Total unerwartet war Irinis Kommen nun auch nicht, nachdem Helena ihr kürzlich in der Stadt gesagt hatte, dass sie bei ihr jederzeit willkommen sei. Ernsthaft gerechnet hatte sie jedoch nicht damit, dass die gut 30 Jahre jüngere Landsmännin von dem Angebot Gebrauch machen würde. Vielleicht war Irini danach zumute, sich noch mit jemand anderem in ihrer Muttersprache zu unterhalten, zumal Spyros häufig unterwegs war. Helena Siakavara war Frau genug, um schnell zu erkennen, was mit Irini los war, oder besser formuliert, in welchem Zustand sie sich befand.

»Was sagt Spyros denn dazu? Freut er sich, Vater zu werden?«

»Bestimmt«, antwortete Irini. »Ich hoffe es.«

»Weiß er es denn noch nicht? Du musst es ihm sagen.«

»Ich finde, Moro-Mou muss es selbst merken.«

»Du nennst ihn Moro-Mou? Wie schön …«

»Ja, mein Baby! Wir kennen uns sechs Jahre und ich weiß, wie aufmerksam und einfühlsam er ist.« Irini kämpfte mit den Tränen. »Nur momentan ist er es nicht, ausgerechnet jetzt merkt er gar nichts. Er ist blind wie der Vater von Stelios, dem Honigverkäufer aus Pélekas, unserem Dorf.«

Helena lächelte über diesen Vergleich.

»Wo stammst du eigentlich her?«, fragte Irini etwas später.

»Vom kleinsten Finger der Chalkidiki, wir wohnten direkt an der Grenze zum heiligen Berg Athos.« Helena nahm Irini in den Arm: »Du darfst nicht zu streng mit Spyros sein – wir wissen doch alle, wie die Männer manchmal sind.« Sie reichte ihr ein Papiertaschentuch.

»Aber nicht Moro-Mou!«

Helena schmunzelte: »Scheinbar doch, in vielen Dingen sind alle Männer ein bisschen hilflos. Das meinen sie nicht böse.«

Irini sagte nichts, schluckte mehrmals, bevor sie fortfuhr: »Er hat sich nicht einmal über die blöden Magazine gewundert, die ich mir seit Wochen kaufe.«

Helena blickte sie fragend an.

»Ach so«, Irini nahm den Faden wieder auf. »Die Frauen meiner Familie schauen sich hübsche und gesunde Menschen an, wenn sie schwanger sind. Mir geht es mehr um ein gesundes Kind – schön wird es sowieso, so wie sein Vater aussieht.«

»Und du bist auch sehr hübsch«, tröstete Helena sie. »Da kann Spyros nicht mithalten.«

»Er weiß von dieser Tradition.«

Sie schwiegen eine Zeit lang, blickten sich dabei verlegen an. Helena goss ihr schließlich Tee ein, der nun wirklich lange genug gezogen hatte. Anschließend deutete sie auf das Gebäck, an dem Irini sich bedienen sollte. Die kramte unterdessen in ihrer Tasche und brachte ein dunkelrotes Diary zum Vorschein. Irini zog an den Lederriemchen und blätterte in dem Buch, um Helena freudestrahlend einige Einträge der vergangenen Wochen zu zeigen.

Selten hatte Irini am Stück so viel geredet wie an diesem frühen Dienstagabend. Endlich konnte sie all ihre Gedanken, Fragen und Bedenken loswerden. Es war ihr ein wenig peinlich, all das vor Helena auszubreiten, denn eigentlich war man sich noch fremd. Doch Helena war eine verständnisvolle Zuhörerin, wie sie das von ihrer Freundin aus dem Nachbardorf kannte, und so raste die Zeit nur so dahin. Es war, als würden sie sich ein halbes Leben lang kennen, und der Altersunterschied spielte bei modernen, aufgeschlossenen Frauen wie Helena sowieso keine Rolle.

Als die Standuhr im Wohnzimmer acht Uhr schlug, merkten sie erst, dass sie bereits seit über einer Stunde im Dunkeln saßen. Lediglich die Straßenlaterne warf ein trübes Licht auf die gegenüberliegende Wand. Irini erschrak, als Helena ihr die Zeit bestätigte. Sicherlich war Moro-Mou schon zu Hause, nicht dass er sich Sorgen machte! Es war Zeit, aufzubrechen – mit dem Fahrrad würde sie in einer Viertelstunde daheim sein. Zum Abschied umarmten sich die beiden Frauen innig. Irini musste Helena versprechen, sie unbedingt auf dem Laufenden zu halten. Mit Sicherheit war es nicht der letzte Besuch gewesen, beteuerte Irini zum Abschied an der Wohnungstür, aber Helena könne auch zu ihnen in die Trierer Straße kommen, wann immer sie wolle. Die kurze Strecke nach Bad Münstereifel legte Irini beschwingt zurück. Die Stunden in Eicherscheid hatten ihr gutgetan.

Vor und direkt nach dem Abendessen hatte Helena Siakavara der Versuchung widerstanden, einen Blick ins von Irini vergessene Tagebuch zu werfen. Es gehörte sich nicht, sagte sie sich, man öffnet auch keine fremde Post. Das hatte sie noch nie getan. Andererseits hätte sie schon gern endlich gewusst, warum Herr van Meegen ihren Deutschunterricht mit Spyros so abrupt beendet hatte. Auch über seinen ominösen Motorrad-Unfall auf Korfu wusste sie so gut wie nichts, darauf waren sie vorhin nicht zu sprechen gekommen. Dieses Thema wäre pures Gift für Irinis Enthusiasmus gewesen. Helena nahm das Tagebuch in die Hand, wendete es zu beiden Seiten. Die Bändchen waren nur dürftig miteinander verschnürt, die würden sie bestimmt nicht verraten. Wie weich das Leder war – es fühlte sich gut an. Einen harmlosen Blick hinten durfte sie riskieren, die Passagen hatte Irini ihr ohnehin fast alle vorgelesen: *Es war ein toller Abend im China-Restaurant. »Deine Träume werden erreichbar sein«, stand auf dem Glückskeks-Zettelchen. Moro-Mou lachte über diese sensationelle Weisheit, aber er ist selbst ein bisschen abergläubisch. Er hat mir verraten, dass er im Sommer den Münstereifelern elf mitgebrachte Trikots seines Heimatvereins geschenkt hatte, indem er sie einfach mitten in der Stadt oder an Aussichtspunkten einzeln ausgelegt hatte. Eine Woche später ist ihm ein Junge im viel zu weiten Kérkyra-Trikot im Schwimmbad begegnet. Das war für ihn das erhoffte Zeichen, dass alles gut werden wird.*

Wie nett, Spyros war vergangene Woche mit Irini in Eicherscheid essen gewesen. Das Restaurant befand sich schräg gegenüber von ihrem Haus, sie kannte es natürlich. Helena legte das Diary auf den Tisch zurück und strich noch einmal mit der Hand darüber. Sie versuchte, sich auf etwas anderes zu konzentrieren, aber das war nicht so einfach. Nach einer Weile schaltete sie das Fernsehgerät ein. Marietta Slomka begrüßte gerade die Zuschauer des *heute journals* und erzählte etwas von einem vergifteten ehemaligen russischen Geheimdienstagenten in London. Wollte Andreas da nicht hin? Oder hatte er nur England gesagt? Sie wusste es nicht genau. Mit einer Mischung aus Neugier und Misstrauen wanderte ihr Blick ständig vom Bildschirm auf das weinrote Büchlein. Helena wusste, dass sie sowieso darin lesen würde – dann konnte sie es auch gleich tun!

Eine Stunde später klappte sie es leichenblass zu. Was für eine widerliche Geschichte, die sie da lesen musste, dabei hatte sie doch nur einen harmlosen Blick hineinwerfen wollen. Nun wurde ihr einiges klar! Von diesem van Meegen würde sie kein Geld mehr nehmen, keinen einzigen Cent! So nett, wie er immer zu ihr gewesen war, hätte sie ihm so etwas nie zugetraut.

Ob Lea von seinen Machenschaften wusste? Wahrscheinlich nicht, aber es musste auch einen Grund dafür geben, warum sie die Beziehung unbedingt vor ihr geheim halten will. Nur ist ihr das nicht ganz gelungen, nachdem Helena vor Wochen bei ihr im Badezimmer die auf der Fensterbank abgelegte *Rolex* van Meegens mit dem auffälligen blauen Ziffernblatt gesehen hatte. Sie hatte Lea dennoch in dem Glauben gelassen, von nichts zu wissen. Dumm nur, dass sie ihr später trotzdem die Geschichten vom Video und dem Unfall erzählt hatte. Da hätte sie wirklich besser aufpassen müssen.

Von Helena unbemerkt war der Film zu Ende gegangen. Als sie hochblickte, war Markus Lanz gerade damit beschäftigt, seinen Gast zu unterbrechen. Helena hätte nicht einmal sagen können, wie der Krimi ausgegangen war. Die arme Irini, so ein nettes Mädchen! Es würde Helena schwerfallen, ihr das Diary zurückzugeben, ohne sich etwas anmerken zu lassen. Vielleicht sollte sie es ihr einfach morgen in den Briefkasten werfen. Gut, dass sonst keiner etwas mit Irinis krakeliger griechischer Schrift anfangen konnte.

Sie machte den Fernseher aus, holte sich aus der Küche ein

Glas Rotwein, stellte es auf dem Wohnzimmertisch ab und betrachtete es lustlos. Helenas Gedanken kehrten zu ihrer Freundin Lea zurück.

Ob sie ihr die Wahrheit sagen sollte? Nicht, dass Lea ihr später Vorwürfe machte – ach, es war schwierig. Ihr Ex hatte durchaus recht gehabt, dass sie sich zu viel in Dinge einmischte, die sie nichts angingen. Hätte sie nur nicht in dieses blöde Tagebuch geschaut – das hatte sie nun davon!

28.

In der Nacht zu Samstag erwachte Irini mit dem beklemmenden Gefühl, dass sich jemand in der Nähe befand. Zu eindeutig waren die Geräusche gewesen, die von der Dachterrasse stammten und sie hatten hochschießen lassen. Sie fröstelte, als wäre die Raumtemperatur plötzlich um 20 Grad gesunken. Im Moment war es ruhig; verunsichert lauschte sie weiter. Irini hatte Angst, versuchte aber, einen klaren Kopf zu behalten. Wie oft hatten sich ihre beiden Brüder darüber amüsiert, wenn sie sich daheim in Pélekas beinahe in die Hose machte, wenn es nachts im Garten geklappert und gezischt hatte und der Wind dabei nur sein Spiel mit herumliegenden Teilen trieb, die er abwechselnd durch die Luft gewirbelt oder laut gegen die Zinktränke oder über den Weg bis zur Mauer gejagt hatte. Das Geheul und Gezeter der Tiere hatten sie regelmäßig in ihrer Furcht bestärkt.

Noch immer war es draußen ruhig. Vor fünf Jahren hatte auch Moro-Mou ihre Höllenangst eine ganze Nacht lang erlebt, als sie beide kein Auge zubekamen, weil ein vom Festland und von Albanien kommendes Unwetter die Insel heimsuchte. Damals hatten sie nach einer Feier in einem unverschlossenen Studio am Glyfada-Beach übernachten wollen. Angeblich hatte Moro-Mou den Besitzer vorher um Erlaubnis gefragt. Sie war bis heute davon überzeugt, dass ihr Freund sie in dieser Novembernacht belogen hatte. Zum ersten und einzigen Mal, wie sie ebenfalls fest glaubte. Geschlagene zehn Minuten hatte er allein für die Suche nach dem Stromkasten benötigt. Machte das einer, der das Einverständnis hatte und sich auskennen musste? Mit dem heftigen Gewitter hatte die Strafe nicht lange auf sich warten lassen. Wütend hatte der Regen gegen die beiden Fenster gepeitscht, wie sie es noch nie erlebt hatte. Immerhin war Moro-Mou einfühlsam genug gewesen, nicht noch über ihre immense Furcht zu lästern. Nein, er hatte die Angst verstanden und sie bei jedem Donnerschlag in den Arm genommen.

Vorsichtig kletterte sie aus dem Bett und begab sich vom Schlafzimmer in den Wohnraum, dessen Verbindungstür sie offengelassen hatte. Das tat sie immer, wenn sie in der viel zu großen Wohnung allein war. Nicht aus einem bestimmten Grund, sondern aus Gewohnheit. Bis auf das rote Stand-by-Licht des Fernsehers war es stockdunkel und ruhig. Sollte sie vielleicht nur geträumt haben?

Ein leises Knirschen wie von kleinen Schritten ließ Irini erneut zusammenzucken. Dann war es wieder da, das Geräusch von vorhin. Sie erkannte trotz der Dunkelheit, dass sich jemand an den Rollläden zu schaffen machte. Irini blieb das Herz stehen. Vorsichtig ertastete sie ihre Klamotten, die sie auf dem Relaxsessel abgelegt hatte, und huschte hinein. Die Jeans hätte Irini um ein Haar zu Fall gebracht. Zum Glück konnte sie sich reaktionsschnell abstützen und somit Sturz und Lärm verhindern. Wer weiß, wie der Einbrecher reagiert hätte – wahrscheinlich hätte er sofort geschossen, sie war auf das Schlimmste gefasst. Was war das nur für ein Land, in dem man zwar reich werden konnte, aber ständig auf der Hut sein musste?

Keine Minute später stand sie mit der Jacke über dem Arm in der Wohnungstür. Sie überlegte kurz, nahm dann all ihren Mut zusammen, lief ins Wohnzimmer, schaltete das Radio und sämtliche Lichtstrahler an und stürmte anschließend Hals über Kopf aus der Wohnung und dem Haus.

Erst am Salzmarkt, weit hinter dem Orchheimer Tor, blieb Irini nach einigen hundert Metern erschöpft stehen. Hinter ihr war kein Mensch, kein Verfolger zu sehen. Sie hatte alles aus sich herausgeholt, musste nun erst einmal verschnaufen und dann überlegen, was zu tun war. Peu à peu veränderten sich ihre Atemwolken, sie verloren die Hektik des hastigen Auspustens und wurden kleiner. Irini nahm sie jetzt erst wahr. Die Stadt war gespenstig ruhig, bis auf das Geplätscher des Flusses und vereinzelte Stimmen in weiter Entfernung. Dass Bad Münstereifel so still sein konnte, hätte sie nicht für möglich gehalten. Nachts hatte die Stadt kein Leben, sie war wie ein großer Friedhof. Anders als am Tag, wenn Schüler und Touristen durch die Straßen zockelten, wie früher das Vieh durch Pélekas. Selbst nachts sind die meisten Ladeneingänge beleuchtet – was für eine Verschwendung.

Langsam lief sie weiter die Straße entlang, das Herz raste nicht mehr, doch das Erlebte beunruhigte sie weiter, und sie fühlte sich orientierungslos. Wo sollte sie denn jetzt hin? Wann konnte sie in ihre Wohnung zurück, und wie sah es dort aus? Eventuell hätte sie vorhin die andere Richtung einschlagen sollen – auch zu Fuß wäre die Strecke nach Eicherscheid zu schaffen gewesen. Aber wer weiß, ob Helena überhaupt zu Hause war, nachdem Irini sie heute den ganzen Tag nicht erreichen konnte. Sie musste ihr Diary unbedingt bald wiederhaben. Momentan war sie erleichtert, dass es sich nicht in der Wohnung befand und in Verbrecherfinger geraten konnte.

An Geld hatte Irini in der Eile nicht gedacht. Dass sie das Smartphone vergessen hatte, war mindestens genauso schlimm. Sie hätte Moro-Mou anrufen können, der mit seiner Mannschaft in Hannover war, wo sie am Nachmittag spielten. Er hätte selbst um diese Zeit gewusst, was sie am besten machte.

Auf der Flussmauer hockte eine Katze, ihre Augen funkelten Irini wie Lichtpunkte entgegen. Sie hätte sie gern gestreichelt – vielleicht auch deshalb, weil sie gerade selbst etwas Wärme und Trost gebrauchen konnte.

Nachdem sie einige Schritte auf das Tier zugegangen war, sprang es von der Mauer und machte sich aus dem Staub. Irini folgte dem schmalen Weg am Bach entlang, den die Katze eingeschlagen hatte. Aus einem Lokal drangen Stimmen zu ihr herüber. Zaghaft klopfte sie an die Tür, aber nichts geschah. Sie schaute sich um: Eine rot-weiße Fahne war an der Hausfront befestigt, die sich gemächlich hin und her bewegte. Neben der Eingangstür standen einige Tische und Stühle, obwohl es dafür eigentlich noch zu frisch in Deutschland war, auch tagsüber. Allmählich wurde ihr kalt. Die Uhr am Juweliergeschäft auf der anderen Seite verriet, dass es in zehn Minuten zwei Uhr war. »Geschlossen«, rief jemand von innen, nachdem sie ein viertes oder fünftes Mal gegen die Tür des Lokals geklopft hatte und dabei lauter geworden war. Auf einem der Stühle entdeckte sie zusammengefaltete Wolldecken. Irini ergriff eine und wickelte sich darin so eng ein, dass ihr nur noch Gänseschritte möglich waren. Auch das Hinsetzen gelang ihr nicht ohne Probleme, aber es klappte, ohne dass sie den Halt der Decke hätte lockern müssen. Wenn sie ihre Beine ausstrecken würde, konnte sie fast die Flussmauer berühren. Sie fragte sich, ob der kleine Bach einen Namen hatte. Die Katze kam zurück, sie schlich in kleinsten Bewegungen auf den Stuhl zu, um wenig später an ihm vorbeizuschießen. Irini sah dem langsam werdenden Tier im schwachen Laternenlicht hinterher. An der Ecke konnte es sich für keine Richtung entscheiden, bis es irgendwann doch in der Dunkelheit verschwand.

Sie musste tatsächlich vor Erschöpfung eingenickt sein. Irini schreckte hoch, als ein anderer energisch an die Tür ballerte. Die Uhr gegenüber zeigte nun kurz nach zwei. »Geschlossen«, murmelte sie recht mutig, ohne sich nach dem Fremden umgedreht zu haben. Das tat sie erst, nachdem sie überraschend ihren Namen vernommen hatte. Ungläubig drehte sie mit zusammengekniffenen Augen den Kopf zur Seite. Der Mann trug eine Mütze, deshalb erkannte sie ihn nicht sofort.

»Irini?«, fragte er erneut und bückte sich zu ihr hinunter.

Sie kannte diese Stimme. »Wim?« Ja, es war tatsächlich der niederländische Sprachlehrer von Moro-Mou. Er roch nach Alkohol, doch das war so was von egal! Wahrscheinlich war das in diesem Land normal. Wim würde ihr bestimmt helfen.

»Und ich dachte gerade noch, hier wollte eine anschaffen.«

Sie verstand nicht: »Was ist *anschaffen*?«

»Ach, vergiss es – das war ein blöder Joke. Was machst du überhaupt hier, Irini?«

Seine Frage war wie ein Stichwort. Irini konnte sich nicht länger beherrschen und fiel dem Mann, den sie nur flüchtig kannte, um den Hals. Danach erzählte sie ihm, was passiert war, von ihrer Angst und warum sie hier so mutterseelenallein saß. Wim konnte ihrem holprigen Gemisch von Englisch und Deutsch besser folgen, als sie gedacht hatte.

Vorsichtig betraten beide die Wohnung. Sie folgte Wim mit

einem kleinen Sicherheitsabstand, schaute ihm aber neugierig links und rechts über die Schulter, um zu sehen, ob etwas verändert war.

Er drehte sich skeptisch zu Irini um, weil, wie er es nannte, die volle Festbeleuchtung an war und das Radio jaulte.

Sie gab zu verstehen, dass sie das bei ihrer Flucht selbst gewesen war. Sekunden später war die Riesenerleichterung da: Der Einbrecher hatte es nicht in die Wohnung geschafft. Irini bekreuzigte sich – das war noch einmal gut gegangen. Gott sei Dank! Wim öffnete unterdessen beide Terrassentüren und begutachtete die Rollläden von innen. Sie waren an den Seiten mit einer Automatik gesichert, das bot zusätzlichen Schutz. Er zeigte Irini die Teile und meinte, daran wäre der Schuft gescheitert.

»Es lässt sich hier gar nicht einbrechen?«, fragte sie erfreut.

»So kann man das nicht sagen«, antwortete Wim. Woher seine Erfahrungen auf diesem Gebiet stammten, ahnte sie nicht. »Es wird durch die Sicherungen aber deutlich schwieriger! Licht und Radio werden den Täter zusätzlich verunsichert haben.«

»Dann war das eine gute Idee von mir?«

»Definitiv! Komm, lass uns draußen schauen«, schlug Wim vor. Mit diesen Worten setzte er bereits die Automatik in Gang.

»Hast du eine Taschenlampe?«, wollte er von Irini wissen.

»Wozu? Wir haben auf der Terrasse genug Licht«, diesmal war sie es, die die entsprechenden Schalter betätigte.

»Stimmt, hast du denn was zu trinken für mich?«

»Was du willst: Wasser, Milch, Saft, Zitronenlimonade.«

»Äh, habt ihr kein Bier?«

»Wir trinken keinen Alkohol«, sagte sie leise, fast entschuldigend. »Demnächst denken wir dran – bisher hatten wir kaum Besuch. Was möchtest du denn jetzt trinken?«

Wim ging auf die Frage nicht ein, die zurückgelassenen Gegenstände waren für ihn interessanter. Er bückte sich, hob ein Brecheisen auf und schüttelte den Kopf. Niemals war das Teil aus Carbonstahl! Ein anderes, kleineres Hebelwerkzeug wirkte ebenfalls äußerst primitiv. Wim warf es achtlos beiseite. Und was der Typ mit der abgebrochenen, aber dennoch zu sperrigen Spitzhacke gewollt hatte, wusste der Geier. Den Materialwert des Einbruchwerkzeugs schätzte er auf 20 Euro – ein Profi war da nicht am Werk gewesen.

»Sollen wir nicht die Polizei rufen?«, fragte Irini nach einer kurzen Pause.

»Wieso? Es ist doch nichts passiert.«

»Trotzdem.«

»Glaube mir, der Ganove lässt sich hier sowieso nicht mehr blicken. Wahrscheinlich wäre das Spyros gar nicht recht, weil es dann sofort in der Zeitung steht. Wir müssen auch an ihn denken!«

Irini bückte sich, kurz darauf lachte sie das erste Mal: »Da hast du deine Taschenlampe.«

Angewidert schüttelte sich Wim – was muss das nur für ein Schwachkopf gewesen sein! Selten hatte er eine so erbärmliche Funzel gesehen wie dieses Teil, das Irini ihm gerade unter die Nase hielt. Ohne seine unverwüstliche *Mag-Lite* im Rucksack würde er sich erst gar keine Handschuhe überziehen. Rechts neben ihm lag noch etwas: ein Taschenmesser. Wim hob es auf und drehte es mehrmals in der Hand. Das war schon ein anderes Kaliber! Er kannte sich mit Messern aus wie kaum einer. Dieses hier kam aus Frankreich, die Griffschale war aus südamerikanischem Schlangenholz gefertigt, und er war sich sicher, dass er genau dieses Messer neulich zu einem Freundschaftspreis verkauft hatte. Wim wusste, mit wem er demnächst ordentlich aneinandergeraten würde.

29.

Na klar, sie meinte Larisa. Andy Mücke tippte sich gegen die Stirn, die junge Griechin mit den blonden, hochgesteckten Haaren hinterm Tresen lachte. Jetzt verstand er die Frau von der Tourismus-Information – jetzt, nachdem sie auf der Griechenland-Karte mehrmals mit dem Finger auf die Hauptstadt der Region Thessalien getippt hatte. Das Erstliga-Team von Athlitikos Omilos Kérkyra spielte heute auswärts in Larisa. Zu gern hätte er sich ein Heimspiel dieser Mannschaft angeschaut. Dort, an der alten Wirkungsstätte von Spyros Lidakis, wo er vor nicht ganz acht Jahren seine erfolgreiche Karriere begonnen und seine ersten Tore in der höchsten griechischen Spielklasse erzielt hatte.

Ein Besuch lohne sich nicht, hatte Tarras am Morgen gemeint und mit dem Daumen energisch nach unten gedeutet. Dass auch ein Abstiegskampf prickelnd sein konnte, glaubte sein Vermieter nicht. Kopfschüttelnd hatte er gesagt, mit diesem Verein sei es wie mit dem Wi-Fi in Barbati: Mal funktioniere es, dann wieder nicht – mal spiele AO Kérkyra in der Super League, dann wieder nicht. Für dieses ewige Hin und Her habe er keine Zeit. Spyros hätte das damals absolut richtig erkannt! Dass er nach Panathinaikos wechselte, war das Beste, was er machen konnte. Übrigens, wenn überhaupt, sei das sein Verein!

So kam es, dass sich Andreas nach dem Frühstück allein auf den Weg in die Inselhauptstadt gemacht hatte. Es herrschte wenig Verkehr, die halbstündige Fahrt war nicht der Rede wert gewesen – sich dagegen mit dem Auto in dem Chaos der engen Gassen und belebten Straßen zurechtzufinden, war für Mücke jedes Mal aufs Neue eine Herausforderung – egal ob im Sommer, im November oder wie jetzt im März. Dabei war Kérkyra alles andere als eine gewaltige Metropole, die Stadt zählte knapp 40.000 Einwohner. Vielleicht hätte er sich anstatt des Kleinwagens eine Vespa bei *Corfumobil* mieten sollen, dem kleinen Verleihbetrieb, an dem Tarras zu einem Drittel beteiligt war. Ein Motorroller oder ein Quad wären zumindest eine Überlegung wert gewesen.

Für viele Gäste Korfus war der Besuch von Sissis Schloss, dem Achilleion, ein vorgegebenes Muss. Das galt nicht für Mücke, für Jessica sicherlich schon eher. Er liebte es dafür, durch das imposante Gelände der alten Festung zu schlendern, mit deren Erbauung die Venezianer im 16. Jahrhundert begonnen hatten. Zwischen den mächtigen Mauern bildete er sich ein, einen Hauch der langen Geschichte Korfus einzuatmen. Und wenn ihm solche Gedanken zu übertrieben erschienen, belohnte er sich wenigstens mit der fantastischen Aussicht, die man von der Plattform mit dem alten Leuchtturm aus hatte. Auch heute stieg Mücke die Stufen hinauf, genoss die Ruhe und die leichte Brise. Gestört wurde er nach einer Weile von drei Tauben, die sich in ihrer ungeschickten Art für ein weggeworfenes Sandwich neben seinen Füßen interessierten. Als es ihm zu bunt wurde, kickte er das eklige Teil in eine andere Ecke.

Andreas verließ das Gelände und begab sich langsam ins Zentrum, wo er, wenn er Glück hatte, irgendwo die Spiele der Bundesliga verfolgen konnte. Die Blue Stars, deren Trikot er am Morgen über ein dünnes T-Shirt gezogen hatte, spielten bei Hannover 96. Sein Gladbacher Team musste zur Werkself nach Leverkusen. Als Andreas die steinerne Brücke verließ, entdeckte er mit dem Reichsgrafen von der Schulenburg den ersten erkennbaren Fußballfan des Tages. Scherzbolde hatten dem alten Offizier einen blau-roten Schal umgebunden. Eine halsbrecherische Aktion, wenn man nicht gerade Fassadenkletterer war. Mücke starrte nach oben – sechs Meter waren es schon bis zum Kopf. Er blieb eine Zeit lang vor dem Denkmal stehen, bis ihn ein französisches Pärchen in ein umständliches Gespräch verwickelte. Dabei suchte es nur den kürzesten Weg nach Kanoni, wie sich herausstellte. Hätte einer von beiden ihn berührt, hätte er sie als Taschendiebe verdächtigt. Gereizt lehnte er es ab, mit ihrem Handy Fotos von ihnen zu machen. Nachdem sie gegangen waren, schaute Andreas den jungen Franzosen hinterher. Sie schlugen tatsächlich links bei *McDonald's* die empfohlene Straße ein.

Mücke lief zu seinem Auto zurück, um die zusammengerollten signierten Poster der *Blue Stars Bonn* und der *Rag Dolls* zu holen. Die sogenannten Lumpenpuppen waren die erste weibliche Beatband des Ruhrgebiets, und seine Mutter hatte in den späten Sechzigern Rhythmusgitarre in genau dieser Band gespielt. Davon hatte er Tarras am Silvesterabend erzählt, als man ihm eine Gitarre hingehalten und ihn gefragt hatte, ob er darauf spielen könne. Andreas hatte es mit Neil Youngs *Like A Hurricane* versucht, das einige Gäste trotz seiner fehlenden Übung sofort erkannten. Andy hatte dem spottenden Theofanis mitten im Song widersprechen müssen: Nein, das Lied war keine Anspielung auf Panagiota! Anschließend hatte Andreas noch einen einfachen Song mit den bissigen Worten seiner Mutter angekündigt: »Wer nix kann, spielt *House Of The Rising Sun!*«

Mit den Postern in der Hand suchte er in der Guilford Street nach der *Icon Gallery*. Sie hatten ihm am Telefon versprochen, die Plakate in maximal zwei Stunden mit schönen Rahmen zu versehen. Die Auswahl im Laden schien groß, aber die zunächst vorgeschlagenen Leisten waren ihm viel zu modern und auch zu aufdringlich, vor allem für das Poster der *Rag Dolls*. Der bärtige Angestellte lachte, als Andreas ihm erklärte, dass das flotte Mädchen gar nicht mehr so jung, sondern seine Mutter sei. Er verstand, was Mücke meinte, murmelte etwas und machte weitere Vorschläge. Um 18 Uhr, meinte er selbstbewusst, seien sie gewiss fertig mit der Arbeit, spätestens.

»Efcharisto!«, Andy bedankte sich.

»Parakalo.«

18 Uhr passte perfekt, denn Tarras hatte ihn für den Abend in die Taverne eingeladen. Seine Eltern und einige Freunde kämen ebenfalls. Darauf hatte sich Andreas schon den ganzen Tag gefreut – und diesmal würde er nicht mit leeren Händen erscheinen! Für Giota und Theofanis hatte er noch einige Eifeler Spezialitäten dabei, die bei der Begrüßung nach seiner Ankunft noch im Koffer gewesen waren.

In den engen Basargassen war für Anfang März eine Menge los, auch wenn noch längst nicht alle Geschäfte geöffnet hatten, wie man an den heruntergelassenen Rollläden leicht erkannte. Vor allem die zahlreichen Souvenirläden waren für die Inselbewohner uninteressant – noch waren die Korfioten unter sich, von wenigen Ausnahmen wie unternehmungsfreudigen Wandergruppen, deutschen Rentnern oder dem französischen Pärchen einmal abgesehen. Zum ersten Mal zählte sich Andy zu der Gruppe, die in geschäftlicher Mission in Griechenland unterwegs war – absurd war das schon. Streng genommen sogar in geheimer Mission, diesen plötzlichen Gedanken fand er noch faszinierender. Jessica hätte ihm an dieser Stelle den Vogel gezeigt. Echt praktisch, wie sie dafür sorgte, dass er immer schön auf dem Boden blieb.

Mücke betrat einen kleinen Lebensmittelladen, um sich fürs Wochenende mit Brot, Ziegenkäse, etwas Obst, Wasser und Bier einzudecken. Außerdem legte er zwei Halbe-Liter-Dosen Olivenöl in den Einkaufskorb. Um die hatte ihn seine Mutter gebeten, als sie ihn vor drei Tagen zum Flughafen gefahren hatte. Natürlich würde sie das Öl lieber in hübschen Flaschen abgefüllt sehen, aber da es im Koffer transportiert wurde, ging Andreas kein Risiko ein, zu schlimm waren die Erinnerungen an eine zu Bruch gegangene Flasche Hierbas auf einem Flug von Ibiza nach Köln.

Direkt neben dem Geschäft befand sich eine Bar, in der im vergangenen Sommer Fußball gezeigt worden war. Ob die Bundesliga dabei gewesen war, wusste Andreas nicht mehr. Wie fast überall im Ausland gehörte auch in Griechenland die Premier League zu der beliebtesten Liga, nicht zuletzt wegen der vielen britischen Touristen. »Engländer very good, immer viel trinken«, hatte ihm einmal ein Tavernen-Besitzer zwischen Acharavi und Roda anvertraut – wahrscheinlich war mit *very good* nur der Umsatz gemeint, wer wollte es ihm verdenken. Seine Frau sah das anders. Sie hatte Andreas erklärt, dass sie die Engländer nicht mochte – keinen, außer Jamie Oliver, diesem sympathischen Koch. So einen Süßen hätte sie gern in ihrer Küche, hatte sie geschwärmt.

Mit hängendem Magen betrat Mücke die spartanisch eingerichtete Bar; vielleicht war es auch ein Kafenio; trotz Liberalisierung sind diese alten Cafés noch immer ein beliebter Treffpunkt der griechischen Männerwelt, vor allem in den Dörfern. An zwei Tischen saßen ältere Griechen; die einen spielten Karten, die anderen waren mit einem Würfelspiel beschäftigt. Andreas bestellte einen Tee und ein Thunfisch-Sandwich, nachdem er an einem kleinen Tisch Platz genommen und seine Jacke ausgezogen hatte. Fünf Meter von ihm entfernt hing ein mittelgroßer Bildschirm an der Wand. Die Hintergrundgeräusche im Radio ließen auf eine Fußballübertragung schließen – nur dass alles noch gehetzter und lauter klang, als Andreas es von den Liveberichten im *WDR* gewohnt war.

»Larisa, Kérkyra?«, fragte Mücke die Bedienung, die ihm die kleine Mahlzeit und den Tee servierte. Der Mann nickte und formte mit Zeigefingern und Daumen beider Hände zwei Nullen. Eine Viertelstunde wäre noch zu spielen. Andreas nickte ebenfalls, für einen Abstiegskandidaten war ein 0:0 auswärts ein gutes Ergebnis. Dann stand er vorsichtig auf, deutete auf sein Bonner Trikot, drehte sich um, damit der Mann den Vereins- und Spielernamen lesen konnte. Da er die altgriechische Schrift gewöhnt war, dauerte es bei ihm ein wenig, die deutsche Schreibweise zu entziffern. Schließlich sagte er: »Ah, Lidakis, good player!«

»Oh, Spyros Lidakis«, rief einer der Männer und blickte von seinem Kartenspiel auf. Er hob den rechten Daumen. Mücke nahm seine Lederjacke von der Stuhllehne und kramte einige Autogrammkarten hervor, die er großzügig verteilen wollte. Mehr als drei wurde er allerdings nicht los – die meisten Männer winkten ab oder beäugten nur kurz das Foto mit der handgeschriebenen Signatur *SL9*. Entweder interessierten sie sich nicht für Fußball oder sie verübelten es Lidakis, dass er seine Kohle im Ausland verdiente.

Der Wirt nahm freudig eine Karte entgegen und befestigte sie mit einer Reißzwecke an einer der beiden in die Theke integrierten Holzsäulen. Er begutachtete sein Werk kritisch mit drei Schrittlängen Abstand, beugte dabei seinen Kopf in beide Richtungen. Etwas später kehrte er zufrieden mit zwei Likörgläsern an Mückes Tisch zurück, drückte ihm ein Glas mit Ouzo in die Hand und stellte sich als Mike vor.

»Andreas«, antwortete Mücke. Das *Jamas* kam ihnen gleichzeitig von den Lippen.

Mücke deutete auf einen Radiolautsprecher und danach auf den Bildschirm. Mike schüttelte den Kopf – das Spiel von Kérkyra wurde nicht im Fernsehen übertragen, das machten sie eigentlich nie. Aktuell könne er nur Arsenal oder Liverpool anbieten. Er schaute auf seine Uhr und rechnete: genau, seit einigen Minuten auch Bayern und vielleicht noch Dortmund, wenn ihm das lieber wäre.

»Nicht nötig«, jetzt winkte Andreas ab. »Nicht meine Teams!«

»Blue Stars, I know!« Mikes Grinsen entwickelte sich allmählich zu einem langen Gähnen. Die Mitesser der Jugend hatten tiefe Löcher in seinen vollen Wangen hinterlassen.

Als zwei weitere Gäste das Lokal betraten, schaltete er das Fernsehgerät trotzdem ein. Nach einem endlosen Werbeblock erschien Manolis Lidakis auf dem Monitor, dessen stimmungsvoller Gesang sich nun mit der temporeichen Stimme des Fußballreporters aus Larisa vermischte. Andreas hätte sich doch besser für den FC Bayern entscheiden sollen.

Die Spülung war kräftig und hatte ungefähr die Lautstärke der Niagarafälle – sonst war er auf Korfu eher das Gegenteil gewöhnt. Es fehlte nicht viel und seine Hosenbeine hätten eine kalte Dusche erhalten. Als Mücke unversehrt von der Toilette zurückkam, betrachtete er aus einiger Entfernung das Würfelspiel der vier Männer am ersten Tisch. Vielleicht, so hoffte er, konnten sie ihm etwas über Spyros verraten. Es sah aber eher danach aus, als wenn sie sich in der Anstrengung übertrafen, ihn nicht zu beachten. Pech gehabt, sagte er sich, die Leute konzentrieren sich auf ihr Spiel. Das war normal, in Deutschland wäre das schließlich nicht anders. Er hielt ohnehin die Erzählungen für übertrieben, wonach sich die Griechen darum rissen, Fremde in ihrer Mitte zu haben. So redeten nur unrealistische Träumer wie Werner; die Wirklichkeit sah anders aus. Zweifellos gab es Ausnahmen, die gab es überall. Andreas wollte schon zu seinem Platz zurückkehren, als die Hand eines Mannes auf den freien Stuhl neben sich deutete. Er blickte Andreas ins Gesicht, nickte auffordernd und rief etwas zur Theke rüber – wo zwar kein Mike zu sehen war, von irgendwoher aber dennoch eine Antwort kam.

Die älteren Männer schauten ihn freundlich an, sprachen jedoch kein Wort – sie schienen gedanklich nicht mehr bei ihrem Würfelspiel zu sein. Um etwas zu sagen, ließ Andreas den Finger kreisen und fragte, ob das hier ein Kafenio sei.

»Ouzeri«, antwortete der, der ihm gegenübersaß und eine Schirmmütze trug. Er könnte Bauarbeiter oder Fischer sein – das wettergegerbte Gesicht und die abgenutzten Hände sprachen für ein langes Arbeitsleben unter freiem Himmel.

»Ouzeri«, wiederholte Mücke. Der Unterschied zwischen einem Kafenio und einer Ouzeri besteht im von den Behörden erlaubten Essensangebot. Helena Siakavara hatte das einmal erklärt – so genau konnte er sich daran nicht mehr erinnern.

Nachdem Mike den milden Tsipouro, eine Art Grappa, verteilt hatte, kamen die Gespräche schleppend in Gang. Mücke wurde in gutem Deutsch gefragt, woher er käme und ob er Leute in Stuttgart kannte. Dort hatte nämlich der Mann, der ihm den Stuhl angeboten hatte, gearbeitet. Sieben Jahre lang, bei Mercedes. Eine gute Firma mit sehr guter Bezahlung, da ließ er nichts drauf kommen. Sein erster Sohn war in Deutschland geboren worden, aber bereits 1983 musste er mit seiner Familie nach Korfu zurückkehren, weil es seinem Vater so schlecht gegangen sei und er sich um den elterlichen Laden kümmern sollte; seine Schwester hatte damals gerade einen Italiener geheiratet und die Insel verlassen. Ein Jammer sei das gewesen.

Wenig später stellte sich im Lokal heraus, dass es sich um das gleiche Geschäft handelte, in dem Andreas vorhin eingekauft hatte. Er lobte den Supermarkt, die gute Auswahl, den freundlichen Verkäufer. Ja, sagte sein Stuhlnachbar, das wäre der deutsche Sohn. Wenn er das geahnt hätte, meinte Andreas, hätte er sich im Laden mit den griechischen Vokabeln nicht so abzuquälen brauchen. Die Leute am Tisch lachten.

Dreimal hatte Andreas seine Hand auf das Glas gelegt, weil Mike ihm unbedingt Tsipouro nachschütten wollte. So gern er noch ein Gläschen getrunken hätte, der Führerschein war ihm wichtiger. Die Männer am Tisch tranken auch nicht mehr als er – und wenn überhaupt, tranken sie nur unwesentlich mehr, vor allem taten sie dies sehr langsam.

Auch wenn sich Andreas bemühte: Über Spyros Lidakis erfuhr er in der Runde nichts Neues. Die Männer kannten sich auch nicht besonders gut aus im Fußball oder sie neigten zu Übertreibungen. Jedenfalls stimmte es nicht, dass Spyros in der Super League über 30 Treffer für Kérkyra erzielt hatte. Alle verfügbaren Fußball-Datenbanken waren sich einig in ihren Angaben, dass Spyros Lidakis für Kérkyra 41 Spiele absolviert und neun Tore geschossen hatte, bevor er als 19-Jähriger den Verein Richtung Athen verlassen hatte. Mücke behielt sein Wissen für sich, denn es machte keinen Sinn, sich besserwisserisch aufzuspielen. Mike behauptete, vor einigen Spielzeiten hätte es noch einen anderen Lidakis aus Pélekas im Team gegeben, doch die Männer bestritten das. Dem Wirt war es egal, zu lange war es her. Aber er war sehr gerührt, als Andy ihm das Lidakis-Trikot anbot und kein Geld dafür haben wollte. Schade, dass Andreas am Abend schon eingeladen war, denn ab 20 Uhr gab es in der Ouzeri Rembetiko, griechischen Blues mit stilvoller Melancholie, wie der ehemalige Gastarbeiter übersetzte. Andreas versprach, demnächst wieder vorbeizuschauen, und er hoffte, dass er dann von Jessica begleitet werde – in zwei Wochen begannen die Osterferien. Zum Abschied fragte ihn Mike, warum die Deutschen so starkes Interesse an dem Fußballer ihrer Insel hätten.

»Weil die Bundesliga bei uns sehr populär ist«, gab Andreas zur Antwort.

»Trotzdem seltsam«, meinte der Wirt und hielt mit beiden Händen das Trikot in die Höhe. »Das bekommt einen Ehrenplatz!«

An der Tür drehte sich Mücke noch einmal um: »Meintest du gerade einige Deutsche?«

»Exakt!«

»Wer denn noch?«

»Letztes Jahr war jemand da und hat mich Löcher in den Bauch gefragt. Der Mann hatte mir sogar Geld angeboten, aber ich konnte ihm nicht weiterhelfen. Ich hätte es ja gern gemacht.«

»Geld angeboten, letztes Jahr?«, man merkte, wie es in Mücke arbeitete.

»Genau, am 12. November war das, am Tag nach meinem Geburtstag, als ich hier sauber gemacht habe.«

»Wie sah er aus?«

»Mann, das ist vier Monate her! Er trug so ein Bonanza-Halstuch, das weiß ich noch. Warte, er hat mir seine Karte gegeben.« Mike legte das blaue Trikot zur Seite, zog eine Schublade auf und kramte darin herum.

Gespannt ging Mücke zur Theke und nahm die Visitenkarte eines Koblenzer Weinlieferanten entgegen: »Nein, der Name sagt mir nichts, überhaupt nichts«, meinte er kopfschüttelnd. Gleichgültig gab er sie Mike zurück.

»Kann auch sein, dass es der war!« Der Wirt hielt eine weitere Karte hoch.

Diesmal traute Andreas seinen Augen nicht: *Paul-Eduard Sawatzki, Köln,* stand auf der Karte. Nun ahnte er, an welcher Story Eddy dran gewesen war. Und er konnte sich denken, aus welchem Umfeld sein Mörder stammte. Jetzt verlangte er doch nach einem Tsipouro.

30.

Hallo Anna! Alles *in Ordnung bei dir? Ich soll dir Grüße von Panagiota, Theofanis und Tarras bestellen. Wir sitzen in der Taverne zusammen. Sie hoffen, dich bald wiederzusehen. Ich freu mich auch drauf – kali nichta!* Anna drückte die Nachricht ihres Vaters weg, zog die 60 Euro aus dem Automaten der Sparkasse, verstaute die Scheine in eine Vordertasche ihrer Jeans und trat auf die Straße. Es war kurz vor elf, in Griechenland hatten sie bald Mitternacht. Sie stellte den Kragen ihres Parkas hoch und vergrub die Hände in den Taschen.

Gut, dass sie die Schlüssel dabeihatte. So konnte sie wenigstens in der Wohnung ihres Vaters übernachten und brauchte nicht auf den letzten Bus nach Euskirchen zu warten. Der über einstündige Fußweg von Schönau nach Bad Münstereifel reichte ihr, zum Glück war es trocken geblieben. Es war schon arg bescheuert, dass Tobi, der sie nach Hause bringen wollte, auf der Feier plötzlich doch angefangen hatte zu trinken. Er konnte ihr viel erzählen, zu ihm ins Auto setzte sie sich jedenfalls nicht.

Als Anna durch das unbeleuchtete Orchheimer Tor ging, sah sie rechts etwas liegen. Einen Augenblick stand sie reglos da. Ein Stadtstreicher war es nicht, denn die Person hatte nichts dabei, nicht einmal eine Decke. Mit der Taschenlampe des Smartphones leuchtete sie in die Ecke. Es war ein Mann, schon etwas älter, und richtig übel zugerichtet. Das Gesicht, vor allem die Augen, waren geschwollen und gerötet. Den fehlenden Schuh hatte sie einige Meter vor dem Stadttor gesehen. Seine Papiere lagen verstreut neben der aufgeklappten

Geldbörse. Vorsichtig ging sie zwei weitere Schritte auf ihn zu, fragte, ob er sie verstehen könne. Es kam keine Antwort, aber sie glaubte, ein Röcheln zu hören. Anna traute sich nicht, ihn anzufassen. Hilflos schaute sie in die menschenleere Orchheimer Straße, dann drehte sie sich in die andere Richtung, auch da war niemand zu sehen. Aufgeregt wählte sie die 112. Anna schilderte, was sie sah, und beantwortete die gestellten Fragen, so gut sie konnte. Ihr Blutdruck beruhigte sich.

Nachdem das Gespräch beendet war, wusste sie nicht, ob sie tatsächlich warten musste oder ob die Frage aus Routine gestellt worden war. Sie lief einige Meter weiter. Im Restaurant *En de Höll* brannte Licht, wahrscheinlich könnte sie hineingehen. Egal, jetzt brauchte sie die Leute auch nicht mehr. Anna nutzte Licht und Wartezeit, um der Mutter mitzuteilen, dass sie bei ihrem Vater übernachtete. Kaum hatte sie die Nachricht verschickt, hörte sie in der Ferne ein Martinshorn. Sie lief zurück durch das Tor, um dem Rettungswagen bei der Ankunft den Weg zu winken.

Als sie endlich das Blaulicht erblickte, begann ihr Handy zu plärren: »Ja, Mama?«

»Wieso übernachtest du bei deinem Vater? Ist der nicht in Griechenland?«

»Das ist er!«

»Und?«

»Was, *und?*«

»Wenn er doch nicht da ist!«

»Ich werde ja wohl in der Lage sein, alleine die Tür aufzuschließen. Ich bin viel gelaufen und jetzt zu müde, um auf den Bus zu warten und mit dem noch durch die Gegend zu fahren.«

»Wieso bist du viel gelaufen?«

»Ist doch egal, ich habe keine Lust, mit Tobias zurückzufahren. Er hat getrunken.«

»Ich habe dir ja gleich gesagt ... Wo bist du denn?«

»In Münstereifel natürlich.«

»Was ist denn da los?«

»Sprich lauter, Mama, ich verstehe dich nicht!«

»Was da los ist?«

»Nichts ist los!«, antwortete Anna.

»Ich höre doch Sirenen.«

»Ich habe einen Verletzten gefunden und den Notarzt gerufen.«

»Wer ist verletzt?«

»Ich kenne den Mann nicht!«

»Tobias?« In Annas müden Augen entwickelte sich Zorn – hätte sie bloß das Gespräch nicht angenommen!

»Ich sagte gerade, dass ich ihn nicht kenne!«

»Schrei nicht so! Aber er muss doch einen Namen haben.«

Eines Tages erlitt sie vom vielen Kopfschütteln noch ein Schleudertrauma. »Ich mache jetzt Schluss, Mama. Alles ist in Ordnung!«

»Anna ...«

Genervt drückte Anna das Gespräch weg. Sie lief zu den Rettungskräften, die sich über den Mann beugten. »Dem haben sie es gegeben«, hörte sie einen langhaarigen Sanitäter sagen. Er war dabei, im Licht der Fahrzeugscheinwerfer die herumliegenden Papiere einzusammeln.

»Hat er eine Versichertenkarte?«

»Ja, von der *Barmer*. Stiweck, sein Name, Gero Stiweck«, meinte der Langhaarige. Der andere schaute kurz vom Verletzten zu Anna hoch, beachtete sie aber nicht weiter.

Unschlüssig blieb sie erst mal stehen. »Brauchen Sie mich eigentlich noch?«, fragte sie schließlich, weil sie sich wie eine Gafferin vorkam. Außerdem wurde ihr kalt.

»Hatten Sie angerufen?«

»Ja, doch ich kenne den Mann nicht. Er lag so, wie Sie ihn vorgefunden haben.«

»Sie können gehen. Danke, dass Sie uns sofort verständigt haben!«

»Bitte! Hoffentlich geht es ihm bald besser.« Mit diesen Worten setzte Anna ihren Weg fort.

»Als Schulleiterin konnte sie ihre spottende Boshaftigkeit mit ihrem Erziehungsauftrag begründen«, lästerte Theofanis.

Panagiotas Mund öffnete sich und stand für unglaubliche drei Sekunden offen, dann räusperte sie sich, und allen am Tisch war klar, dass es nun kam: »Ach was, hört nicht hin! Mein Mann redet, ohne nachzudenken, hat man so etwas schon mal gesehen? Theo, sag mir: Woher willst du das wissen? Du hast mich nie als Lehrerin erlebt!«

»Aber deine Boshaftigkeit!«

»Unsinn! Habt ihr das gehört? Tarras, du gibst ihm keinen Wein mehr! Wenn ich jemals schlecht zu ihm gewesen sein sollte, dann war ich dabei noch richtig nett!«'

Tarras flüsterte in Mückes Ohr: »Pass auf, jetzt fängt sie gleich mit den Möwen an!«

»Das Einzige, was du schimpfen hörst«, Panagiota setzte ihre Darbietung fort, »sind deine Freunde, die Möwen. Die Möwen schimpfen den ganzen Tag, nicht ich. Oder willst du etwa sagen, dass ich eine Möwe bin?«

»Dazu ist dein Schnabel zu groß«, Theofanis blickte in die

Runde und freute sich, dass er die Lacher auf seiner Seite hatte.

»Ah, Worte aus der Mülldeponie. Da kennt er sich aus, da, wo seine Möwen zu Hause sind.«

Nachdem es eine Weile ruhig war, wandte sich Mücke noch einmal Panagiota Gatou zu: »Und du hast tatsächlich Spyros Lidakis unterrichtet?«

»Wie ich schon sagte: Spyros war mein Schüler, drei Jahre lang. Ein Draufgänger war er und manchmal unverschämt. Einmal hat er gewagt, mich Pana zu nennen!«

»War das denn so schlimm?«

»Du weißt wohl nicht, was das Wort bedeutet – in deiner Sprache so viel wie *Windel*. Ach, der Spyros war das missratene Gegenstück von Stathis, einem meiner absoluten Lieblingsschüler während meiner langen Tätigkeit.«

»War Stathis sein Freund?«

»Nein, was reimst du dir bloß immer zusammen? Stathis war natürlich sein Bruder – äußerlich glichen sich die Zwillinge wie ein Ei dem anderen, aber vom Wesen war Stathis total anders: klug, mitfühlend, zurückhaltend. Dass er verunglückt ist, passte ganz und gar nicht zu ihm.«

Andreas traute seinen Ohren nicht: »Er ist verunglückt?«

»Im letzten Sommer ist das passiert, mit dem Motorrad mitten in der Nacht.« Nun stand Mückes Mund offen, länger als es davor bei Giota der Fall gewesen war. »Für ihn kam jede Hilfe zu spät. Ein großes Schlagloch ist ihm zum Verhängnis geworden, dabei kannte er sie alle.«

»Wieso das denn?«, wollte Andreas wissen.

»Stathis arbeitete seit Jahren als Taxifahrer«, klärte Tarras ihn auf. »Es hieß vorher, Maria, Stathis und Spyros wollten ein eigenes Unternehmen gründen – nur den jüngsten Bruder, Angelos, reizte das nicht. Er studiert in Kérkyra Geschichte.«

Andreas hatte einen vagen Verdacht, der ihm zunächst absurd erschien, bei näherer Überlegung war vielleicht doch etwas dran. Er fragte Tarras, ob er das Mannschaftsposter noch einmal von der Wand nehmen dürfe. Kaum hatte er die Frage gestellt, winkte er ab, weil er eine bessere Idee hatte. Aus seiner Jacke zog er einige Autogrammkarten, ließ sie am Tisch weiterverteilen und wartete, bis auch Panagiota ihre Aufmerksamkeit auf das Foto richtete.

»Könntest du behaupten, dass das Spyros ist?«

»Selbstverständlich ist es Spyros!«

»Aber es könnte auch Stathis sein?«

»Ich sagte ja, wie ein Ei dem anderen, so ähnlich sahen sie sich. Woher soll ich das also wissen? Aber nur Spyros ist zu Athen und diesen komischen ausländischen Vereinen gegangen, also muss er das sein. Seit wann hat er diese Narbe?«

»Die hat er sich im Training geholt – in Bochum, bei einem Zweikampf ist das passiert.«

Die ehemalige Schulleiterin schüttelte den Kopf: »Sie sagen, dass sie spielen, und verhalten sich wie im Krieg. Schönes Training! Ich weiß schon, warum ich für Fußball nie etwas übrighatte – außer damals, als Griechenland Europameister wurde. Doch das ist etwas anderes.«

»Natürlich«, murmelte Andreas.

»In Bochum, was will er in Deutschland? Oder davor in Holland? Die haben eine Esskultur, beklagenswerter als die Engländer!«

»Ein Profi spielt meistens dort, wo er am besten verdient«, versuchte Andreas ihr zu erklären.

»Geld, Geld, Geld – ich höre immer nur *Geld*«, meckerte sie und winkte verächtlich ab. »Haben die Leute nichts anderes mehr im Hirn?«

»So ist das Geschäft«, mischte Tarras sich ein.

»Ach, Blödsinn, Spyros hätte nach Paris gehen sollen. Ich habe dort studiert! In Paris und in Aix-en-Provence. Und ich weiß genau, dass es in Frankreich genug Sportvereine gibt!«

31.

Die Katze im Garten reckte sich in der Märzsonne, die bereits um zehn leichte Wärme ausstrahlte. Bis zum Frühlingsbeginn waren es nur noch neun oder zehn Tage. Anna schnippte die Asche in den leeren Joghurtbecher, den sie auf dem Balkon in der linken Hand hielt. Die Zigaretten hatten ihr gestern nicht geschmeckt und heute war das nicht anders. Eigentlich könnte sie die Packung in die Tonne werfen. Sie konnte dem Rauchen nichts abgewinnen, weder was den Geschmack betraf noch das Ritual, das angeblich Gemütlichkeit ausdrücken sollte. Davor hatte sie viele Jahre nicht geraucht.

Das letzte Mal für einige Tage auf Kreta, als dieser Leon aus Ingolstadt sie dazu animiert hatte. Da war sie dreizehn gewesen und konnte sich eines Abends das endlose Gemeckere ihres Vaters anhören. Auch wenn seine Argumente überzeugend waren: Sie musste ihre eigenen Erfahrungen im Leben sammeln, das war ihr gutes Recht, wenn nicht sogar ihre Pflicht. Und bei Tabak spielte es keine Rolle, ob man ihn mit dreizehn, sechzehn, zwanzig oder wann auch immer ausprobierte. Das hatte ihr Dad partout nicht einsehen wollen. Bis heute nicht, da brauchte er gar nicht so verständnisvoll zu tun.

Plötzlich versteifte sich die getigerte Katze der Vermieterin und starrte angespannt in die rechte Ecke, wo sie ein Goldkehlchen entdeckt hatte. Geräuschlos schob sie sich mit flachem Rücken an den Vogel heran. Anna beobachtete das Spiel gebannt– vielleicht hatten sich gestern Abend die Schläger in ähnlicher Manier an ihr Opfer herangeschlichen. Sie fragte sich, wie es dem Mann ging – wie hieß er doch gleich? Ist auch egal ... Nur noch zwei Meter trennten die Katze von dem Vogel, ihr Heranrücken geschah jetzt noch vorsichtiger, Zentimeter um Zentimeter.

Das Herz blieb Anna fast stehen, sie stellte den Becher auf der Fensterbank ab und hoffte, dass das Goldkehlchen seine Lage endlich begriff. Stattdessen pickte es unbekümmert in der lockeren Erde herum, blickte aus seinem aufgeplusterten Federkleid kurz hoch und pickte weiter. Gerade als die Katze zum Sprung ansetzen wollte, warf Anna mit dem Feuerzeug nach ihr, woraufhin das Tier aufschreckte und auch der Vogel das Weite suchte.

»Donna, komm rein«, rief Frau Dr. Siemensmeyer. Sie betrat die Terrasse und schaute mit einem mürrischen Gesicht nach oben. »Ach, du warst das. Das hätte ich mir ja denken können!«

»Was?«

»Dein asoziales Verhalten, du unverschämtes Stück! Das ist ja das Allerletzte, meine Donna mit Gegenständen zu bewerfen.«

»Mit Gegenständen?« Anna schüttelte den Kopf. »Die Katze hätte den Vogel gekillt!«, sagte sie entschuldigend.

»Ach ja? Mit der Zigarette kommst du dir wohl sehr erwachsen vor, was? Bei deiner Erziehung muss gleich einiges schiefgelaufen sein – wen wundert das, bei dem Vater.«

»Was hat der denn jetzt damit zu tun?«

»Mit deinen Frechheiten ist er überfordert – doch dass er in meine Wohnung eingestiegen ist, wird er verantworten müssen.«

»Was soll er gemacht haben?«

»Er ist bei mir eingebrochen – der Dummkopf hat mir selbst

noch gezeigt, wie man das macht.« Das Gekeife der Vermieterin wurde schriller.

»Das glauben Sie ja selbst nicht, außerdem ist mein Vater in Griechenland.«

»Von dieser angeblichen Reise hat er mir erzählt, wahrscheinlich, um von seinem Vorhaben abzulenken. Außerdem kann er es vorher gemacht haben!«

Anna kämpfte mit den Tränen, das war ihr bei diesem unmöglichen Weib schon einmal passiert. »Und das soll ich glauben?«

»Es ist mir scheißegal, was du glaubst«, schimpfte sie zum Balkon hoch. Dunkle Ringe zeichneten sich unter ihren Augen ab. »Jedenfalls sind die Schlüssel von Frau Siakavara nicht mehr da. Ich weiß genau, wo sie lagen, und nur dein Vater hat gewusst, dass ich sie habe. Donna, komm jetzt zu mir!«

Siakavara, der Name klang griechisch, aber er sagte ihr nichts. »Ich glaube Ihnen kein Wort ...« Annas Mundwinkel zuckten bei dem Satz.

Die Siemensmeyer sog scharf die Luft ein: »Das juckt mich nicht, du Göre. Ihr werdet die Konsequenzen zu spüren bekommen.«

»Wenn mein Vater so toll einbrechen kann, wozu braucht er dann irgendwelche Schlüssel?« Jetzt schrie Anna zurück. »Das macht keinen Sinn, überlegen Sie doch, dann hätte ...«

»Hätte, hätte, Fahrradkette! Mit mir macht man das nicht!«, keifte Frau Dr. Siemensmeyer und nahm ihre Katze in den Arm.

Anna war fix und fertig, sie war dieser Furie nervlich nicht gewachsen. Das Geschrei hätte sie keine Sekunde länger ertragen können, auch wenn sie es von früheren Besuchen kannte, wenn die Alte wiederholt Zoff mit ihrem jeweiligen Liebhaber in einer Lautstärke ausgetragen hatte, dass es das ganze Haus mitbekam. Anna drückte hektisch die Zigarette an der Wand aus, warf die Kippe in den Becher, ließ ihn versehentlich fallen, bückte sich und verschwand heulend mit dem Teil in die Wohnung.

Zaghaft schien die Vormittagssonne in Mückes Ferienwohnung. Draußen war es ruhig an diesem Sonntagmorgen, durchs offene Fenster hörte er die Hintergrundgeräusche des Meeres. Hin und wieder fuhr ein Auto auf der Uferstraße vorbei, dazu ein paar Vogelstimmen und in weiter Ferne eine unverständliche Unterhaltung zweier Frauen, die sich etwas zuzurufen schienen. Andreas fühlte sich ausgeschlafen und fit – das Schöne an griechischen Feiern bestand auch darin, dass die Leute zwar Alkohol tranken, aber scheinbar nie in solch einem Ausmaß, wie er das aus Deutschland kannte, wo er oft in den ersten Stunden nach dem Aufstehen noch ein wenig benebelt war, nicht selten in Begleitung von schlechter Laune und Kopfschmerzen. Wie oft hatte Andreas sich dafür schon verflucht? Warum gelang ihm zu Hause nicht das, was hier so einfach war?

Es musste an den Gesprächen oder der Musik gelegen haben, dass Andreas nach Mitternacht eine *WhatsApp*-Nachricht seiner Tochter nicht mitbekommen hatte. Anna hatte in seiner Wohnung übernachtet – das war okay, er hatte ihr das irgendwann angeboten, weil ihm das lieber war, als dass Anna durch die Nacht streunte, um noch nach Euskirchen zu kommen. Sie schrieb, dass am Orchheimer Tor ein gewisser Gero Stiweck zusammengeschlagen worden war, sie den Rettungswagen alarmiert hatte und jetzt vor dem Fernseher überlegte, den Mann im Krankenhaus zu besuchen. Nun wurde Andreas anders zumute, er antwortete umgehend: *Ich kann es dir nicht verbieten, aber Gero Stiweck ist ein Ganove, mit dem ich schon aneinandergeraten bin. Wenn du ihn unbedingt sehen willst, dann sei auf der Hut und nenne ihm bloß nicht deinen vollen Namen!*

Wenig später rief Anna in Barbati an und schilderte ihm aufgeregt ihre Erlebnisse des Morgens, von der Auseinandersetzung mit Frau Dr. Siemensmeyer, vor allem von den ungeheuerlichen Vorwürfen, die ihn betrafen. Vorsichtig fragte sie ihren Vater, ob da etwas dran wäre.

»Natürlich nicht«, knurrte er. »Ich werde sie anrufen und zur Rede stellen.« Schlagartig verschlechterte sich seine Laune – wenigstens wollte Anna nicht mehr zu Stiweck ins Krankenhaus, ein schwacher Trost.

Kaum hatte er seine Tochter weggedrückt, wurde die Verbindung zu Frau Dr. Siemensmeyer hergestellt. Andreas war gespannt, wie sie reagierte, ob sie an ihrer haltlosen Unterstellung festhielte. Die letzten Jahre waren sie einigermaßen miteinander ausgekommen, näheren Kontakt hatte er nie gewollt, die Vermieterin vermutlich auch nicht. Vielleicht war sie nur Anna gegenüber so aufgebracht gewesen – wer weiß, was in sie gefahren war. Trotzdem war es keine Art, das Kind so niederzumachen. So gut kannte er Anna, um genau zu wissen, dass sie keinen Anlass zu solchen Reaktionen gab. Vor zwei Jahren wäre er sich da nicht so sicher gewesen.

Eine Viertelstunde später versuchte es Andreas erneut mit der Verbindung nach Bad Münstereifel, nachdem er die Hälfte des Gesöffs aus dem Becher in den Ausguss gekippt hatte. An diesen griechischen *Nes*, einen in heißem Wasser aufgelösten Instantkaffee, würde er sich nie gewöhnen. Ob mit oder ohne Zucker, die braune Plörre war und blieb ungenießbar.

Frau Dr. Siemensmeyer beruhigte sich langsam. Zwar leierte sie die Palette ihrer Vorwürfe wie erwartet runter, doch in ihrem Ton steckte keinerlei Überzeugung, eher Hilflosigkeit. Das wusste sie wohl selbst am besten. Andreas ließ sie reden. Ohne sein Zutun wurden aus ihren anfänglichen Behauptungen nur noch Mutmaßungen, für die sie sich zu entschuldigen begann. Unbestritten blieb jedoch, dass die Schlüssel für die Haus- und Wohnungstür von Helena Siakavara verschwunden waren.

Lea Siemensmeyer war sich absolut sicher, dass sie sie vor einigen Tagen noch im unverschlossenen Schlüsselkasten gesehen hatte, der in ihrer Diele hing. Sie hatten immer etwas abseits gehangen, rechts von den Ersatzschlüsseln der insgesamt sieben Wohnungen ihres Hauses. Sonst hatte sie dort nur noch die Schlüssel für den Heizungsraum und das Haus ihrer Mutter in Prüm aufbewahrt. Andreas teilte die Ratlosigkeit seiner Vermieterin. Seiner Vermutung, dass sie die Schlüssel mit anderen verwechselt und eventuell woanders abgelegt haben könnte, widersprach sie.

Seit Wochen wäre sie nicht mehr an diesem Kasten gewesen, es hätte einfach keine Veranlassung dazu gegeben. Auch wäre in den letzten Tagen niemand zu Besuch gewesen, nicht einmal ihr Freund.

Die letzten Gäste wären da gewesen, als sie ihren Geburtstag gefeiert hatte. Er wisse ja, am folgenden Tag war ihr das Malheur mit der Tür passiert. Wie sie schon sagte, sie sei sich sicher, die Schlüssel anschließend noch gesehen zu haben.

Mücke gab zu bedenken, dass sie sich täuschen könne, denn sie hatte ja selbst gesagt, zuletzt nicht mehr an ihrem Schlüsselkasten gewesen zu sein.

»Kennt Ihr Freund eigentlich Frau Siakavara?«, fragte Andreas.

»Warum sollte er? Bei meiner Geburtstagsfeier war er geschäftlich unterwegs – ich meine, er war im Ausland, also konnte er sie auch bei dieser Gelegenheit nicht kennenlernen.«

»Was macht er?«

»Wie?«

Mücke bewegte sich auf schmalem Terrain – gut möglich, eine Abfuhr zu kassieren. »Geschäftlich, meine ich.«

»So genau weiß ich das nicht«, meinte Lea Siemensmeyer und lachte plötzlich. »Wenn ich ihn drauf anspreche, winkt er ab und stöhnt, dass er ziemlich ausgelastet ist.«

»Aha.«

»Ja, er sagt dann immer: Ik heb het druk! Klingt süß, dieses holländische *Ich-bin-beschäftigt*, nicht wahr?«

»Hm, stimmt. Also kennt er Helena nicht?«

»Das sagte ich doch gerade«, antwortete Lea Siemensmeyer. Sie wusste, dass es anders war, aber das musste sie ihrem Mieter nicht auf die Nase binden. Es ging ihn nichts an, woher sie Arie kannte.

»Verraten Sie mir seinen Namen?«, fragte Mücke vorsichtig.

»Jetzt reicht's mir mit der Schnüffelei«, ihr Ton hatte sich schlagartig verändert.

»Nichts für ungut, Frau Siemensmeyer«, beschwichtigte Andreas, er hatte es kommen sehen. »Berufskrankheit, entschuldigen Sie bitte.«

»Damit entschuldigen Sie wohl alles ...«, sie klang noch immer gereizt.

Beide schwiegen eine Weile. Andreas musste sich beeilen, wollte er sich an der Aufräumaktion in Agios Georgios Pagon auf der anderen Seite Korfus noch beteiligen. Manuela, eine aus Deutschland stammende Bekannte von Tarras, hatte ihm am Abend beiläufig erzählt, dass sie heute mit einigen Helfern die Strandsaison mit einem Picknick einläute. Vorher wollten sie aber in der Bucht den Abfall einsammeln und das Treibholz zu Haufen schichten. Manuela hatte ihm angeboten, sich daran zu beteiligen, sofern es seine Zeit zulasse. Nach kurzer Überlegung hatte er zugestimmt, wofür er von Panagiota vor allen Leuten gelobt wurde. Sein Auto sollte er dann am Supermarkt *San George* in der Mitte der Bucht abstellen, hatte Manuela gesagt, dort würden sie sich treffen. Pünktlich würde es Andreas sowieso nicht mehr schaffen, doch darauf kam es nicht an. Es war ein schönes Gefühl, neue Kontakte auf der Insel zu knüpfen. Und wenn er sich dabei noch nützlich machen konnte, war es umso besser. Insgeheim freute er sich, gegenüber Werner eine weitere Ausrede zu haben. Nachdem sich Jessicas Vater beim letzten Mal nicht an seine Zusagen gehalten hatte, fühlte sich Andreas zu nichts mehr verpflichtet.

»Sind Sie noch dran?«, ihre Stimme klang wieder normal.

»Ja, ich muss jetzt Schluss machen.«

»Gut.«

Frau Siemensmeyer riet er zum Schluss, Helena Siakavara über das Verschwinden der Schlüssel zu informieren.

»Wieso meinen Sie das?«

»Dann kann sie entscheiden, das Schloss austauschen zu lassen.«

»Und wenn ich sie wiederfinde?«, konterte die Vermieterin. Die Frage verstand er nicht: Nach allem, was Lea Siemensmeyer ihm erzählt hatte, schien doch gerade das ausgeschlossen zu sein. Aus dieser Person wurde er einfach nicht klug.

Als Mücke im Auto saß, rief er noch einmal seine Tochter an, um ihr mitzuteilen, dass alles in Ordnung sei, dass die Vermieterin wieder einmal neben der Spur wäre und Anna sich um Himmels willen wieder beruhigen solle. Wie es aussah, war das in der Zwischenzeit schon geschehen. Spontan kam Andreas noch die Idee, Anna zu fragen, ob sie ihm alte Autogrammkarten von Spyros besorgen könnte, aus der Zeit bei Bochum oder Utrecht.

»Wozu brauchst du die denn?«

»Ich will die Unterschriften miteinander vergleichen. Auf deiner Karte vom Flughafen, hatte er da auch mit *SL9* unterschrieben?«

»Hatte er! Wenn du vergleichen willst, brauchst du das nur zu googeln oder du schaust bei *eBay* nach. Reicht das nicht?«

Er schlug sich gegen die Stirn: »Doch, das reicht!« Anna hatte wie so oft die einfachste Lösung parat.

»Was hast du heute noch vor?«, fragte sie.

»Ich habe ein paar Leute kennengelernt – wir sammeln am Strand den Müll ein.«

»Dann viel Spaß!«

»Danach soll es ein Picknick geben.«

»Cool.«

32.

Wenn Moro-Mou es nicht bald merkt, muss sie es ihm am Ende doch sagen. Wie unromantisch, dabei war er sonst so aufmerksam. Das viele Geld und der Starrummel sollten bloß keinen anderen Menschen aus ihm machen! Irini seufzte und ging mit ihrem Tee ins Wohnzimmer zurück.

Damals hatte er laut gelacht und sie in den Arm genommen, als sie ihm am *Kaiser's Throne* davon erzählt hatte, dass es sich sowohl ihre Großmutter als auch ihre Mutter zur Gewohnheit gemacht hatten, sich bewusst dann möglichst viele schöne Menschen anzuschauen, wenn sie schwanger waren. Man gebiert nur das, was man sieht, war mütterlicherseits eine jahrzehntelange Überzeugung gewesen. Irini wusste nicht genau, wie sie das in der Praxis gemacht hatten, denn in Pélekas, in der Stadt oder am Strand liefen schließlich auch dicke, hässliche und alte Menschen herum; da war ihre »Erfindung« mit den Modezeitschriften doch wesentlich erfolgversprechender. Ach was: Die Idee war genial!

Sie legte die *Brigitte* und die *Glamour* über die Sonntagszeitung, deren Artikel Moro-Mou bestimmt eine halbe Stunde in der Hand gehabt hatte. Er hatte, bevor er vorhin zu Patrick Funk nach Kirchheim gefahren war, sogar bei Helena anrufen und sie fragen wollen, was das heißt, was da in der Überschrift stand: *2:0! Sieg bei 96 – Bonner Pracht dank Bracht!* Das machte keinen Sinn, wie er meinte, wo Yuto und der Scheinriese, also Patrick, die Treffer in Hannover erzielt hatten und Thomas nur einmal der Passgeber gewesen war. Mannschaftskapitän Bracht erhielt in der Zeitung die beste Note, was Moro-

Mou bei dessen Eigensinn und den vielen Fehlpässen gegen Spielende nicht verstehen konnte. Immerhin hatten sie ihren Freund aber mit befriedigend bewertet, wie die meisten Blue Stars, und natürlich weit besser als alle 96er.

Irini war froh, dass sie ihm gestern Abend von dem Einbruchsversuch erzählt hatte; die Gedanken daran waren ihr den Tag über nicht aus dem Kopf gegangen, selbst bei der Fußballübertragung nicht, die sie dank der optimalen Bahnverbindung im *Pazzi per il blu* verfolgt hatte. Was für ein Glück, dass sie Wim in der Nacht getroffen hatte. Sie wollte nicht wissen, wie die Geschichte sonst ausgegangen wäre. So dankbar sie Wim deshalb auch war, Moro-Mou fand ihn überhaupt nicht toll. Er sagte zuletzt häufiger, dass er sich durch Wim gestört und beobachtet fühlte, zumal er den Niederländischunterricht nicht länger wollte. Und da der Spielerberater selbst meinte, dass Holland keine Option wäre, machte das Erlernen einer Sprache, die er nicht mehr brauchte, wenig Sinn. Wenn alles dabei blieb, wäre hier zum Saisonende Finito. Schade eigentlich, denn trotz des Zwischenfalls begannen ihr Bad Münstereifel und Bonn zu gefallen. Aber Arie van Meegen schwärmte ihnen gegenüber schon von Spanien oder Frankreich, vor allem von England – er war fest davon überzeugt, dass ein Transfer zum FC Burnley möglich sei. Das klingt, hatte der Berater ihnen erzählt, nach Durchschnitt, aber dieser Verein habe ähnliche Möglichkeiten wie der FC Bayern und viel bessere als die Blue Stars. Das wäre sogar noch ein Schritt nach vorn, das hätte im letzten Sommer niemand für möglich gehalten.

Irini hörte, wie der Schlüssel im Schloss umgedreht wurde. Endlich, es wurde Zeit, immerhin sollte, wenn sie mal vom

Training am Morgen absah, dieser Sonntag ihr Tag sein! Sie stand auf und ging Moro-Mou entgegen, der sie anstrahlte und mit zwei Tickets in der Hand wedelte.

»Der arme Patrick hat noch immer Rückenbeschwerden«, grinste er. »Er muss zu Hause bleiben.«

»Und was heißt das?«, fragte Irini. Ihre großen braunen Kulleraugen waren ganz auf ihn gerichtet.

»Das heißt, dass wir um 19 Uhr etwas vorhaben, nur wir beide!«

Neugierig starrte sie auf die Tickets und las: *Starlight Express.* »Oh, wie schön!« Sie schaute ihm in die Augen: »120 Euro für eine Karte? Unsere Eltern verstehen die Welt nicht mehr, wenn sie das hören.« Sie fiel ihm um den Hals und gab ihm einen ausufernden Kuss. Moro-Mou gestand ihr, dass er die Reklame in einer ihrer extravaganten Zeitschriften gesehen hatte. Und da wäre es ihm wie ein Wink erschienen, wie Telepathie, als Patrick Funk gestern im Flieger über Schmerzen geklagt und ihm die Tickets angeboten habe. Ihre Zeitschriften hatte Moro-Mou also zur Kenntnis genommen, stellte Irini enttäuscht fest.

»Du müsstest wegen deiner Telepathie unbedingt zum Doktor«, sagte Irini.

»Nein, wieso?«, lachte er. »Ist doch alles bestens!«

Er verstand nicht, dass sie es ernst meinte.

Auf der Fahrt nach Bochum dämmerte Lidakis, dass mit Irini irgendetwas nicht stimmte. Und plötzlich fiel es ihm wie Schuppen von den Augen, da musste er gar nicht mehr lange nachdenken. Natürlich, nun wurde ihm einiges klar.

»Hast du die Tickets?«, fragte er fünf Minuten später.

»Das hast du mich schon in der Garage gefragt«, bemerkte sie schnippisch. »Meinst du, ich hätte sie im Auto verloren?«

»Welches ist deins?«

»Ist doch egal!«

»Nein, eben nicht, nenn mir die Nummer deines Platzes!«

Irini betrachtete gleichgültig die Karten – was sollte das denn jetzt?

»Na los«, forderte er sie auf. »Sag mir schon, wo du sitzen wirst!«

»Platz 22, musst du auch die Reihe wissen?«

»Hm, eine Zwei am Ende«, schauspielerte er, »eine Zwei, lass mich überlegen – dann wird es ein Mädchen!«

Irini stockte der Atem, ihr Gesicht erstrahlte: »Du hast es gewusst, Moro-Mou?«, spontan streichelte ihre linke Hand seinen Oberschenkel.

»Aber sicher!«

»Und das sagst du erst jetzt?«

»Ich habe darauf gewartet, dass du es mir erzählst!«

»Moro-Mou, du bist ein Schuft!« Nun boxte die Linke unbeholfen sein Bein. »Ein Scheusal bist du, ein Mistkerl. Ich weiß gar nicht, warum ich mich mit dir abgebe.«

Er lachte: »Und du wolltest mich schon zum Doc schicken. Mit meiner Telepathie und Wahrnehmung ist alles bestens, wie eh und je!«

»Wie fühlst du dich denn als werdender Vater? Was war dein erster Gedanke?«

»Mein Glück ist unfair!«

»Ist es das nicht immer?«

»Definitiv, sonst wäre es kein Glück.«

Nun tat es ihr leid, dass sie vor der Abfahrt das Parfüm unbenutzt auf die Ablage zurückgestellt hatte. »Helena glaubt auch, dass es ein Mädchen wird. Ich muss morgen unbedingt das Diary bei ihr abholen.« Irini schaute glücklich zu ihm rüber. »Wo es so viel zu schreiben gibt.«

»Ich dachte, Kardia-Mou, das hättest du schon gemacht?«

»Nein, die letzten Tage konnte ich Helena nicht erreichen, es meldet sich nur die Sprachbox.«

»Heute Morgen war das auch so.«

»Was heißt Kardia-Mou eigentlich auf Deutsch?«, fragte Irini nach einer kurzen Pause.

»Mein Herz!«

»Das gefällt mir nicht.«

»Es klingt auch fast so wie Schmerz.«

»Als wenn es dasselbe wäre!«

»Manchmal ist es das auch!«

Irini schmunzelte: Das musste ausgerechnet Moro-Mou sagen.

33.

»Ik heb het druk!« Vor dem Einschlafen hatte er an Lea Siemensmeyers Sätze gedacht, obwohl seit dem Telefonat über zwölf Stunden vergangen waren. Unmittelbar nach dem Aufwachen waren seine Gedanken wieder bei seiner Vermieterin aus Bad Münstereifel. Fehlte nur noch, dass er von ihr geträumt hätte. Mücke konnte sich nur an die Stimmen von Huub Stevens und Rudi Carrell erinnern, die seinen Schlaf aber auch nicht angenehmer gemacht hatten.

Andreas fasste seine Überlegungen zusammen: Frau Doktors Freund war Holländer, das hatte er vergangene Woche mitbekommen. Und sie hatte es mit dem Zitat verraten. Vor einer Woche hatte die Siemensmeyer ihm anvertraut, dass Helena den Spielerberater Arie van Meegen kannte. Helenas Schlüssel waren offensichtlich verschwunden. Es würde gut passen, wenn der Spielerberater sie an sich genommen hätte – wahrscheinlich wäre Spyros Lidakis der Grund, um den sich alles drehte. Viel Sinn ergab diese Überlegung nicht. Der Freund der Siemensmeyer kannte Helena angeblich nicht, also konnte ihr Freund auch nicht Arie van Meegen sein. Wenn sie die Wahrheit sagte! Daran konnte Andreas aber genauso gut zweifeln.

Leider gaben die wenigen im Internet gefundenen Fotos keinen Aufschluss – sie waren mehr in der Art und Qualität, wie Radarfallen sie machen. Van Meegen hatte ein Durchschnittsgesicht und schien jünger und schlanker zu sein als der Mann, den er kurz im Hausflur gesehen hatte. Sein Gesicht war zudem von dem großen Blumenstrauß verdeckt gewesen.

Vielleicht hatte er tatsächlich van Meegen gesehen, vielleicht aber auch nicht.

Andreas stellte sich die Frage, ob der unsympathische Holländer aus dem *Bitburger Bierhaus* in diesem Zusammenhang eine Rolle spielte. Kannte er eventuell Arie van Meegen, arbeitete er womöglich für ihn? Andreas hasste Fragen, deren Beantwortung Zeit beanspruchte. Die zweitausend Kilometer, die ihn gerade von Bad Münstereifel trennten, machten es noch schwieriger. Vom derzeit schlechten Netz einmal abgesehen.

Unter der Tür schaute ein durchgeschobener Zettel hervor. Mücke stutzte und hob ihn auf: *Die Zigeuner waren gestern Mittag wieder da. Wollen Geld von dir, wegen Tochter! Besser geben, sonst nie Ruhe! Gruß P.* Was sollte das denn? Statt Antworten zu bekommen, stellten sich ihm neue Fragen. Auf die knappen Sätze konnte er sich keinen Reim machen, er steckte den Wisch ein. Tarras hatte vor einigen Tagen bereits so eine Andeutung gemacht, aber die Zusammenhänge nicht gewusst. Andreas solle Panagiota fragen, hatte er achselzuckend bemerkt. »Sonst nie Ruhe«, da bekam man es ja glatt mit der Angst zu tun.

Später schlurfte Mücke mit dem Laptop unterm Arm den steilen Weg zum Hotel Pantokrator am Fuße des gleichnamigen Berges hinauf. Die Chefin kannte er seit seinem letzten Aufenthalt flüchtig. Sie hatte ihm Freitag erlaubt, sich in der Hotelanlage irgendwo hinzusetzen und das Wi-Fi des Hauses zu benutzen, sollte er damit im Ort Probleme haben. Im Moment arbeiteten sie in den zahlreichen Appartements und Studios auf Hochtouren; in wenigen Wochen erwarteten sie die ersten Gäste. Durch die geöffnete Terrassentür eines Bungalows erkannte er originalverpackte Matratzen, die sich dort bis zur Zimmerdecke stapelten.

Andreas lief weiter und setzte sich auf die Stufen einer Treppe, die seitlich am Gebäude vorbeiführte und windgeschützt lag. Der wolkenlose Himmel versprach zudem ein wenig Wärme. Während der Computer hochfuhr, biss Mücke in das abgepackte Schoko-Croissant und trank einen Schluck Wasser. Er öffnete sein Postfach, doch er konnte wegen der blendenden Sonne auf dem Monitor die Absender kaum entziffern. Es half alles nichts: Mücke musste den gemütlichen Platz aufgeben. Zwei Treppen führten ihn schließlich in den überdachten Außenbereich des Restaurants hinunter. Auf dem einzigen Tisch lagen ein halbes Dutzend zerfledderter Rätselhefte und die Post des Tages, einige Meter weiter standen im Halbkreis drei verwaiste Plastikstühle. Andreas schnappte sich den erstbesten und setzte sich damit an den Tisch. Im Hintergrund das blaue Meer, direkt unter ihm der Hotelpool mit dem angesammelten Regenwasser des Winters – so übel war auch dieser Platz nicht.

Fragte sich nur, wie lange es hier schön war? Sein E-Mail-Programm verriet, dass Mückes Steuerbescheid vom Vorjahr vorlag. Andreas öffnete den Anhang und sah, was er erwartet hatte: Den von der Online-Beratung vorab versprochenen Betrag gab es nur ansatzweise zurück, immerhin verlangte das Finanzamt kein Geld von ihm. Das war ja auch schon was! Den angebotenen, automatisch vorgefertigten Widerspruch schickte Mücke nach kurzer Überlegung trotzdem ab; vielleicht kam zu den 822 Euro noch etwas hinzu. Der arbeitsarme Januar hatte es ermöglicht, dass Andreas seine Steuererklärung so früh wie noch nie erledigt hatte. Und zum ersten

Mal nach gefühlt drei Jahrzehnten hatte er damit einen Neujahrsvorsatz umgesetzt – auch daran hatte er nicht mehr geglaubt.

Mücke schloss seinen E-Mail-Account und wechselte zu *eBay*. Von unterschiedlichen Verkäufern wurden gleich drei Autogrammkarten von Spyros Lidakis angeboten, alle im Trikot des VfL Bochum. Anders als bei den Blue Stars Bonn, wo er scheinbar nur mit *SL9* signierte, hatte Spyros zu Zweitliga-Zeiten seinen Namen noch ausgeschrieben, allerdings hatten sie ihm in Bochum auch eine höhere Rückennummer verpasst. Andreas klickte das deutlichste Foto an und vergrößerte es, anschließend zog er eine aktuelle Karte aus seiner Jacke und verglich minutenlang die Anfangsbuchstaben. Einen nennenswerten Unterschied konnte er nicht erkennen. Klarheit bekäme er allerdings nur durch eine Schriftexpertise, die Thea Oleknavicius im Polizeipräsidium für ihn veranlassen könnte. *Porto du, eBay ich* – manche Sprüche hatten sich in ihrer Schlichtheit in fast 20 Jahren nicht geändert. Andreas drückte den *Sofort-Kaufen*-Button und bezahlte die geforderten 4,99 Euro per *PayPal*. In zwei oder drei Tagen musste das Autogramm in seinem Münstereifeler Briefkasten landen. Erst jetzt bemerkte er den Handwerker mit dem roten Käppi, der hinter ihm stand und wartete – er entschuldigte sich, bevor er nach der Chefin fragte. Das Grünzeug, Petersilie oder was auch immer, behielt er zwischen den Zähnen. Dennoch wirkte er nicht unsympathisch. Da Andreas sie nicht gesehen hatte, konnte er ihm nicht weiterhelfen. Der junge Mann deutete auf die Autogrammkarte und nannte anerkennend den Namen von Spyros.

»Oder Stathis …«, entgegnete Mücke.

»Stathis tot.« Für den langhaarigen Handwerker gab es keinen Zweifel, obwohl er Spyros nicht persönlich kannte. Mücke schenkte ihm das Autogramm. Der Mann zeigte auf sich, weil er ebenfalls Spyros hieß, ein auf Korfu sehr beliebter Vorname, wie Panagiota einmal erklärt hatte.

»Andreas!« Mücke reichte ihm die Hand und erzählte, dass er in der gleichen deutschen Stadt wohnte wie der griechische Fußballer.

»Wieso haben Sie dann nach Stathis gefragt?«

»Och, es gibt bei uns so Gerüchte, da weiß man gar nicht, wem man glauben soll.«

Spyros schüttelte energisch den Kopf. Er hatte früher beide hin und wieder Fußball spielen sehen, aber das war lange her. Mücke erfuhr, dass der weit weniger talentierte Stathis vor sieben Jahren zu einigen Erstligaeinsätzen beim AO Kérkyra gekommen war, danach muss er nur noch für die zweite Mannschaft des Vereins gespielt haben. Im Gegensatz zu Spyros war Stathis ein Defensivspieler, allein deshalb könne er schon nicht der Torjäger aus der Bundesliga sein. Das leuchtete Mücke ein – wenn er an die Zeit beim VfL Bochum dachte; in Bonn dagegen war Lidakis bekanntlich alles andere als ein Knipser.

Andreas fragte ihn, ob er die Familie des Fußballers kenne. Spyros schüttelte den Kopf, das wäre, meinte er, zu viel gesagt. Die Familie wohne in Pélekas, das wisse er. Stathis wäre einige Male bei seiner Schwester gewesen, weil sie mit Lidakis' langjähriger Freundin Irini befreundet war. Mücke überlegte, ihn nach der Adresse der Schwester zu fragen, entschied sich jedoch sofort dagegen, weil er auf Korfu kein Aufsehen um den Fußballer erregen wollte. Da spielte er lieber die Rolle des neugierigen Sportfans. Immerhin gelang es ihm, beiläufig den vollen Namen der Freundin zu erfahren. Wie man in Pélekas erzählte, hatte Irini Kouras den Tod von Stathis auch nach über einem halben Jahr nicht verkraftet; ihre Familie hätte sie deshalb zum Jahreswechsel zu Verwandten ins Ausland geschickt – wohin, wisse er nicht. Das wäre nicht die schlechteste Maßnahme, meinte Mücke. In fremder Umgebung käme Irini bestimmt auf andere Gedanken.

Als Spyros gegangen war, gab Andreas den Namen Irini Kouras in die Suchmaschine ein. Er hatte zwar nicht mit vielen Hinweisen gerechnet, aber mit fast gar keinem nun auch wieder nicht. Bei *Facebook* gab es dagegen mehrere Irini Kouras, doch kein Profilfoto ähnelte der Frau aus Bad Münstereifel, wobei auch nicht jedes Foto ein Frauengesicht zeigte.

Danach versuchte er es in der Suchmaschine mit Stathis Lidakis. Das Ergebnis war nicht schlecht: Der Geburtstag war natürlich mit dem von Spyros identisch, als Todesdatum wurde der 26. Mai des Vorjahres angegeben. Allgemeines Lyzeum war bei seinem Schulabschluss eingetragen – bis zu seinem Tod war Stathis Spieler des AO Kérkyra, wobei er als 18- und 19-Jähriger zu insgesamt 14 Kurzeinsätzen ins Erstligateam berufen worden war. Sogar ein Tor muss er erzielt haben.

Mücke suchte bei *YouTube* vergeblich nach dem Treffer. Selbst von Spyros fanden sich nur wenige Tore, die er für Kérkyra sowie später für Panathinaikos erzielt hatte. Die Bildqualität war sehr schlecht. Tor und Torschütze waren durch die Laufbahnen meist weit weg, als hätte es in den griechischen Stadien nur zwei, drei mittelalterliche Kameras gegeben.

Am späten Nachmittag begab sich Mücke in das Bergdorf Pélekas, das er bislang nur vom Hörensagen und von Verkehrsschildern kannte. Nachdem er nach der Ankunft einen Kaffee getrunken und an der *Zanzibar* 300 Euro gezogen hatte, erkundigte er sich im Bäckerladen nach dem Weg zum Haus der Lidakis. Die Verkäuferin zeigte die Straße hinauf, hinter der Pizzeria *Alexandros* wäre es das dritte oder vierte Haus.

»Suchen Sie etwas?«, fragte eine junge Frau mit ebenmäßigen Gesichtszügen, die in das Haus wollte, vor dem er seit einigen Minuten stand. Sie trug trotz der wärmenden Sonne eine dicke Jacke, im Gegensatz dazu steckten ihre nackten Füße in Flipflops.

»Wohnte hier der berühmte Fußballspieler?«

»Spyros ist mein Bruder – wir sind in diesem Haus aufgewachsen, ja. Kennen Sie ihn?«

Mücke erzählte ihr in einem Mischmasch aus griechischen und englischen Vokabeln, dass er ebenfalls in Bad Münstereifel wohne und Stathis ihm empfohlen habe, sich unbedingt sein Bergdorf anzuschauen, wenn er auf Korfu wäre. Die Schwester stutzte, als Mücke den anderen Vornamen nannte, reagierte sonst aber nicht darauf. Sie entschuldigte sich, hob ihre Einkaufstüte und zeigte aufs Haus.

»Wo kann man hier denn gut essen?«, rief Andreas ihr hinterher. Sie antwortete unverbindlich mit einem gewinnenden Lächeln, indem sie alle Lokale lobte.

Mücke folgte dem Hinweisschild zu *Kaiser's Throne* und genoss lange von dort oben die Aussicht über die Insel. Später lief er die wenigen hundert Meter ins Dorf zurück und entschied sich für eine zentrale Taverne, deren Name ihn an seine erste Frau Agnes erinnerte.

Während Andreas in Pélekas bei Knoblauchbrot, einem

Bauernsalat und einer Cola den Abend für sich einläutete, entkorkte seine Vermieterin in Bad Münstereifel eine Flasche Rotwein. In zwei Minuten war der Auflauf fertig.

»Beeilst du dich?«, rief Lea Siemensmeyer Richtung Badezimmer. Unsicher musterte sie noch einmal den Tisch – wie es aussah, hatte sie aber an alles gedacht. Dann konnte sie jetzt die Kerzen anzünden und die Getränke eingießen.

»Jeetje!«, schimpfte ihr Freund, als er in der Diele auf den Stecker des vermeintlich heruntergefallenen Ladekabels trat. Er hob es auf, schaute nach rechts und rief: »Vermisst du deine Schlüssel?«

»Was?«

»Neben dem Sideboard liegt ein Schlüsselbund.«

»Das gibt's doch nicht«, Lea Siemensmeyer kam aus dem Zimmer. »Da lagen die jetzt? Wirklich?«

»Da, wo sie liegen! Wo sonst?«

Sie bückte sich: »Die habe ich schon überall gesucht!«

»Aber nicht gründlich«, lächelte er und gab ihr einen Kuss auf die Stirn.

»Hast du dir wehgetan?«

»Halb so wild, es war nur der Schreck!« Arie van Meegen winkte ab.

34.

***W. S. Reinders* hatte** auf der neuen, handbemalten Keramik-Kachel neben der rostigen Klingel gestanden, die Mücke gestern Morgen mehrfach gedrückt hatte, bis man ihm aufmachte. Diesmal beschränkte Andreas seine Hilfe bei den nicht enden wollenden Renovierungsarbeiten im Haus von Jessicas Vaters auf höchstens zwei Tage, und er war froh, dass die Arbeit für ihn gleich ein Ende nahm. Es war ein Kompromiss, zu dem er eigentlich gar keine Lust gehabt hatte.

Mücke war nicht zum Privatvergnügen auf der Insel, sondern hatte einen Auftrag zu erledigen. Vom Gelingen oder Scheitern der Mission hing schließlich seine Provision ab. Zwei Tage, mehr ging nicht, da konnte Werner denken, was er wollte.

Er hätte besser erst einmal über sein wenig gastfreundliches Verhalten an den Weihnachtstagen nachdenken sollen, bevor er anfing zu jammern und mit Vorwürfen um sich zu schmeißen. Andreas half ihm sowieso nur Jessica zuliebe – sie sorgte sich um ihren Vater, da konnte er nicht so sein.

Werners muslimischer Freund Ahmad war vor einigen Wochen in seine Unterkunft zurückgekehrt; das Nikotin des Kettenrauchers hielt sich dennoch hartnäckig im porösen Mauerwerk der *Villa*, wie Werner seine Kaschemme neuerdings nannte. Auch seinem eigenen Namen hatte er ein unglaubliches S zugefügt, das für Spyros stand – damit wollte Werner den Korfioten gegenüber seine Sympathie und Zugehörigkeit zum Ausdruck bringen. Vielleicht färbte irgendwann deren Gastfreundlichkeit auf ihn ab – es bestand also noch Hoffnung, selbst bei diesem Sturkopf. Spyros – wenn das bei diesem Namen so weiterging, verlor Mücke bald die Übersicht.

Auch das noch: Bei der Sockelleiste hatte Andreas sich um zehn Zentimeter vermessen. Mit etwas Glück passte sie im Nebenzimmer, sonst musste er das fehlende Stück zuschneiden und einsetzen – eine Stümperei, die wahrscheinlich nur ihn selbst störte.

Aus der Ecke meldete sich das Smartphone. Im dritten Versuch bekam er das sich bewegende Teil mit weit ausgestrecktem Arm zu fassen. Andy freute sich, Jessicas Stimme zu hören, doch seine Miene verfinsterte sich schnell. Flatterig schilderte sie, dass Helena gestern nicht zu Hause war. Jess befürchtete einmal mehr das Schlimmste – andererseits wusste er, dass ihr Gefühl oft begründet war, dass ihre Vorahnungen häufig genug eingetroffen waren.

»Möglicherweise hatte sie nicht mehr an die Verlegung des Unterrichts gedacht«, meinte Andy, der eine nahe liegende Lösung suchte.

»Das dachte ich ebenfalls, aber es ist schon ungewöhnlich, dass ich sie auch anschließend nicht erreichen konnte, auch heute nicht.«

»Normal ist das nicht, da geb' ich dir recht. Sonst frag' mal die Siemensmeyer; die beiden sind doch miteinander befreundet«, schlug Andreas vor.

Jessica zögerte einige Sekunden: »Stimmt, das könnte ich machen.«

»Oder soll ich bei ihr anrufen?«

»Wäre mir lieber! Wo bist du gerade?«

»Bei Werner-Spyros Reinders!«, flachste Andreas.

»Ach, hör auf!«

»So wahr ich hier auf dem Boden sitze und Sockelleisten befestige.«

»Wenigstens kommt ihr voran – wie geht's ihm denn?«

»Ganz gut so weit, aber den Wasserkocher hätte ich nicht mitzubringen brauchen!«

»Er hatte mich doch darum gebeten!«

»Den hätte er auch in Acharavi kaufen können. Er sagt, du hättest ihm einen Flötenkessel besorgen sollen!«

»Dann muss er sich deutlicher ausdrücken!« Eine Zeit lang war es still, bevor Jess fortfuhr: »Und sonst? Was machen deine Recherchen?«

»Geht so. Lidakis hatte einen Zwillingsbruder, der im letzten Jahr tödlich verunglückt ist, zu einem Zeitpunkt, als er auch auf der Insel war.«

»Das erklärt seine schwachen Leistungen.«

»Eben!« Andreas studierte die Fußspitzen seiner schmutzigen Laufschuhe. »Es sei denn, es war umgekehrt, dann hätte er sich prächtig entwickelt.«

»Umgekehrt?«

»Sein Bruder Stathis hatte immerhin auch einige Einsätze als Erstligaspieler. Rate mal, als was?«

»Schießmichtot!«

»Als Abwehrspieler!«

»Klar, hätte ich mir denken können. Du meinst ...?«

»Könnte doch sein ... Traust du dir zu, in Münstereifel herauszufinden, wie die Freundin von Lidakis heißt?«

»Wie soll ich denn das machen? Und wozu überhaupt?«

»Die langjährige Freundin von Stathis heißt Irini Kouras; seit einigen Monaten ist sie im Ausland. Auch das erhärtet meine Vermutung.«

»Wie stellst du dir das vor? Oder hat mein Super-Detektiv bereits eine geniale Idee?«

»Was weiß ich? Mach irgendwas, fülle meinetwegen ein Päckchen mit Altpapier, schreib ihren Namen drauf und spiele die ahnungslose Zustellerin. Dann siehst du ja, ob sie es annimmt oder ablehnt.«

»Das wäre eine Idee.«

»Am besten, wenn Spyros beim Training oder mit dem Team unterwegs ist.«

»Das könnte mir ja Frank verraten!«

»Erzähl ihm bloß nichts von meinem Verdacht – bislang fehlen mir die Beweise. War sonst noch was?«

Jessica überlegte; etwas hatte sie noch sagen wollen. »Ach ja, Anna hat doch den Verletzten gefunden.«

»Gero Stiweck?«

»In seiner Jackentasche war eine Kette, die aus diesem Einbruch stammt. Vor drei Wochen, erinnerst du dich?«

»Im Nachtigallenweg war das ...«

»Genau!«

»Solch ein großes Ding hätte ich dem gar nicht zugetraut.«

»Er behauptet auch, dass irgendein Holländer ihm die Kette in die Tasche gesteckt habe.«

»Woher weißt du das denn?«, fragte Andy.

»Das habe ich in der *Sportwelt* beim Umkleiden aufgeschnappt.«

»Bei dem Holländer muss ich glatt an deinen Sänger denken.«

»Herman van Veen?«

»Wen sonst?«

35.

»Verdomme!«, fluchte van Meegen. Entgegen der Zusage sollte er den Volvo XC90 statt morgen erst am Samstag bekommen. Wenn es nicht so eilig wäre, hätte er keinen Vorführwagen zu nehmen brauchen. Auf nichts konnte man sich verlassen! Immerhin hatten aber die Jungs von der Tankstelle seinen in die Jahre gekommenen 7er BMW außen wie innen super gereinigt. Nur die versifften Gummistiefel hätten sie wegwerfen sollen, anstatt sie ihm in einer großen Plastiktüte erneut in den Kofferraum zu legen. Sonst war alles top. Wie neu sah der BMW aus, geradezu picobello – bis auf die Schrammen, die Lea ihm letzten Monat vor dem Einrichtungshaus in Pulheim verpasst hatte. Die fielen nun erst recht auf! Satte 2.300 Euro hatten die Halunken ihm bei der Inzahlungnahme dafür abgezogen. Alles hatte er zähneknirschend hingenommen, und als Dankeschön hielten sie nun den vereinbarten Termin nicht ein. Man sollte ihnen den verdammten Kaufvertrag vor die Füße werfen, verdient hätten sie es!

Arie van Meegen wollte die nächsten Tage allein in seinem Haus verbringen; im Büro und im Garten gab es genug Arbeit, die auf ihn wartete. Bis übermorgen konnte Wim dann doch den BMW haben und seine Spuren darin hinterlassen. Hauptsache, er verließ Bad Münstereifel so rasch wie möglich. Der missratene Cousin hatte dort für reichlich Unruhe gesorgt. Man konnte froh sein, dass die Polizei ihm nicht schon bei dem Einbruch auf die Schliche gekommen war. Arie hatte davon gelesen und sofort gewusst, wer dahintersteckte. Mit der Schlägerei vom Wochenende hatten sie ihn am Wickel. Und es war klar, was es bedeutete, wenn einer wie er den Bullen erst einmal aufgefallen war. Außerdem misstraute Lidakis ihm, wollte Wim nicht mehr in seine Wohnung lassen. Das reichte, das Fass war voll: Wim hatte seine Chance verkackt! Für weitreichendere Aufgaben war der Blödmann einfach zu unberechenbar; ihm fehlte noch immer das Gespür für das richtige Maß.

Auch Stathis musste unbedingt zur nächsten Saison raus aus Deutschland, bevor der Schwindel aufflog. Notfalls, und wenn es flott ging, bekam der FC Burnley ihn unter Marktwert. Und die Blue Stars waren sicherlich happy, wenn sie Lidakis loswurden. Der Junge war für Arie eine tickende Zeitbombe. Immerhin hatte er gestern der Presse gegenüber schlagfertig reagiert mit der Bemerkung, er hatte nur herausfinden wollen, ob man ihn in Bochum noch kannte. Außerdem, und das sei viel wichtiger, hätte er kurz zuvor erfahren, dass er Vater einer Tochter werden würde. Stathis hatte sich zuletzt überhaupt gut entwickelt. Trotzdem spürte Arie van Meegen noch den Schmerz in der Herzgegend, der ihn gestern beim Lesen der Zeitung durchfahren hatte. Es war ein gefundenes Fressen für die Reporter gewesen, dass sich ausgerechnet Lidakis am Sonntagabend bei Bochumer Polizisten nach dem Weg zum *Starlight-Express*-Theater erkundigt hatte, wo diese Halle nur wenige Hundert Meter vom *Vonovia-Ruhrstadion* entfernt lag, wo Spyros noch vor einem Jahr gekickt hatte. Die beiden Spielstätten waren sogar durch eine gemeinsame Straße, den Stadionring, verbunden – jedem Drittklässler war das klar. Das Problem war, dass sich auch Stathis nicht an seine Anweisungen hielt; in diesem Punkt war er wie sein Zwillingsbruder. Bochum, das hatte er ihm immer und immer wieder eingetrichtert, war für ihn ein absolutes No-Go, ein gefährliches Areal, das er zu meiden hatte. Unfassbar, dass zwei lächerliche Tickets ausreichten, das hundertmal Gesagte über den Haufen zu werfen. Wenigstens hatte die Presse jetzt mit Irini ein anderes Thema. Ein Psychologe bestätigte in der heutigen Ausgabe der *Rundschau*, dass ein Ereignis wie das plötzliche Bekanntwerden einer Schwangerschaft durchaus dazu führen könne, selbst in einer vertrauten Umgebung für eine gewisse Zeit die Orientierung zu verlieren.

36.

Im Radio lief eine Sendung – so viel Griechisch verstand Andreas schon –, in der die Leute erzählten, wie sie ihren Partner kennengelernt hatten. Anschließend durften sie sich einen Song für ihren Liebling wünschen. Dieses *Moro Mou*, ein Hit aus dem vergangenen Jahrzehnt, bekam er nicht mehr aus den Ohren, obwohl inzwischen einige andere Lieder gelaufen waren. Er riss eine Ecke aus der Zeitung heraus und notierte sich den Titel. Wenn Andreas das nächste Mal in der Stadt war, würde er die CD von *Antique* als Geschenk für Jessica kaufen. Das hatte er von den Korfioten bereits übernommen: Wenn sie von der Stadt sprachen, war ausschließlich von Kérkyra die Rede.

Dort hatte er am Morgen auch das Boulevardblatt gekauft, das er nun grinsend beiseitelegte. Lidakis wurde also Vater und hatte deshalb in Bochum den Weg zum Stadionring nicht gefunden. Wer's glaubt, wird selig! Die Sache wurde langsam eindeutig, aber noch fehlten die Beweise. Es klang schon sehr abenteuerlich, wenn es im hoch bezahlten Profifußball möglich sein sollte, dass ein Bruder für den anderen weiterkickte, noch dazu in der vernetzten Welt, wo an jeder Ecke mindestens eine Kamera lauerte. Okay, Spyros gehörte nicht zu den Top-Stars der Bundesliga, sagte sich Mücke. Er kam aus der 2. Liga von einem Verein, der sich in den letzten Jahren mehr oder weniger im Mittelfeld der Tabelle aufgehalten hatte. Das Medieninteresse war in Bochum nicht ansatzweise so groß wie in München, Dortmund oder Berlin. Von daher war Mückes Verdacht nicht ganz absurd – aber Stathis, sein Berater oder wer noch daran beteiligt war, hätten bei der Umsetzung tausend Dinge berücksichtigen müssen. Dagegen war die Geschichte aus den Kindertagen der Bundesliga ein Klacks, sofern sie überhaupt stimmte. Im Internet hatte Andreas am Morgen gelesen, dass es damals Gerüchte um die serbischen Zwillinge Cebinac gegeben hatte. Angeblich war der talentiertere Zvezdan zum Probetraining nach Köln gefahren, um seinem Bruder Srdjan zu einem Vertrag zu verhelfen. Der FC bestreitet bis heute die damalige Behauptung eines Journalisten. Srdjan Cebinac brachte es in seinem Jahr beim 1. FC Köln auf beachtliche drei Bundesligaspiele und erzielte dabei immerhin ein Tor – Fakten, die die Spekulationen bis heute fütterten.

Vor dem Haus war es viel wärmer als vermutet. Endlich, das konnte nur die Siemensmeyer sein. Sie hatten vor einer Stunde vereinbart, dass sie in Eicherscheid nach dem Rechten sieht, nachdem Helena Siakavara immer noch nicht zu erreichen war. Andreas ließ den Müllbeutel fallen und beeilte sich, zurück in die Wohnung zu kommen. Um ein Haar hätte ihn eine alte, hochdrückende Baumwurzel aus dem Tritt gebracht, doch er konnte sich an der Hauswand abfangen. Neben der Wasserflasche brummte und vibrierte sein Smartphone; nur noch wenige Millimeter, und es hätte bedrohlich den Rand des Tisches erreicht. Mücke bekam es rechtzeitig zu fassen, das Glück war in diesen Sekunden erneut auf seiner Seite.

»Und?«, fragte er hastig, nachdem er gesehen hatte, dass es tatsächlich Lea Siemensmeyer war.

»Ach, ich weiß nicht, ich bin in ihrer Wohnung und ganz durcheinander.«

»Warum? Ist Helena denn zu Hause?«

»Nein, aber es ist alles so sonderbar, solch ein Durcheinander kenne ich von ihr gar nicht! Auf dem Anrufbeantworter sind zwölf Nachrichten.«

»Kennen Sie sich damit aus?«

»Selbstverständlich.« Die Antwort klang so, als hätte seine Frage die Siemensmeyer beleidigt.

»Schon gut, dann halten Sie den Hörer dran und spielen die Nachrichten ab.«

»Darf man das denn?«

»Machen Sie einfach!«

Vom Ergebnis hatte sich Andreas mehr versprochen. Drei Mal hatte eine Griechin etwas aufs Band gesprochen, zwei Anrufe waren von Jessica gewesen, einer von Lea. Die anderen Male wurde aufgelegt, wahrscheinlich von denselben Personen. Der letzte Anruf war von 10:48 Uhr: Eine Zahnarztpraxis sagte den morgigen Termin ab. Immerhin, die Griechin hatte sich beim ersten Anruf mit Irini gemeldet. Sie hatte eine junge Stimme und in ihrer Muttersprache gesagt, dass sie ihr Tagebuch vermisse. Wie alle Griechen sprach sie für deutsche Ohren viel zu schnell. Wenn Mücke es richtig verstanden hatte, musste sie den Verlust erst spät bemerkt haben. Vermutlich habe sie es bei Helena vergessen, wenn es nicht auf dem Rückweg verloren gegangen sei, was sie nicht hoffe. In ihrem Rucksack wäre es jedenfalls nicht.

»Das war alles – hallo, sind Sie noch dran?«

»Ja. Hm, spielen Sie bitte den Anfang noch einmal ab? Nur die ersten Sätze, es ist wichtig!«

Der erste Anruf dieser Irini war vom 9. März, das war der vergangene Freitag. Sie sprach von ihrem Besuch am Dienstag, seitdem vermisse sie ihr Tagebuch. Mücke überlegte: Dann musste Irini am gleichen Tag bei Helena gewesen sein wie Jessica und er. Am Tag darauf ist er nach Korfu geflogen. Natürlich, jetzt fiel es ihm wieder ein. Als sie beide das Haus verlassen hatten, war ihnen eine Frau begegnet, von der Jess meinte, dass es die Freundin von Lidakis gewesen sein könnte. Andreas hatte sich noch umgedreht, aber da war die Haustür bereits ins Schloss gefallen.

»Hallo? Haaallo?«

»Entschuldigung, ich war in Gedanken.«

»Was ich noch sagen wollte: In der Diele und im Wohnzimmer brennt das Licht, obwohl die Sonne scheint.«

»Das wird wohl schon die ganze Zeit so sein. Wie sind Sie eigentlich ohne Schlüssel reingekommen?«

»Im Badezimmer lag auch ihre Zahnbürste mit angetrockneten Schaumresten auf dem Boden.«

»Ach du Scheiße!«, entfuhr es Mücke. »Sie haben mir noch nicht gesagt, wie Sie denn nun in die Wohnung gekommen sind?«

»Ich habe doch Helenas Ersatzschlüssel.«

»Ich dachte, die wären verschwunden ...«

»Am Tag drauf hat mein Freund sie auf dem Fußboden gefunden«, piepste ihre Stimme.

Nachdem sie vorher alles abgesucht und andere verdächtigt hatte, dachte Mücke. Das klang nicht gut. Er überlegte; bis vor einer Viertelstunde hatte er lediglich ein ungutes Gefühl gehabt – sein Verstand hatte ihm sogar noch gesagt, dass es für Helenas Abwesenheit gewiss eine harmlose Erklärung gab. Daran glaubte er nicht mehr.

»Sind Sie noch dran, Herr Mücke?«

»Hm, sieht es in der Wohnung so aus, als hätte ein Kampf stattgefunden? Könnte das sein?«

»Ein Kampf? Ich weiß nicht, ich bin so nervös.« Lea Siemensmeyer schaute sich konfus in der Wohnung um. »Ja, genau, das kann sein«, schrie sie. »Ein Stuhl ist umgekippt.«

»Wie heißt Ihr Freund?«

»Das ist doch egal.«

»Sagen Sie es mir trotzdem!«

»Arie van Meegen. Warum?«

»Nur so.« Mücke befürchtete das Schlimmste. Erst Nicole Baumann, dann Eddy Sawatzki, und jetzt fehlte von Helena Siakavara jede Spur. Es sollte ihn wundern, wenn da kein Zusammenhang bestand. Plötzlich hatte er es eilig.

»Was mache ich denn nun?«

»Am besten rufen Sie die Polizei!«

»Aber ich weiß nicht, was ich sagen soll. Ich meine, vielleicht ist ja doch nichts passiert ...«

Andreas spürte ihre Hilflosigkeit. Nein, auf sie war kein Verlass, er musste auf Nummer sicher gehen: »Wissen Sie was, ich übernehme das! Fassen Sie in der Wohnung nichts mehr an und setzen sich irgendwo hin.«

»Das mache ich. Dauert das lange, bis die hier sind?«

Woher sollte er das wissen? Die stellte Fragen! Mücke hatte eine bessere Idee: »Wir machen das anders! Warten Sie besser draußen auf die Polizei. Die Luft wird Ihnen guttun. Wenn es zu lange dauern sollte, können Sie sich ja ins Auto setzen.«

»Einverstanden«, sagte seine Vermieterin.

»Also, ich rufe jetzt an!« Andreas schnippte seine Vermieterin weg.

Bevor er die gespeicherte Nummer von Thea Oleknavicius drückte, überlegte er kurz. So ein Mist, dass er nicht in Bad Münstereifel war – in Irinis Tagebuch waren bestimmt alle nötigen Beweise fein säuberlich notiert. Das hätte er sich sofort gekrallt! Er konnte es drehen und wenden, wie er wollte – vor dem späten Abend konnte er unmöglich zu Hause sein, wenn überhaupt! Dass heute noch ein Flieger Richtung Köln oder Düsseldorf startete, war mehr als unwahrscheinlich. Nach allem, was er gerade erfahren hatte, musste die Polizei tatsächlich sofort informiert werden. Ein Aufschub war Helena gegenüber nicht zu verantworten und hätte darüber hinaus für ihn auch zu Konsequenzen führen können. Aus dem Radio ertönte die fröhliche Erkennungsmelodie der folgenden Sendung. Als sein Smartphone die Verbindung aufbaute, machte er den tragbaren Kasten aus.

37.

Kriminalhauptkommissarin Thea Oleknavicius hatte gerade das Bonner Polizeipräsidium auf der Königswinterer Straße verlassen. Im *WDR* wurden einmal mehr die altbekannten Verkehrsmeldungen heruntergebetet.

»Andreas, das ist jetzt schlecht – fass dich kurz«, seufzte sie.

»Kurz geht nicht, dann gib mir einen deiner Kollegen! Ich bin auf Korfu; wegen einer Lappalie rufe ich nicht an.«

»Warte!« Thea Oleknavicius bog rechts in den Gerichtsweg ein, hielt wenig später an und stellte den Motor ab. »Schieß los!«

Mücke erzählte, was er wusste, wobei er nicht alles preisgeben wollte; ganz so, wie er es sich von der Kommissarin abgeguckt hatte. Er begann bei Eddy Sawatzki, dem einstigen Nebenbuhler, der ihm in Paris seine französische Freundin ausgespannt hatte. Thea und ihre Kollegen waren auf der Suche nach seinem Mörder trotz vieler, teilweise irreführender Hinweise aus der Bevölkerung nicht weitergekommen. Auch nach drei Monaten tappten sie im Dunkeln, die Presse lästerte und wusste sowieso alles besser – die Stimmung im Präsidium war entsprechend.

Andreas konzentrierte sich und betonte unmissverständlich, dass der Spielervermittler Arie van Meegen die heiße Sache war, von der Sawatzki gesprochen hatte. Mücke ahnte, dass seine Behauptung für Thea vorerst eine Unterstellung war, deshalb ignorierte er einfach ihre Frage. Stattdessen erwähnte er die ebenfalls getötete Nicole Baumann, die ehemalige Freundin des Profis Spyros Lidakis, für den van Meegen tätig ist. Und nun ist auch die Sprachlehrerin des griechischen Fußballstars verschwunden, wie er hier auf Korfu erfahren habe. In ihrer Wohnung deute alles auf eine Entführung, wenn nicht sogar auf Schlimmeres hin.

»Woher weißt du das?«, fragte Thea Oleknavicius in ihrer schroffen Art.

»Von einer Frau Dr. Lea Siemensmeyer, die gerade in der Eicherscheider Wohnung von Helena Siakavara ist«, entgegnete Andreas. »Die beiden sind befreundet und Frau Doktor hatte die Ersatzschlüssel der Sprachlehrerin bei sich zu Hause.«

»Gut, aber …«

Eigentlich war es nicht Mückes Art, Leute zu unterbrechen: »Und nun rate mal, mit wem die Siemensmeyer liiert ist!«

»Wenn du so fragst, mit van Meegen! Gib mir die Adresse von Helena, wie war der Name …«

»Siakavara!«

Bis auf die Hausnummer konnte Andreas ihr die wichtigsten Informationen nennen. Jetzt hatte die Kommissarin keine Zeit mehr, Fragen zu stellen. Thea wollte die Kollegen vor Ort schon in die Wohnung schicken, bevor sie in ungefähr einer halben Stunde in dem Münstereifeler Ortsteil wäre. Es war nicht das erste Mal, dass sie ein Telefonat grußlos beendete.

Nachdem Mücke ein halbes Glas Wasser getrunken hatte, drückte er die Verbindung zu Lea Siemensmeyer, die sich unverzüglich mit einem atemlosen »Ja« meldete, als hätte sie nur darauf gewartet, angerufen zu werden.

»Mücke noch mal; die Polizei ist unterwegs. Versuchen Sie nicht, Ihren Freund zu warnen. Wie Sie sich denken können, machen Sie sich damit strafbar. Das haben Sie nicht verdient!

Wenn er unschuldig sein sollte, hat er sowieso nichts zu befürchten!«

»Sie glauben tatsächlich, dass er mit der Sache zu tun hat.«

»Es spricht alles gegen ihn! Sind Sie noch in der Wohnung?«

»Ich wollte gerade nach unten gehen.«

Andreas wusste, dass sein Anliegen äußerst gewagt war, aber er hatte keine weitere Zeit, darüber nachzudenken: »Sagen Sie, in der Wohnung haben Sie nicht zufällig mein Arbeitsbuch gesehen? Es hat die Größe eines Chefplaners und enthält meine griechischen Notizen vom Unterricht.«

»Hier liegt ein weinrotes Büchlein mit Lederriemen.«

»Genau, das ist es!«

»Da steht doch ‚Diary' drauf!«

»Ein Geschenk meiner Tochter, dabei habe ich noch nie Tagebuch geschrieben.« Es raschelte. Blätterte sie etwa seelenruhig in dem Heft? Zum Teufel, was machte sie? Sein Herz klopfte, es dauerte nicht mehr lange, bis die Polizei eintreffen würde.

»Hören Sie, können Sie das Heft mitnehmen und mir morgen geben? Bitte, ich brauche es.«

»Eine Klaue haben Sie!«

»Sie haben gut reden, gewöhnen Sie sich mal an die seltsamen Buchstaben.«

»Das stimmt.«

»Machen Sie das für mich?«, wiederholte Andreas die Frage mit fast demütiger Stimme.

»Ich weiß nicht ...«

»Bitte! Wenn die Polizei erst einmal alles versiegelt hat, dauert es ewig, bis ich an mein Buch komme. Das geht doch auch auf kurzem Dienstweg!«

»Normalerweise schon.« Andreas wunderte sich über ihren Stimmungswechsel. Woher nahm sie nur plötzlich die Ruhe?

»Hallo?«

»Draußen sind Stimmen zu hören. Ich glaube, das sind sie schon. Es klingelt, haben Sie gehört? Ich mache jetzt besser Schluss.«

»Miststück«, entfuhr es Mücke, als er merkte, dass sie die Verbindung beendet hatte. »So eine doofe, hirnverbrannte Kuh!« Er war geladen wie schon lange nicht mehr. Genau genommen hatte sich seine Vermieterin richtig verhalten, vielmehr war er es, der etwas höchst Zweifelhaftes von ihr verlangt hatte. Aber das interessierte ihn in seiner Wut wenig: Jeder kleine Ganove und jeder aufgeblasene Schönling kam mit seinen Dreistigkeiten weiter, nur bei ihm spielten seine Gegenüber immer die Korrekten.

Kaum hatte er sich beruhigt, meldete sich schon wieder sein Smartphone. Es war Thea Oleknavicius, die ihn sprechen wollte.

»Ja«, diesmal war es Andreas, der sich hastig und kurz meldete.

»Thea hier, ich bin in fünf Minuten am Ziel. Was ich dich fragen wollte: Für wen arbeitest du eigentlich?«

Puh, genau diese Frage hatte ihm gerade noch gefehlt! In seiner Hektik wusste er nicht, ob es klug war, sie zu beantworten. Warum hatte er bloß das Gespräch angenommen?

»Hallo? Andreas?«

»Ich verstehe nichts«, sagte er mit Verzögerung. »Thea, ich verstehe dich nicht ...«

»Für wen du arbeitest, will ich wissen!«

»Hallo?«

»Für wen arbeitest du?«, schrie sie ihm ins Ohr.

Mücke hielt das Handy in die Luft: »Es ist zum Kotzen mit diesen Funklöchern, jeden Tag das Gleiche!«

»Das ist jetzt nicht wahr!« Die Kommissarin klang sehr misstrauisch, aber konnte Thea ihm das Gegenteil beweisen?

»Probier es später noch einmal, das hat im Augenblick keinen Zweck!« Damit war Andreas sie fürs Erste los. Nun musste er zusehen, so schnell wie möglich nach Deutschland zu kommen.

38.

Nachdem Thea Oleknavicius in Eicherscheid die Freundin von Arie van Meegen in die Mangel genommen hatte, fuhr sie hinter ihr her zu deren Wohnung in Bad Münstereifel. Das Haus in der Ashfordstraße kannte Thea durch einige Treffen mit Andreas Mücke, mehr oder weniger berufsbedingt, auch wenn sie sich im Laufe der Zeit ein wenig angefreundet hatten. Unvergessen blieb ein Besuch, der mit einem unverhofften Einsatz und der Festnahme eines Psychopathen namens Bollwein geendet hatte. Für Andreas war ihr Eintreffen, wie er sagte, ein Glücksfall gewesen. Möglicherweise wäre er aus der bedrohlichen Situation nicht alleine herausgekommen. Thea mochte ihn; einen wie Andreas könnte sie gut in ihrem Team gebrauchen. Gegebenenfalls würde sich die Arbeit mit ihm viel unproblematischer gestalten, als das mit Kleinelsen und Hertel der Fall war. Vor allem Bernd Hertel hatte ihr den Aufstieg zur Ersten Kriminalhauptkommissarin übel genommen, als hätte sie persönlich etwas dafür gekonnt, dem zwölf Jahre älteren Kollegen vorgezogen worden zu sein. Erfahrung hin oder her, seine Berufseinstellung fand auch sie höchst fragwürdig. Seitdem sie den Vorgesetztenposten bekleidete, redete Bernd noch häufiger als vorher von der Rente, dabei stand in zwei Monaten erst sein 50. Geburtstag bevor.

Von Frau Dr. Siemensmeyer ließ Thea Oleknavicius sich die Zahnbürste und den Kamm van Meegens geben, die sie zur Feststellung seiner DNA in eine Plastiktüte steckte. Zum Gewinnen brauchbarer Fingerabdrücke nahm sie kurzerhand eine angebrochene Flasche seines Whiskys *Cardhu* sowie eine geöffnete Packung holländischer Zigaretten mit aufs Präsidium. Thea musste innerlich schmunzeln, als sie den Warnhinweis auf der Schachtel las: *Roken kan het sperma beschadigen en vermindert de vruchtbaarheid.* Die niederländische Sprache besaß für sie etwas Niedliches, selbst wenn es um ernste Sachen ging.

Als Thea Oleknavicius eine Stunde später das Polizeipräsidium erreichte, saßen ihre Kollegen bei Kaffee und Kuchen. Erst hatte sie sich durch den ätzenden Bonner Berufsverkehr quälen müssen, und nun das! Ein Blick auf die benutzten Teller zeigte, dass sich noch Mitarbeiter aus anderen Abteilungen am Kaffeeklatsch beteiligt hatten. Man sah Thea unschwer an, was sie von diesem Empfang hielt. Sie schälte sich aus ihrer Jacke und warf sie missgelaunt über die Lehne eines freien Stuhls.

»Es ist nicht so, wie es aussieht«, versuchte Freddy Kleinelsen die Situation zu entschärfen. »Annika hat dir noch ein Stück aufgehoben.«

Erst jetzt dämmerte der Chefin, dass Annika Wolff, das Küken der Abteilung, heute Geburtstag feierte: »Ach, entschuldige, Annika, ich hatte es beinahe vergessen! Lass mich raten: Du wirst 26, stimmt's?«

»Stimmt. Soll ich dir den Kuchen bringen?«

»Natürlich, was dachtest du denn?«

»Kaffee auch?«

»Nicht um diese Zeit!«, wehrte Thea Oleknavicius ab. »Es sei denn, wir müssen uns noch den Abend hier um die Ohren schlagen.«

Es zeigte sich, dass Freddy Kleinelsen, Carsten Schnitzler, Sarah Böll und Annika Wolff während ihrer Abwesenheit einiges über Helena Siakavara und Arie van Meegen zusammengetragen hatten. Einschlägig vorbelastet waren beide nicht. Bei Helena hatten sie das nicht vermutet, bei dem Spielerberater schon eher, doch bis auf unzählige Straßenverkehrsdelikte, unter anderem in Oberhausen, und zwei Anzeigen wegen Körperverletzung war er in polizeilicher Hinsicht ein unbeschriebenes Blatt.

»Ich fange einfach mal an«, sagte Carsten Schnitzler, der vor einem Jahr von der Bremer Kripo nach Bonn gewechselt war. »Arie van Meegen ist 50 Jahre alt, ledig und einer von 756 in Deutschland registrierten Spielerberatern. Er hat sich vor drei Jahren ein Einfamilienhaus in Erftstadt-Lechenich gekauft, davor lebte er jahrelang in Straelen am Niederrhein, unweit der niederländischen Grenze und der Stadt Venlo.«

»2016 gründete er die Firma *Arie van Meegen Football*, derzeit sind dort 25 Spieler unter Vertrag, alle 17 bis 26 Jahre alt, mit Ausnahme eines 32-jährigen Torwarts«, ergänzte Kleinelsen.

»Habt ihr seine Adresse?«, wollte Thea Oleknavicius wissen.

»Sicher doch: Kilianstraße!«, antwortete Schnitzler. »Soll ich mich da mal ein bisschen umsehen?«

»Ja, aber nicht alleine«, stimmte Thea zu.

»Ich fahre mit«, meldete sich Sarah Böll.

»Gut, gebt euch nicht zu erkennen und haltet mich auf dem Laufenden!«

»Wird gemacht, Chefin!«, meinte Sarah, trank einen Schluck Kaffee und griff zu ihrer Jacke.

»Nicht so schnell, Sarah. Was ist mit seinem Handy? Wir brauchen ein Bewegungsprofil der letzten zehn Tage.«

»Ohne richterlichen Beschluss?«, fragte Annika.

»Dann soll sich der Staatsanwalt drum kümmern. Sag' ihm, die Zeit drängt.«

»Heute noch?« Annika schaute enttäuscht aus der Wäsche. Sie hatte zuletzt über einhundert Überstunden angesammelt und wollte wenigstens an ihrem Geburtstag pünktlich Feierabend machen und den Rest des Tages mit ihrem Freund verbringen.

»Ich erledige das«, schlug Freddy Kleinelsen vor, »du musst einmal pünktlich hier rauskommen.«

Thea Oleknavicius sagte nichts dazu, aber insgeheim gab sie ihrem ein Jahr jüngeren Kollegen recht. Sie wandte sich an Freddy: »Kannst du dich bei den Bußgeldstellen nach allen Vorfällen und Details der letzten sechs Monate erkundigen?«

»Okay«, antwortete er. »Was ist mit Bernd? Sollen wir ihn aus dem Urlaub holen?«

Thea überlegte. Wenn sie ihn anriefen, würde er stöhnen und schimpfen – taten sie es nicht, fühlte er sich übergangen. Schließlich antwortete sie: »Das klären wir morgen.«

Sarah schaute sie an: »Chefin, was machst du, wenn ich fragen darf?«

»Lass das doch mit der Chefin!«, murmelte Thea, gleichzeitig zückte sie ihr Smartphone und spielte den Kollegen die aufgenommenen Gespräche von Frau Siakavaras Sprachbox vor. »Ich vermute, dass die Anruferin Griechin ist. Ich will in Erfahrung bringen, was sie sagt. Stellt euch vor, ihre deutsche Freundin, diese Dr. Lea Siemensmeyer, hatte die Box schon abgehört.«

»Ganz schön dreist«, bemerkte Freddy Kleinelsen.

»Wieso?«, meinte Annika. »Wenn ich mir Sorgen mache, hätte ich das auch getan.«

»Sie sagte, Andreas Mücke hätte sie von Korfu aus dazu aufgefordert.«

»Ich für meinen Teil«, meinte Freddy, »traue dem ohnehin nicht über den Weg. Der weiß mehr als wir; der spielt nicht mit offenen Karten.«

»Das tun wir auch nicht. Und immerhin haben wir ihm die Spur zu verdanken.«

»Du verteidigst ihn natürlich, Thea. Fakt ist, wir halten uns an Recht und Gesetz, er nicht!«

»Jetzt übertreibst du!«, lamentierte sie.

»Warte es ab!«

39.

Mücke hatte sich von Tarras bereits am frühen Morgen verabschiedet. Obwohl er nur neun Nächte in der preiswerten Ferienwohnung verbracht hatte, bezahlte er 30 Tage. Es war eine spontane Entscheidung gewesen, schon zu Beginn der Ferien in einer guten Woche zurückzukommen, denn er war sich sicher, den Auftrag bis dahin abgeschlossen zu haben. Das Osterfest mit Jessica auf Korfu zu verbringen, blieb sein Ziel. Es würde ihn sehr wundern, wenn sie sich diese gemeinsame Chance entgehen lassen wollte. Nun stand er bei Panagiota und Theofanis, die wissen wollten, ob Anna mitkäme. Andreas zuckte mit den Schultern, fragen würde er sie schon, aber eigentlich wäre Julian dran, sein achtjähriger Sohn.

»Also auch Jessicas Kind?«, fragte Giota.

»Nein, Jessica hat keine Kinder!« Andreas gestand den beiden, dass auch seine zweite Ehe geschieden worden war. Theofanis winkte grinsend ab und nickte verständnisvoll, wofür er sich von seiner Frau einen strafenden Blick einfing, der besagte, dass darüber noch zu reden sei.

Andreas deutete an, dass im Leben nicht alles nach Plan verliefe; er hätte sich das damals auch anders gewünscht. Jetzt müsse er sich auf den Weg machen – in zwei Stunden, um 13:20 Uhr, ging sein Flieger nach Frankfurt. Hinter sich vernahm Mücke klapprige Geräusche; neugierig drehte er sich um. Typisch, der ankommende Kleinlastwagen mit Unmengen vollgequetschter Geflügelkäfige musste ausgerechnet vor seinem Auto parken und die Ausfahrt versperren. Der Wagen war ihm schon einmal in Acharavi aufgefallen. Aus seinem

Steinzeit-Lautsprecher erklang in schrecklichem Ton »Emvoliasmena Poulia«, die letzte Silbe lang gezogen wie ein Gänsehals. Andy verstand nur das Wort *Vögel*.

»Da ist er wieder«, knurrte Theofanis und machte ein skeptisches Gesicht, »diesmal kommt er allein.«

»Wer?«, wollte Andreas wissen und blickte auf die Armbanduhr.

»Ein Zigeuner, der will wegen der Entschädigung zu dir.«

»Das soll wohl ein Witz sein«, lachte Andreas.

Ein Mittvierziger kam mit brennender Zigarette im Mund schnurstracks auf sie zu. Mücke verstand kein Wort von dem, was er von sich gab, auch wenn er jeden Takt mit wilden Gesten unterstützte.

Panagiota übersetzte: »Du schuldest ihm mindestens 27 Tiere plus Benzinkosten, sagt er.«

»Ich? Schwachsinn! Klär ihn auf, woher ich komme!«

»Der Zigeuner«, sie sprach das Wort verächtlich aus, »war schon häufiger hier. Am Tag vor Silvester hat sein Wagen unten auf der Straße gegenüber dem Supermarkt gestanden.«

»Na und?«

»Anna hat mehrere Käfige geöffnet und die Tiere verscheucht, als er sich im Laden etwas zu trinken gekauft hatte. Er beklagt den Verlust von 27 Hühnern, Puten und Gänsen. Zwei Enten wären auch noch dabei gewesen.«

»Davon weiß ich nichts«, beteuerte Andreas. Der muffelig dreinschauende Mann hielt ihm einen schmuddeligen unleserlichen Zettel vor die Nase, als wäre damit ein Beweis erbracht.

»Wie viel?«, wollte Mücke wissen.

»Er will 340 Euro haben, die Enten schenkt er dir«, meinte

Giota. »Preise, wie sie sonst nur die Feinschmecker auf dem Pariser Marché Bastille zahlen«, spottete sie.

Mücke riss ihm den Wisch aus der Hand und kramte in seinem Portemonnaie: »Ich habe nur 150.«

»Selbst das ist zu viel! Schau dir die Tiere doch an – nur Knochen. An denen ist nichts dran! Kein Wunder, wo sie den ganzen Tag über die Insel gekarrt werden. Bestimmt sind ihm sowieso nur eine Handvoll Küken entwischt. Woher willst du das wissen? Also, ich trau ihm nicht. Sag du doch mal was, Theofanis!«

»Wir können aber auch nicht beweisen, dass er lügt.«

»Unsinn, hast du getrunken?«, konterte seine Frau. »Du brabbelst wie ein Komplize – am Ende macht ihr gemeinsame Sache.«

»Ich will nur neutral sein!«

»Ach, die Neutralen habe ich alle gefressen. Nie haben sie eine eigene Meinung!«

Mücke klatschte dem Händler zwei Fünfziger in die Hand und deutete an, dass er verschwinden und die Ausfahrt frei machen solle. Mit gerunzelter Stirn zog er an seiner filterlosen Zigarette, blickte Andreas sekundenlang tief in die Augen, als wollte er noch etwas sagen, und machte sich dann mit wüsten Beschimpfungen vom Acker.

40.

Den Zug erwischte er soeben, die Abfahrt erfolgte planmäßig. Es machte sich bezahlt, dass seine Reisetasche auf dem Gepäckband zu den ersten gehört hatte. Theoretisch könnte Andreas um 20 Uhr in Bad Münstereifel sein. Darauf hatte er beim verspäteten Abflug in Kérkyra nicht zu hoffen gewagt, doch der Pilot konnte tatsächlich Boden gutmachen, wie er es ironisch nach Erreichen der Reiseflughöhe aus der Kabine angekündigt hatte. Im ICE von Frankfurt nach Bonn drehte Andreas seine Armbanduhr um eine Stunde zurück. Er hatte das gute Teil vor über 25 Jahren von seinen Eltern zur Volljährigkeit geschenkt bekommen. Erst vor Kurzem hatte er sich dazu entschlossen, die Uhr wieder häufiger zu tragen. Mücke versuchte, ein wenig zu schlafen; im Flugzeug war ihm das nicht gelungen. Sicherheitshalber stellte er die Weckfunktion seines Smartphones auf 18:45 Uhr. Wenn die Fahrt optimal verlaufen würde, blieben ihm zum Umsteigen in Bonn nur fünf Minuten. Das war knapp, zumal sich im Zug zahlreiche Eintracht-Fans befanden, die ebenfalls in Bonn aussteigen und höchstwahrscheinlich von einem großen Polizeiaufgebot empfangen würden. Andreas musste zusehen, vor den Fußballfans auf den Bahnsteig zu gelangen, dann käme er auch problemlos an den Polizisten vorbei.

Im *Café am Salzmarkt* trank Jessica den letzten Schluck ihres Cappuccinos. Das war eine gute Idee gewesen – zufrieden warf sie einen Blick auf das vor ihr liegende Päckchen. Zuvor hatte sie im Ort eine Mischung Münstereifeler Printen sowie diverse Probiergläschen mit je 100 Gramm Marmelade, Honig und Kräuter-Senf aus der Region gekauft. Verschiedene Broschüren und Informationsblättchen der Stadt hatte sie sowieso noch zu Hause gehabt. Grundsätzlich fand sie Andys Vorschlag mit dem Päckchen nicht schlecht, aber sie hätte es nicht übers Herz gebracht, dieses mit Altpapier zu füllen, wie er das auf die Schnelle vorgeschlagen hatte. Nun konnte sich Irini Kouras, sofern sie es war, über ein echt erscheinendes Willkommenspaket der Stadt Bad Münstereifel für ihre Neubürger freuen. Und so machte ihr plötzlich der Auftrag Spaß, den sie eher widerwillig und nur Andy zuliebe angenommen hatte. Jessica war jemand, der nicht um jeden Preis ehrlich sein musste, doch es sollte zumindest danach aussehen. Der aufmerksamen Bedienung gab sie die Schere zurück und zwei Euro Trinkgeld.

Draußen hatte sich der Wind gelegt. Die in der App angekündigten 18 Grad könnten jetzt tatsächlich erreicht sein, nicht schlecht für Mitte März – Temperaturen, wie Andreas sie in den letzten Tagen auf Korfu bestimmt ebenfalls gehabt hatte. Auf dem Weg zur Trierer Straße dachte Jessica an ihren Freund und freute sich auf das unverhoffte frühe Wiedersehen am Abend. Dafür ließ sie auch gern das Match der BSB gegen Eintracht Frankfurt sausen, zu dem Frank sie eingeladen hat, nachdem er ihr verraten hatte, dass sich das Bonner Team an diesem Spieltag um 12 Uhr in einem Sporthotel treffe. Sie hoffte, Andy nach den Tagen in Griechenland mit einem gutbürgerlichen Essen überraschen zu können. Die Lebensmittel müsste Jessica anschließend einkaufen, noch war es früh. Vielleicht würde sie vorher bei Lina noch ein Eis essen – ihr war danach, wo nun der Frühling explodierte. Man spürte es an jeder Ecke. Jetzt konzentrierte sie sich erst einmal auf die Übergabe des Päckchens. Ein Blick auf die Hausnummern verriet, dass sie ihr Ziel gleich erreicht hatte.

Thea Oleknavicius hatte in der Nacht zu Freitag bis weit nach Mitternacht gearbeitet. Sie war erst nach drei Uhr ins Bett gekommen, um sich einige Stunden Schlaf zu gönnen – zu wenig, wie sich bei der Dienstbesprechung um zehn gezeigt hatte. Sie war unausgeschlafen, gereizt und unkonzentriert gewesen; erst gegen die Mittagszeit hatte sie sich einigermaßen gefangen. Die Auswertung von Siakavaras Anrufbeantworter hatte ergeben, dass vor zehn Tagen eine Frau namens Irini bei ihr gewesen sei und seitdem ihr Tagebuch vermisse. Alles deutete darauf hin, dass es sich bei dieser Irini um die neue Lebensgefährtin des Fußballprofis Spyros Lidakis handele, der sich erst im November von seiner Freundin Nicole Baumann getrennt und sie einen Monat später durch einen Unfalltod endgültig verloren hatte. Nach dem Mittagessen hatte sich die Bonner Kriminalhauptkommissarin deshalb dazu entschieden, ein weiteres Mal nach Eicherscheid zu fahren, um das Diary in der Wohnung der Vermissten zu suchen. Begleitet wurde sie von Annika Wolff, die nach eigener Auskunft am Abend ausgiebig ihren Geburtstag gefeiert hatte, bei der Dienstbesprechung aber erstaunlich frisch wirkte. Thea bewunderte sie dafür – ihr war das nie gelungen. Auch vor elf, zwölf Jahren nicht, als sie in Annikas Alter gewesen war.

Die Suche in der Wohnung gestaltete sich erfolglos. Annika durchstöberte in ihrem Eifer sogar Truhen und Schränke bis in die hintersten Winkel, obwohl es sehr unwahrscheinlich erschien, dass man dort ein von einer Bekannten vergessenes Büchlein aufbewahrte. Als Thea durch die Kontoauszüge blätterte, landete sie einen unverhofften Treffer und rief ihre Kollegin: »Schau mal hier, Annika. Jeden Monat der gleiche Betrag.«

»750 Euro«, sagte Annika.

»Von *AVMF*, das klingt wie eine Versicherung oder was weiß ich ...« Thea Oleknavicius deutete auf die Abkürzung.

»... heißt aber: *Arie van Meegen Football*«, flüsterte Annika Wolff. Sie kombinierte richtig und schnell. »Wofür hat sie dieses Geld bekommen?«

»Das frage ich mich auch; wir werden es herausfinden!«, gab sich die Chefin selbstbewusst. »Wir fahren noch bei der Siemensmeyer vorbei. Eventuell weiß die etwas von dem Tagebuch«, entschied Thea Oleknavicius.

»Meinst du?« Annika machte ein skeptisches Gesicht.

»Nicht wirklich, aber wo wir gerade in der Nähe sind. Ich will einfach mal sehen, wie sie reagiert«, antwortete Thea. Irgendetwas an deren Verhalten war ihr gestern merkwürdig erschienen. Entweder lag das Unnatürliche in ihrem Wesen oder die Frau Doktor hatte etwas zu verbergen gehabt.

Kurz vor dem Orchheimer Tor erkannte Thea Mückes Partnerin Jessica mit einem Päckchen unterm Arm und anscheinend tief in Gedanken versunken. Sie reduzierte das Tempo und winkte ihr zu. Das kurze Hupen wurde von Jessica Reinders nicht bemerkt. Dann eben nicht! Nach einigen Sekunden fuhr Thea in gewohnter Geschwindigkeit weiter. Sie würde sich bald bei ihr nach Frau Siakavara erkundigen müssen – immerhin hatte Mückes Freundin zwei Nachrichten auf dem Band hinterlassen. Vorknöpfen mussten sie sich auch unbedingt Irini und diesen griechischen Fußballprofi.

41.

Ein junger blonder Mann versuchte, mit einem leeren Rollstuhl durch die Haustür auf die Straße zu gelangen. Als er Jessica sah, wich er einen halben Meter zurück, um sie zuerst ins Haus zu lassen. Obwohl sie ihm anschließend die Tür aufhielt, schaffte er es in seiner Hektik, ein weiteres Mal links und rechts anzustoßen. Geschicklichkeit gehörte scheinbar nicht zu den Stärken des Blondschopfs. Jessica schüttelte auf der Treppe den Kopf; das hätte gerade sogar ihr Vater sauberer hinbekommen.

»Wer sind Sie? Was wollen Sie von mir?«, fragte eine Frauenstimme hinter der verschlossenen Tür in gebrochenem Deutsch.

»Mein Name ist Jessica. Ich komme im Auftrag der Stadt Bad Münstereifel, um Ihnen endlich Ihr Willkommenspaket zu bringen.«

»Ein Paket?«

»Ja, zur Begrüßung! Das bekommen alle neuen Bürger unserer Stadt. Sie sind doch Irini Kouras, oder?«

Statt einer Antwort wurde die Sicherheitskette entriegelt und vorsichtig die Tür geöffnet. Es erschien die junge Frau, die Jessica das erste Mal in der Nähe des Flughafens von Kérkyra gesehen hatte. Die Wahrscheinlichkeit, dass Irini sich an die Begegnungen in dem Lokal von Kanoni oder in der Abflughalle erinnern konnte, hielt Jessica für gering, zumal sie heute eine dunkelblaue Ballonmütze trug.

»Kalimera«, versuchte es Jess auf Griechisch.

»Guten Tag«, sagte die Griechin mit freundlichem Gesicht.

»Entschuldigen Sie, dass ich so unhöflich war. Vergangene Woche ist bei uns eingebrochen worden, deshalb.«

»Oh, das tut mir leid«, sagte Jessica. »Dann müssen Sie direkt einen schlechten Eindruck von unserer Stadt bekommen haben. Ich hoffe, es wurde nichts Wertvolles gestohlen …«

»Der Täter hat es nicht bis in die Wohnung geschafft, es blieb bei einem …« Die junge Frau suchte nach dem richtigen Wort.

»Versuch«, soufflierte Jessica.

»Genau!«

»Haben Sie denn Anzeige erstattet?«

»Anzeige?«

»Ich meine, haben Sie die Polizei gerufen?«, präzisierte Jessica.

»Ein Freund von meinem Freund sagte, ich sollte das nicht tun, weil ja nichts passiert ist.«

»Na, dann ...« Jessica gingen die Worte aus. Sie hatte gehofft, in die Wohnung gelassen zu werden. Aber sie konnte die Zurückhaltung des Mädchens nachvollziehen. »Na, dann«, wiederholte Jess und bemühte sich um mehr Gelassenheit, »dann gebe ich Ihnen das Päckchen. Herzlich willkommen in der Stadt Bad Münstereifel!«

»Das ist nett. Vielen Dank!«

»Sie sind doch Irini Kouras? Ich darf es nämlich nur persönlich überreichen, das ist bei uns …«, wieder geriet Jess ins Stocken.

»Tradition?«

»Ja, genau, Tradition.« Verlegen lächelte Jessica die Frau im Türrahmen an, obwohl sie *Vorschrift* gemeint hatte. »Das ist bei uns Tradition.« Jess wusste, dass sie in kniffligen Situationen schon wesentlich souveräner gewesen war. Doch das machte sie nicht sicherer. Eine Weile schwiegen beide.

»Entschuldigung, ich habe nicht aufgeräumt«, sagte die junge Griechin nach endlosen Sekunden.

»Das kenne ich!«

»Manchmal verstreicht die Zeit, ohne dass man etwas getan hat.«

»Genau, Sie sagen es. Wie gefällt es Ihnen denn in Deutschland?«, wollte Jess von ihr wissen.

»Gut.«

»Haben Sie keine Sehnsucht nach Ihrer Heimat?«

»Ein wenig; letzte Woche war es einmal ganz schlimm, nun geht es wieder!«

Erneut entstand ein längeres Schweigen. »Tja, ich muss dann mal weiter.«

»Efcharisto!«

»Auf Wiedersehen, Irini! Und alles Gute in Deutschland – der Einbruchsversuch war bestimmt nur eine einmalige Sache!«

»Danke schön, Frau Jessica!«

Draußen atmete Jessica erst einmal tief durch. Puh, das war erledigt! Eine Aufgabe, die ihr zunächst unmöglich vorgekommen und zuletzt wie ein Klacks erschienen war. Die Wahrheit lag in der Mitte. Gut, dass Sabine, die Bürgermeisterin, sie als angebliche Vertreterin der Stadt nicht gesehen hatte.

Frau Dr. Siemensmeyer leugnete, von den Zahlungen ihres Freundes an Helena Siakavara gewusst zu haben. Erst als Thea Oleknavicius und Annika Wolff ihr richtig auf die Pelle rückten, fiel ihr plötzlich ein, dass ihre griechische Freundin dem Bonner Fußballprofi Spyros Lidakis in seinen ersten Münstereifeler Monaten die deutsche Sprache hatte beibringen sollen.

»Wieso *hatte*? Die monatlichen Überweisungen hat es doch bis zuletzt gegeben«, wollte Thea wissen.

»Ich weiß nur, dass Helena das ab Mitte Dezember nicht mehr machen sollte.«

»Und warum bekam sie weiterhin das Geld?«, mischte Annika Wolff sich ein.

»Das kann ich Ihnen nicht sagen, weil ich es nicht weiß. Vom Sprachunterricht weiß ich auch nur durch Helena – Arie, also Herr van Meegen, spricht mit mir nicht über seine Geschäfte, wo wir uns so wenig sehen.«

»Was ist mit dem Tagebuch?« Annika blieb dran. Sie konnte einen derart intensiv anschauen, dass man alles um sich herum vergaß.

»Tagebuch?«, fragte Lea und spielte mit einer ihrer Locken. »Davon hatte Helena mir nichts erzählt. Was denn für ein Tagebuch?«

»Tun Sie nicht so überrascht!« Thea Oleknavicius war nicht gewillt, sich von ihr blenden zu lassen.

»In der Wohnung von Frau Siakavara sollen sich wahrscheinlich die Aufzeichnungen einer Griechin namens Irini befunden haben«, erklärte Kriminalobermeisterin Annika Wolff den Sachverhalt. Thea warf ihrer etwas übereifrigen Kollegin einen kritischen Blick zu – das Thema hätte sie gerade geschickter angepackt.

»Davon weiß ich nichts! Sie sagten außerdem *wahrscheinlich*, also sind Sie sich selbst nicht sicher«, verteidigte sich die Siemensmeyer. »Aber ich soll das jetzt wissen«, fuhr sie schnippisch fort, »als hätte ich in der Wohnung herumgeschnüffelt.«

Thea war es leid, sie mussten zudem dringend ins Präsidium zurück. »Mir machen Sie nichts vor! Sie halten sich zu unserer Verfügung.«

»Warum denn das?«

»Weil ich das sage!«

»Wie reden Sie überhaupt mit mir? Man müsste sich über Sie beschweren!« Thea und Annika bemerkten, wie Lea Siemensmeyers Nasenflügel hektisch auf und ab gingen.

»Machen Sie das!« Für Thea Oleknavicius stand fest, dass sie beim Ermittlungsrichter auf den Durchsuchungsbeschluss für van Meegens Haus bestehen musste.

42.

Die Blue Stars kassierten an diesem Abend in der Nachspielzeit den Ausgleichstreffer zum 2:2, obwohl sie bis zur 82. Minute durch Tore von Ilisevic und Wagner 2:0 geführt hatten. Als wäre das für Jessica nicht schon schlimm genug, fiel in dem Dreifamilienhaus, in dem sie lebte, mit dem Schlusspfiff der Strom aus.

Von einer Sekunde auf die andere war es in der Wohnung stockdunkel und auch der Computer, auf dem Jess und Andreas die Endphase des Spiels verfolgt hatten, gab keinen Mucks mehr von sich. Kurioserweise war genau das eingetreten, worauf Andy auf Korfu vorbereitet gewesen war, in Bad Münstereifel jedoch ewig nicht mehr erlebt hatte.

Nachdem sie über eine Stunde im schwachen Schein von kleiner werdenden Kerzen verbracht und über Jessicas erste Erfahrungen beim Schwimmkurs geredet hatten, entschieden sich beide, die Nacht in Andreas' Wohnung zu verbringen. Sie fuhren das 700 Meter kurze Stück zur Ashfordstraße mit dem Auto, weil der Weg mit dem Reisegepäck arg beschwerlich gewesen wäre – außerdem befand es sich sowieso noch im Kofferraum von Jessicas altem Passat.

Auf der Fußmatte vor Andys Wohnung lagen zwei kostenlose Zeitungen, aus denen wie immer Dutzende Prospekte hervorlugten. Unter dem Werbeblatt befanden sich diverse Briefe sowie ein dunkelrotes Büchlein mit zugeschnürten Lederriemen. Mückes Herz begann zu rasen, als er begriff, dass es sich um Irinis Diary handelte. *Juhu! Es lebe die Siemensmeyer!* Damit war entschieden, wie der Abend fortgesetzt würde:

mit der vermutlich spannenden wie mühseligen Lektüre des griechischen Tagebuchs.

Während Jess in der Küche geräuschvoll zu hantieren begann, setzte sich Andreas aufs Sofa und öffnete das bequem in der Hand liegende Büchlein. Vorne besaß es sechs Kartenfächer, in denen sich die Visitenkarten von Irinis Ärzten, ihrer Friseurin in Glifáda und einer Mitarbeiterin der Blue Stars Bonn befanden. In einem weiteren Fach steckten ein astrologischer Mondkalender sowie eine bunte Sammlung deutscher Briefmarken.

Ein griechisches Zitat hatte Irini vor ihren eigentlichen Einträgen durchgestrichen und durch einen Zweizeiler in grammatikalisch verhunztem Deutsch ersetzt: *Auf dem Flügeln der Zeit fliegt das Traurigkeit danin.*

Aus der Küche meldete sich Jessica: »Magst du einen Cappuccino?«

»Ja!«

»Du musst dir angewöhnen, die benutzten Pads aus der *Senseo* zu nehmen, wenn du verreist. Das habe ich dir letztens schon gesagt«, rief Jess. »Weißt du nicht, dass sie nach einigen Tagen zu schimmeln beginnen?«

Doch, das wusste er, aber seine Tochter offensichtlich nicht. Oder es interessierte sie nicht, was ihm realistischer erschien. Andreas war sich sicher, dass er die Maschine vor dem Abflug vergangene Woche kontrolliert hatte, genauso, wie er alles andere doppelt und dreifach überprüfte, wenn er längere Zeit nicht zu Hause war.

»Warum lachst du?«, wollte Jessica wissen, als sie mit den Tassen ins Wohnzimmer kam.

»Schau mal, was unsere Irini schreibt: *Der blöde Durchlauf-*

erhitzer hat den Geist aufgegeben. Gleich muss ich kalt duschen. Ich werde sterben!«

»Das könnte auch von dir stammen!«

»Wie bitte?«

»Denk mal an die Sauna!«

»Ach, komm, das ist was anderes!«

»Natürlich!«

Eine Viertelstunde später, beim Eintrag vom 26. Mai, verging ihnen nach mühevoller und schließlich aufgeregter Übersetzung das Lachen: *Nie wieder mache ich Scherze übers Sterben! Letzte Nacht ist Spyros von uns gegangen, unfassbar! Unsere Ohnmacht ist grenzenlos, auch wenn die Eltern äußerlich gefasst wirken. Wir sind alle verzweifelt. Maria und Nicole waren am Strand, haben geweint und den halben Tag reglos ins Meer gestarrt. Sie schickten mich weg, als ich ihnen Wasser und etwas zu essen bringen wollte. Moro-Mou lässt keinen Trost zu, ich kann machen, was ich will. Mit Spyros ist ein Teil von ihm gestorben, ich verstehe das. Und ich habe Angst, dass mein geliebter Stathis sich etwas antut. Ich kenne ihn, dann will ich auch nicht mehr.*

43.

Die Strapazen des Tages waren wie weggeblasen, als Andy und Jess nach Mitternacht über Irinis Notizen saßen. Einige Tage hatte sie nach der Todesnachricht verstreichen lassen, dann wurden ihre Einträge fortgesetzt. Auch wenn Andreas seine Vorahnungen gehabt hatte, fiel es ihm schwer, das Gelesene zu glauben. Für Jessica galt das erst recht, es erzeugte wiederholt eine Gänsehaut auf ihren Unterarmen.

Im Rückblick schrieb Irini, dass van Meegen am frühen Abend des 24. Mai wie ein Fisch aufgetaucht und zur Familie Lidakis nach Pélekas gekommen war, um Spyros den hoch dotierten Vertrag der Blue Stars zur Unterschrift vorzulegen. Der Fußballer hatte schon vorher seinen Spind in Bochum geräumt und befand sich zu diesem Zeitpunkt mit Nicole bereits einige Tage auf Korfu. Insgeheim hatte sich Spyros auf einen Wechsel nach Berlin oder Wolfsburg eingestellt, aber das stark verbesserte Bonner Angebot wollten sie sich natürlich nicht entgehen lassen.

Dass Spyros bald in der obersten deutschen Spielklasse kicken durfte, noch dazu für weit mehr als ein Millionengehalt, hätte alle berührt und unglaublich stolz gemacht. Auf die Vertragsunterzeichnung wurde im Kreis der Familie angestoßen, dabei sei die Idee entstanden, am folgenden Tag den 50. Geburtstag des Spielerberaters ebenfalls im Garten der Lidakis' zu feiern. Der Holländer hatte sich daraufhin bei Vasiliki für drei Tage ein Zimmer gemietet.

Irini berichtete von einem großen und lauten Fest, das die Familie zu seinen Ehren ausgerichtet hatte. Es hätte an nichts gefehlt, alles sei im Überfluss vorhanden gewesen. Spyros musste den Eltern und Geschwistern vorher Geld in einem Ausmaß zugesteckt haben, dass es darüber zu einem Streit gekommen war. Moro-Mou, so nannte Irini ihren Freund, hätte ihm schließlich eine Ohrfeige verpasst. Danach sei die weltmännische Arroganz verschwunden und die Vernunft zu Spyros zurückgekehrt.

Andreas grinste schief, weil er an den Song *Moro Mou* aus dem Radio denken musste, der ihm seit etwa 36 Stunden nicht aus dem Kopf gehen wollte. Während er Jessica davon erzählte und umständlich erklärte, weshalb er das geplante Geschenk nicht mehr besorgen konnte, hatte sie das Video längst im Internet gefunden. Eine Sekunde lang stand Andy der Mund offen, bevor er sich wieder zu einem Grinsen verzog. Sie hörten das Lied einige Male – eine willkommene Abwechslung zwischen den anstrengenden Übersetzungen. Andy öffnete eine Flasche Grauburgunder und seufzte beim anschließenden Blick aufs Smartphone, das 1:50 Uhr anzeigte. Wie gut, dass Jessica diesen Samstag nicht zur Schule musste. Sie tranken einen Schluck, dann setzten sie aufgedreht die nächtliche Lektüre fort.

So konsequent, wie Stathis von seiner Freundin Moro-Mou genannt und mit Bindestrich geschrieben wurde, so resolut verfuhr Irini auch mit Arie van Meegen, den sie bis auf wenige Ausnahmen abfällig nur den Holländer nannte: *Dem Holländer behagte unser Ouzo nicht ... Um Mitternacht, als es Zeit fürs Bett gewesen wäre, gelüstete ihn nach schottischem Whisky ... Doch er musste mindestens 15 Jahre alt sein und ein Single Malt, rief der Holländer dem davonbrausenden Spyros hinterher, der lässig abwinkte, als würde er sich in solchen Dingen ausken-*

nen ... Wäre der Holländer nicht so unverschämt gewesen, hätte ich Stathis nach Kérkyra fahren lassen. Der hatte deutlich weniger als Spyros getrunken und kannte sein Motorrad bestens, die Strecke sowieso ... Wer hätte denn damit gerechnet, dass der Holländer sein bestes Pferd, wie er den ganzen Abend sagte, in diesem Zustand tatsächlich fahren ließ? ... Moro-Mou hatte recht mit dem Vorschlag, dass man besser ein Taxi aus der Stadt mit dem ach so wichtigen Whisky bestellte ... Aber Spyros ließ sich auch von Nicole nicht umstimmen ... Er spielte den Helden und forderte von Moro-Mou den Führerschein – seinen hatte er in Deutschland vergessen. Maria macht sich Vorwürfe, sie hätte ihrem Bruder einfach den Schlüssel abnehmen sollen. Ihre Lippen sind ganz blass und dünn geworden.

Um drei Uhr war Jessica vernünftig genug gewesen, ins Bett zu gehen. Andreas hatte ihr einen Kuss gegeben und eine gute Nacht mit dem Hinweis gewünscht, dass er noch topfit wäre. Danach goss er weiteren Wein in sein Glas und machte es sich mit dem Tagebuch auf dem Sofa derart gemütlich, dass auch ihm wenig später die Augen zufielen. Im Gegensatz zu Jess war er bereits um kurz vor acht wach. Nach einer kurzen Dusche und dem ersten Kaffee fühlte er sich jetzt tatsächlich topfit. Von daher war seine Behauptung in der Nacht nicht einmal gelogen, sie hatte lediglich etwas von einer verfrühten Diagnose gehabt. Ihm war klar, dass Jess ihm diese zurechtgebogene Logik nicht abnahm. Andy beendete seine albernen Gedankenspiele, schnappte sich das weinrote Diary und lenkte seine Aufmerksamkeit in eine andere Richtung.

Ihm fehlten etliche Vokabeln, aber immerhin verstand er so viel, dass Maria und Nicole sich irgendwann in der Nacht zum

26. Mai mit einem Taxi auf den Weg nach Kérkyra gemacht hatten. Kurz vor der Inselhauptstadt sahen sie die Blaulichter der Polizei. Je näher die beiden der Unfallstelle kamen, desto größer wurde die Vorahnung, dass sie bald mit etwas Schrecklichem konfrontiert werden würden. Sie erblickten zuerst das demolierte Motorrad im Licht eines Scheinwerfers, dann die zugedeckte Person auf der anderen Straßenseite. Da hätten sie Bescheid gewusst, schrieb Irini. Während sie auf den von der Polizei gerufenen Arzt warten sollten, hätte die Barfüßige den hilflosen Taxifahrer angeschrien, sie auf der Stelle zurück ins Dorf zu bringen. Nicole mussten sie mit Gewalt von ihrem toten Freund wegzerren. Mücke schaute hoch und überlegte; Maria war es wohl, die barfuß unterwegs gewesen war, anders ergab der Text keinen Sinn.

Er las konzentriert weiter. Als kurz vor Tagesanbruch zwei Polizeibeamte in Pélekas aufkreuzten, muss ihnen eine gespenstische Stille beim Betreten des noch erleuchteten Gartens begegnet sein. Beim Näherkommen wurde diese Stille unterbrochen vom leisen Weinen und Schluchzen einiger. Andere starrten reg- und fassungslos in die Ferne. Zu mehr fehlte die Kraft; in der Stunde zuvor war dem Entsetzen und der Verzweiflung lautstark Ausdruck verliehen worden. Das Unfassbare war endgültig geworden, die Resignation spürbar, der einzige Aschenbecher übergelaufen. Niemand, schrieb Irini, niemand hatte die Hoffnung besessen, von den Beamten vielleicht noch etwas Gegenteiliges zu hören. Die Polizisten bestätigten den Tod von Stathis, dessen Papiere sie in der Jacke des Verunglückten gefunden hatten. Keinem der Versammelten fiel auf, dass die Polizei den anderen Zwilling für tot erklärt hatte. Niemand bemerkte es oder es war ihm egal, denn Stathis erwähnte es später am Tisch schon noch. *An seinen Augen erkannte ich, dass in dem Holländer etwas vor sich ging ... Es ist zu einfach, ihm allein Schuld zu geben, wie Nicole das macht ... Spyros hat sich geradezu aufgedrängt – jeder von uns hätte sich ihm in den Weg stellen können ... Moro-Mou hatte mir das Fahren der Maschine beigebracht – unter einem Vorwand hätte ich damit nach Hause düsen können, Vater ging es an diesem Tag sehr schlecht. Der Holländer kann mich leiden, das hatte ich schon am Vortag bemerkt, er hätte mir das nicht krummgenommen. Minuten später hatte er seinen Scheiß-Whisky sowieso vergessen ...*

44.

Die Abende nach Freitagsspielen wurden grundsätzlich lang, das war bereits zu Regionalliga-Zeiten so gewesen. Der Frust über den knapp verpassten, so sicher geglaubten Sieg hatte dafür gesorgt, dass noch ein paar *Bönnsch* mehr als sonst im Brauhaus auf der Sterntorbrücke getrunken wurden. Das Mobilteil begann erneut zu plärren.

Es half alles nichts, mürrisch griff Frank nach dem lästigen Ding: »Weißt du, wie spät es ist?«

Trenkler wusste es zwar gerade selbst nicht, aber er war alles andere als begeistert, so früh gestört zu werden. »Was ist denn?«, murmelte seine Freundin, mit der er seit wenigen Wochen zusammen war. Bevor Frank antworten konnte, drehte sie sich zur Wand und zog mit einem heftigen Ruck die Decke über den Kopf. Obwohl sie weiter nichts sagte, wirkte ihre Reaktion vorwurfsvoll.

»Es ist neun Uhr durch«, sagte Andreas Mücke nach einer Weile mit ruhiger Stimme. »Ich wollte dir Bescheid geben, dass unser Fall gelöst ist – über Lidakis kann ich dich ziemlich genau aufklären. Oder soll ich besser später noch einmal anrufen?«

»Quatsch«, die unerwartete Nachricht erweckte in Frank sämtliche Lebensgeister: »Mann, das ist ja super, schieß los!«, forderte er Mücke auf.

»Doch nicht am Telefon! Aber ich kann in einer guten Stunde auf der Geschäftsstelle sein. Oder ich komme direkt zu dir, wie du willst!«

Trenkler drehte sich um, Zweifel am Restalkohol verwarf er:

»Weißt du, wie soll ich sagen, das passt gerade nicht so gut. Kann ich nicht nach Bad Münstereifel kommen?«

»Das geht auch ...«

»Wär mir lieber!«

Andreas nannte ihm seine Adresse und bat ihn, frische Brötchen mitzubringen – das Einzige, was er auf Korfu vermisst hatte, wenn er von Jessica einmal absah. Sobald er den Tisch gedeckt hatte, würde er sie wecken. Auf Besuch war sie zwar nicht eingestellt, doch es würde Jess nicht gefallen, wenn sie bei dem aufklärenden Gespräch nicht mit dabei wäre. Bei der einen oder anderen Vokabel könnte sie Andreas zudem behilflich sein. Auf Frank würde das noch eine Idee professioneller und glaubwürdiger wirken.

»Unglaublich, einfach unglaublich!«, Frank Trenkler schüttelte fassungslos den Kopf, kratzte sich am Kinn und wechselte erneut die Sitzposition. Draußen begann es stärker zu regnen.

»Das kannst du laut sagen«, meinte Jessica, als sie aufstand, »wir hatten mit vielem gerechnet, aber das ist echt krass.« Sie schloss die Balkontür und kehrte zum Esstisch zurück.

Andreas zeigte ihm weitere Einträge: *Der Holländer verlangt, dass wir den Namen Stathis aus unserem Gedächtnis streichen, ihn nicht mehr aussprechen – Stathis ist Spyros, ob das klar wäre ... Die Familie soll alle in dem Glauben lassen, Stathis sei verunglückt, so wie es unsere Polizisten bereits verkündet hatten ... Mit Nicole vereinbarte er gestern Abend, dass sie eine Zeit lang zum Schein bei Moro-Mou wohnt und sich aus allem raushält. Wenn ich es richtig verstanden habe, soll sie 70.000 Euro dafür erhalten. Dafür muss Vater mindestens vier Jahre arbeiten ... Als Erstes will der Holländer mit Moro-Mou nach Belgien fahren, das hatte er sich heute Nacht überlegt. Dort kennt er einen Arzt, der meinem Schatz eine Schnittwunde am Mund verpassen wird. Wie bei Spyros soll sie dann mit drei Stichen genäht werden, damit die Narben gleich aussehen. Ich rang um Selbstbeherrschung, als ich das hörte!*

Andreas aß den letzten Rest vom Ei, trank einen Schluck Kaffee und blätterte die Seite um. Jessica griff zum Tagebuch, sie wollte ihren Freund beim Vorlesen ablösen. Mit dem Finger fuhr sie vorsichtig über den handgeschriebenen Text: *Ich will das nicht mit der Wunde! Es ist zum Haareraufen, was Patera sagt: Narben zieren den Herrn! Er meint das allen Ernstes, ich könnte kotzen ... In Deutschland gibt es bestimmt Möglichkeiten, solche Narben zu entfernen. Sie können doch sonst alles! Warum sagt der Holländer den Leuten nicht,* Spyros *habe im Urlaub eine kosmetische Operation machen lassen? Er war doch überall bekannt für seine Eitelkeiten.*

»Wer ist Patera?«, wollte Frank Trenkler wissen.

Jess zuckte mit den Schultern. Andreas war der Name einige Male im Tagebuch begegnet: »Das ist der Vater von Maria, Spyros, Stathis und Angelos. Dem Aussehen nach ist er Mitte 50. Ich bin mir sicher, ihn gesehen zu haben, als ich in Pélekas vor seinem Haus stand.«

»Hey, kommt mal her«, rief Kriminalhauptkommissar Bernd Hertel, gleichzeitig legte er den Metalldetektor auf dem Rasen ab. »Schnell, kommt schon, da ist ein Messer im Gebüsch!«

»Was?« Thea Oleknavicius sah ihren Kollegen Freddy Kleinelsen ungläubig an. Die soeben hinter Aktenordnern gefundene Pistole ließ sie in eine Plastiktüte verschwinden. »Sag' bloß, das billige Teil taugt doch etwas? Du lässt ihn nicht aus den Augen!« Beide eilten nach draußen. Sarah Böll ließen sie im Haus mit Arie van Meegen zurück.

»Da«, Hertel zeigte stolz auf ein langes Küchenmesser. »Ich sagte ja, dass ich in meinem Garten eine 20 Meter lange Stromleitung damit verfolgen konnte. Stellt euch bloß vor, wenn ich mit dem Kleinbagger darauf gestoßen wäre. Was meint ihr, was da los gewesen wäre? Ich habe nämlich demnächst vor ...«

»Schon gut«, würgte Thea ihn ab.

»Wie gut, dass ich den Detektor im Kofferraum hatte, reiner Zufall war das, weil ...«

»Da gebe ich dir recht«, meinte seine Chefin schon leicht genervt, streifte sich Handschuhe über und griff mit zwei Fingern nach dem Messer. Sie drehte es zwei Mal, hielt es ins Licht und danach ihren Kollegen vor die Augen: »Das sind hier doch Blutspuren, hundertprozentig! Festnehmen, macht schon!«

Kriminalkommissarin Böll war auf den Schlag nicht gefasst gewesen, aber sie hatte sich rasch davon erholt. Trotzdem reichten van Meegen die gewonnenen Sekunden, um zu entkommen. Dass der ein Haus weiter abgestellte Volvo XC90 zu ihm gehörte, hatte keiner der Beamten ahnen können.

Freddy Kleinelsen kehrte atemlos von der Straße zurück: »Zu spät, den kriegen wir nicht mehr.«

»So eine verdammte Scheiße«, schrie Thea Oleknavicius, giftig schaute sie zu Sarah Böll.

»Ich habe immerhin das Kennzeichen.« Kleinelsen war dabei, es im Stehen auf einen Zettel zu notieren.

»Wie geht's dir?«, fragte er Sarah anschließend. Freddy legte mitfühlend seine Hand auf ihre Schulter. Sie hatten alle gepennt – es war nicht richtig, nur ihr die Schuld zu geben.

»Geht schon, danke!« Sie schüttelte sich kurz. Wenig später folgte Freddy Theas Anweisungen und nannte seinem Kollegen im Bonner Polizeipräsidium alle erforderlichen Angaben, um die Personenfahndung nach Arie van Meegen einzuleiten. Danach sollte Carsten Schnitzler die Spurensicherung schleunigst nach Erftstadt-Lechenich in die Kilianstraße bestellen.

45.

»Fuck, fuck, fuck!«, van Meegens Flüche nahmen kein Ende. So hatte er sich die erste Spritztour mit dem neuen Auto, das man ihm am frühen Morgen gebracht hatte, nicht vorgestellt. Er wusste genau: Aus dieser Nummer kam er nicht raus. Die möglichen Spuren im BMW hätte er vielleicht noch Wim unterjubeln können, der mit dem Auto und seinem darin vergessenen Handy noch immer irgendwo in Holland unterwegs war. Wenigstens brauchte ihn der blöde BMW nicht mehr zu jucken – scheißegal, dass der Volvo-Fritze ihn bis Dienstag haben musste oder sonst 12.000 Euro Nachzahlung fällig wurden.

»Verdomme«, die Flucht war jetzt aber ein klares Eingeständnis seiner Schuld. Sie würden ihn jagen und bald finden. Wenn der Bulle das Kennzeichen hatte erkennen können, bliebe ihm kaum Zeit – doch auch so war der Volvo auffällig genug. In der reflexartig mitgenommenen Jacke hatte er wenigstens die Brieftasche, darin befanden sich ein paar Tausend Euro. Damit könnte er es bis Mexiko schaffen – Johan aus Rotterdam war ihm sowieso noch einen Gefallen schuldig. Arie müsste nur erst einmal eine Weile irgendwo untertauchen, um Zeit zum Nachdenken zu gewinnen. Mit etwas Geschick ließ sich der Scheiß-Volvo zu Geld machen; für einen Neuanfang auf einem fremden Kontinent sollte die Knete dann reichen. Er ärgerte sich, dass er seine *Rolex Sky-Dweller* bei Lea vergessen hatte. Das war ihm nun schon zum dritten Mal passiert. Die Uhr könnte er selbst in Mexiko noch für 5.000 Euro an den Mann bringen, auch wenn sie das Vierfache wert war.

In Weilerswist verließ Arie van Meegen die Autobahn und steuerte sofort den nicht asphaltierten Pendlerparkplatz an. Den XC90 parkte er so, dass er weder von der Autobahn noch von deren Abfahrt aus gesehen werden konnte. Van Meegen lief an den wenigen abgestellten Autos vorbei. Man merkte deutlich, dass Samstag war.

Bei jedem Fahrzeug ging er in die Hocke, um die Rahmen der Nummernschilder zu prüfen. Bereits der dritte ließ sich problemlos öffnen – Sekunden später hielt Arie ein Euskirchener Kennzeichen in der Hand. Das gleiche Spiel wiederholte er am Heck des Fahrzeugs. Nach nicht einmal fünf Minuten kehrte er zu seinem Auto zurück und tauschte am Volvo die Kfz-Schilder; die ursprünglichen warf er in den Kofferraum. Van Meegen blickte so lange ratlos in die Gegend, bis er einen pompösen weggeworfenen Getränkebecher sah. Das war genau das, wonach er suchte. Er befüllte das pappige Gefäß mit einer Mischung aus Regenwasser und Erde aus einer der zahlreichen tiefen Pfützen. Die ersten Ladungen bekamen die Nummernschilder ab, danach war der Rest des Autos dran, das nach dem Antrocknen der schmutzigen Brühe nicht mehr wie ein frischpolierter Wagen glänzen würde. Zufrieden und etwas außer Puste setzte sich van Meegen in den Wagen. Er tastete nach der Brieftasche, die zu seiner Beruhigung tatsächlich in der Jacke steckte.

Zu seiner Verwunderung fühlte er in einer anderen Tasche noch etwas: Es war der von Wim zurückgelassene Schlüssel der Münstereifeler Wohnung in der Kölner Straße; den hatte er total vergessen gehabt. Bingo, das war die Lösung! In diesem Drecksloch konnte er fürs Erste untertauchen, das war schon Strafe genug für das, was er getan hatte. Diesen schrulligen Vogel, diesen Gerd Hühnerbein, würde er direkt unter Druck setzen, damit er seine Garage bekam. Darüber durfte es gar keine Diskussion geben! Hühnerbein musste ihm auch einen Computer beschaffen, für Geld tat der sicherlich alles. Arie van Meegen verwarf beim Weiterfahren den Gedanken, hier in Weilerswist ein letztes Mal an den Geldautomaten zu gehen. Würde er das machen, wäre der Kripo sofort klar, mit welchem Kennzeichen sein Auto jetzt ausgestattet war. Den Gefallen tat er ihnen nicht! So konnte sie auf dem Parkplatz jeder gestohlen haben, da blieb den Bullen nur die Spekulation, dass er dahintersteckte. Sprit brauchte er auch demnächst. Es war nicht zu fassen: 46.000 Euro hatte er für den Vorführwagen überwiesen, und den Tank hatten die Idioten nur zu einem Viertel gefüllt.

Frank Trenkler hatte genug vorgelesen bekommen; am liebsten würde er diesen van Meegen auf der Stelle verklagen. Doch nach allem, was er sonst noch von Andreas gehört hatte, würde er den Spielerberater sowieso nicht mehr zu Gesicht bekommen, weil der in noch viel schlimmere Verbrechen verwickelt war. Kaum zu glauben, dass er Geschäfte mit einem mutmaßlichen Mörder gemacht hatte. Nun musste sich Frank schnellstens um Schadensbegrenzung bemühen, auch um den eigenen Kopf zu retten – am besten traf er sich sofort mit Stathis Lidakis.

»Wir müssen uns sehen, ich weiß Bescheid.« Trenkler versuchte, am Telefon möglichst ruhig zu klingen.

Die Mitteilung traf Stathis unvorbereitet: »Was heißt das?«

»Stichwort: Zwillingsbruder! Reicht das, oder muss ich einen anderen Ton anschlagen?«

»Was ist mit van Meegen?«, fragte sein Spieler kleinlaut.

»Den brauchst du nicht mehr«, antwortete der Manager, »der hat uns genug Trouble bereitet.«

»Stimmt das, was die Frau im Radio sagte: Er wird von der Polizei gesucht?«

»Wenn sie es sagt, wird es stimmen. Nur damit das klar ist: Du redest mit keinem darüber! Ab sofort erteilen dir die Blue Stars striktes Interview-Verbot, verstanden? Das ist eine Anordnung!«

»Eine Anordnung?« Der Kopf des jungen Griechen pochte.

»Du weißt doch, was ein Befehl ist! Keine Interviews, egal, wer es ist, Punkt.«

Jessica und Andreas sahen sich an – wie schlagartig anders Trenkler auf einmal sein konnte. »Bist du zu Hause?«, wollte er von seinem Schützling wissen.

Lidakis antwortete mit einem leisen Schluchzen.

»Was ist, Stathis?«, fragte der Manager.

»Wird uns nun alles abgenommen? Komme ich ... Muss ich ins ... Prison?« Im Hintergrund schrie Irini auf, als sie das Wort vernahm.

»Beruhigt euch, das wollen wir alle nicht! Vertraut mir, wir finden einen Weg! Aber sprecht bitte, ich wiederhole mich, mit keinem darüber. Wir dürfen jetzt keinen Fehler machen – Stathis, hörst du? No mistakes! In einer halben Stunde bin ich bei euch«, Frank drückte das Gespräch weg.

»Puh«, mit der flachen Hand fuhr er einige Male unsicher über den glatten Esstisch, hielt kurz inne, bevor er sagte: »Um Diskretion möchte ich euch auch bitten. Dein Geld bekommst du selbstverständlich Anfang der Woche!«

Andreas nickte nachdenklich. »Von uns erfährt niemand etwas«, versicherte Jessica ihrem ehemaligen Studienkollegen. »Du kannst dich drauf verlassen!« Keiner am Tisch ahnte, dass sich der Mann, der das alles eingefädelt hatte, seit einer Viertelstunde in Bad Münstereifel aufhielt.

Es überraschte Arie van Meegen nur kurz, dass Hühnerbein für den originalverpackten Laptop nichts verlangte. Wenig später dämmerte ihm, woher das Teil stammte – natürlich von seinem Cousin Wim, dazu musste man nun wirklich kein Hellseher sein. Wat een klootzak!

Mit einer Garage konnte der Vermieter dagegen nicht dienen, da konnte er überlegen, wie er wollte. Ein Bekannter aus Kreuzweingarten fiel ihm allerdings ein, der noch eine Autoabdeckung im Keller haben müsste. Der Spielervermittler gab ihm 100 Euro, damit er schleunigst diese oder eine andere gute Abdeckplane herbeischuf. Angeblich sorgte er sich bloß um sein Auto, damit es auf der Straße nicht noch mehr versaut würde. In dieser Hinsicht, meinte van Meegen mit einem Zwinkern, sei er extrem pingelig, fast schon krankhaft sei das bei ihm. Gerd Hühnerbein konnte das verstehen. Er entschuldigte sich ein zweites Mal dafür, dass ihm der Name seines Gegenübers nicht einfallen wollte. Der Holländer winkte verständnisvoll ab und nannte ihm einen anderen: Johan van de Kerkhof. Mit felsenfester Überzeugung behauptete der Münstereifeler Vermieter, dass ihm dieser Name quasi auf der Zunge gelegen hätte – man bräuchte ja nur an einen Kirchhof zu denken.

»Friedhof«, korrigierte ihn van Meegen, lächelte trotz seiner Lage freundlich und hielt ihm in Pistolenform den rechten Zeigefinger auf die Brust. »An einen Friedhof musst du denken.«

Hühnerbein schaute auf den Finger hinunter. Nach einigen Sekunden zwang er sich zu einem gequälten Grinsen.

46.

Die Anspannung war für Frank Trenkler bereits an der Wohnungstür spürbar. Mit einer Mischung aus Ungeduld, Angst und Hoffnung wurde der BSB-Manager von Irini und Stathis empfangen. Die Wartezeit hatte sich der Bonner Profi mit Aufräumen und Staubsaugen vertrieben, während seine schwangere Lebensgefährtin in der Küche damit beschäftigt war, eine Platte mit griechischen Vorspeisen vorzubereiten. Auf dem Küchentisch wartete ein zusätzlicher Teller nur darauf, in Kürze für einige Minuten in den vorgeheizten Backofen geschoben zu werden.

Zur Verwunderung des jungen Paares begann der Manager das Gespräch in der Diele mit der positiven Bemerkung, dass Stathis im Rahmen seiner Fähigkeiten für den Verein durchaus Großartiges geleistet habe. Auch wenn er als Millioneneinkauf – Trenkler lächelte bei dem Wort – eine vergleichsweise bescheidene Hinrunde gespielt hatte, wäre im Verein keiner auf die Idee gekommen, auf dem Platz einen Spieler zu sehen, der aus einer Amateurmannschaft kam. Der sich noch dazu auf einer ungewohnten Position behaupten musste. Dass Stathis vor einigen Jahren zu Kurzeinsätzen im Profiteam des AO Kérkyra gekommen war, sei ihm inzwischen bekannt. Auch, dass ihm dabei ein Treffer gelungen war. Dennoch sei seine Leistung bei den Blue Stars bemerkenswert, besonders in den letzten Spielen auf der vertrauten Position. Gestern Abend sei das ebenfalls so gewesen, von zwei krassen Fehlpässen in der Anfangsphase einmal abgesehen.

Beim Essen erkundigte sich Irini bei Trenkler, wie der Klub

denn die Wahrheit erfahren habe. Arie van Meegen hätte immer behauptet, dass nichts passieren könne, solange Moro-Mou sich Mühe gab und ansonsten den Spielerberater machen ließe.

Der Manager kaute in Ruhe zu Ende. Er lobte die Spinatrolle und besonders den Zucchini-Käse-Spieß. Danach erzählte er ihnen nicht die komplette Geschichte, sondern stellte es so dar, dass ein Detektiv aus Bad Münstereifel zu ihm Kontakt aufgenommen und brisante Informationen angeboten hätte. Dieser Mann, Andreas Mücke sein Name, wäre unter anderem in Pélekas und Kérkyra gewesen – außerdem ist er ein Schüler von Helena Siakavara, das sei allerdings purer Zufall. Der Detektiv wäre ebenfalls zufällig in den Besitz von Irinis Tagebuch gelangt, das bei Frau Siakavara gelegen hatte. Trenkler wolle es ihr hiermit zurückgeben. Er streckte sich leicht zum Nachbarstuhl und zog das Teil aus der Seitentasche seiner dort abgelegten Jacke heraus. Auf den fragenden Blick der jungen Griechin schüttelte der Bundesliga-Manager den Kopf. Nein, mit dem Verschwinden der Frau hatte Andreas Mücke nichts zu tun. Im Gegenteil, gerade er hatte dafür gesorgt, dass die Polizei informiert und ihr Tagebuch in Sicherheit gebracht wurde. Das beruhigte Irini, hingegen missfiel ihr die Vorstellung, dass ein Wildfremder in dem Büchlein, das all ihre Geheimnisse enthielt, geblättert hatte. Sie spekulierte darauf, dass die griechischen Sprachkenntnisse von Herrn Mücke noch katastrophal waren, da es sich um einen Anfänger handelte.

Obwohl er alles andere als hungrig war, schaute Trenkler interessiert auf die großzügig servierten Speisen. Stathis reichte ihm die Schale mit Oktopus in Olivenöl: »Dann haben wir es also diesem Moskito zu verdanken, dass die Sache aufgeflogen ist?«

Frank Trenkler unterdrückte eine passende Bemerkung zu ihm und seinem Berater, stattdessen fuhr er versöhnlich fort: »Lange wäre euer Versteckspiel sowieso nicht gut gegangen! Sei froh, dass Mücke und kein anderer dahinter gestiegen ist! Mit etwas Glück lässt sich die Angelegenheit intern regeln.«

Es entstand eine kleine Pause, schließlich fragte Lidakis: »Sie wollen mich also nicht verklagen?« Er schob sich die Gabel mit paniertem Schafskäse in den Mund, langsam begann es ihm zu schmecken.

»Wollen vielleicht schon«, räumte der Manager ein, »aber das bringt uns nichts, überhaupt nichts. Der Verein würde sich bis auf die Knochen blamieren, alle würden über uns herziehen und uns zum Gespött machen.«

So etwas Dreistes hatte Andreas Mücke selten erlebt: Da war er kurz weg, um Julian bei seinen Eltern im benachbarten Arloff abzuholen, schon hatte sich ein Auto auf seinen Stellplatz gestellt.

»Darf man das?«, fragte sein Sohn, nachdem Mücke den fremden Wagen zugeparkt hatte.

»Das darf ich, das ist nämlich mein Parkplatz – jeden Monat bezahle ich 60 Euro dafür. Der Autofahrer kann sich auf eine Strafpredigt gefasst machen, wenn er wegfahren will.«

Missmutiger und beleidigter als sein Vater stapfte Julian die Treppe zur ersten Etage hinauf. Wie zuletzt fast ständig trug er das Lidakis-Trikot der Blue Stars Bonn. Der vollbepackte Rucksack schlug im Rhythmus seiner Schritte gegen jede Stufe. Gerade als Andreas ihn darauf aufmerksam machen wollte, hievte Julian ihn sich über die Schulter. Oben angekommen drehte er sich um: »Machst du mir ein Brot mit *Nutella*?«

»Noch eins?«

»Manno! Die Oma sollte das nicht verraten!«

»Das hat sie auch nicht«, seufzte Mücke beim Aufschließen. »Doch ich weiß ja, wie das bei euch abläuft.«

»Gar nicht – gucken wir heute Fußball?« Julian wechselte das Thema.

»Klar, aber die Blue Stars haben gestern Abend schon gespielt.«

»Gewonnen?«

»Nicht ganz, sie haben 2:2 gegen Eintracht Frankfurt gespielt.«

»Das ist gut – Frankfurt ist besser als Bayern. Wer hat die Tore geschossen?«

Der Vater dachte nach: »Eins hat Wagner gemacht, den anderen Torschützen weiß ich nicht mehr.«

»Bestimmt Lidakis, glaube ich.« Das war Julians Wunschdenken, Andreas sagte nichts dazu. Er wusch sich die Hände und begab sich in die Küche. Verdammt, das mitgebrachte Olivenöl für seine Mutter hatte er vorhin vergessen. Am besten legte er die Tüte schon morgen ins Auto, sonst würden die Dosen in drei Monaten noch hier herumstehen.

»Möchtest du lieber Brot oder ein Brötchen? Wir haben vom Frühstück noch welche übrig.« Der Vater wiederholte die Frage.

Julian hatte sie auch beim zweiten Mal nicht gehört – kein Wunder, denn in der Wohnung unter ihm wurde lautstark gestritten. Mücke griff zu einem Körnerbrötchen. Kaum hatte er es geteilt, wurde bei der Siemensmeyer heftig die Wohnungstür zugeknallt. Sekunden später fiel die Haustür krachend ins Schloss. Wie oft hatte er das hier schon erlebt? Hatte seine Vermieterin bereits einen Neuen? Dem würde gewiss auch der fremde Wagen auf seinem Stellplatz gehören. Soweit Andreas sich erinnerte, fuhr ihr Freund Arie van Meegen nämlich einen hellen BMW. Für die Beschaffung des Tagebuchs würde er sich heute nicht bedanken, das verschob er besser auf einen anderen Tag. Neugierig ging er zum Küchenfenster. Er sah, wie unten jemand in den Volvo stieg, die Fahrertür zuschlug und sofort zu hupen begann. Nun wurde es spannend – Mücke öffnete das Fenster.

Unten wurde die Seitenscheibe hinuntergelassen. Ein Kopf kam zum Vorschein, den Blick nach oben gerichtet: »Würden Sie bitte Ihr Auto wegsetzen, damit ich wegfahren kann?«

Am Akzent erkannte Andreas, dass es ein Holländer war. Van Meegen? Könnte sein, höchstwahrscheinlich sogar, aber sicher war er sich nicht: »Sie stehen auf meinem Parkplatz!«

»Entschuldigung, Mijnheer, das wusste ich nicht!«

»Okay, kann passieren, ich komme!« Er schloss das Fenster und überlegte, was er machen sollte.

Lea Siemensmeyer ging nicht ans Telefon, von ihr erhoffte sich Andreas eine klare Auskunft über den Namen des Besuchers. Da er nicht länger warten konnte, wählte er die Nummer der Polizei, schilderte seinen Verdacht und nannte die Adresse. Anschließend informierte er Thea Oleknavicius, die sich im Haus des Spielerberaters befand und sich unverzüglich auf den Weg von Erftstadt nach Bad Münstereifel machen wollte. Thea bestätigte außerdem, dass van Meegen mit einem dunklen Volvo unterwegs war. Spätestens jetzt war klar, mit wem er es da unten zu tun hatte. Am besten verriegelte er von innen, tat nichts und wartete ab. Die sonst nie benutzte Sicherheitskette hängte er zusätzlich ein. Der rasche Blick ins Kinderzimmer erleichterte Mücke: Julian beschäftigte sich intensiv mit dem Umbau eines *LEGO*-Fahrzeugs der Straßenreinigung – er würde vom bevorstehenden Streit hoffentlich nichts mitbekommen. Später würde er ihm dann endlich die Sachen der Blue Stars geben, die die Mitarbeiterin für Julian vor seiner Reise zusammengestellt hatte.

Vorsichtig näherte sich Mücke wieder dem Fenster. Sein Herz stockte, als er Jessica mit einem Einkaufskorb kommen sah. Sie sollte bloß weitergehen oder umkehren! Um sie zu warnen, drückte er hastig ihre Nummer. Jess zog ihr Smartphone umständlich aus der Jackentasche. »Mach schon«, sagte Andy mehr zu sich selbst. »Mensch, Jessica! Komm, mach schon!« Endlich schaute sie aufs Display, lächelte, schüttelte den Kopf und steckte das Handy zurück in die Tasche. Danach machte sie das Schlimmste, was sie in dieser Situation machen konnte: Sie winkte nach oben! Mücke gab aufgeregte Handzeichen, dass sie sich vom Haus entfernen solle. Das hatte auch der aussteigende und sich nach Jess umdrehende van Meegen mitbekommen. Es durfte nicht wahr sein, jetzt blieb sie noch verwundert stehen. Sie stellte den Korb ab, zuckte mit den Schultern – wahrscheinlich fragte sie sich, was der Blödsinn solle – sonst kapierte sie immer so schnell! Mücke schnappte sich den Autoschlüssel, entriegelte die Wohnungstür und rannte auf Socken nach unten.

47.

Nach zwei Stunden hatte Frank Trenkler die Lösung für sich und den Spieler gefunden, es bedurfte nur noch einer genauen Absprache mit seinem alten Kumpel Wolfgang Kleinherne in Triberg, einem angesehenen Oberarzt einer psychiatrischen Privatklinik. Ansonsten war die Sache für den Manager sonnenklar: Trotz der Verletztenmisere und des weiterhin desolaten Tabellenplatzes musste Stathis Lidakis so flott und leise wie möglich aus der Öffentlichkeit verschwinden, und zwar dauerhaft! Daran führte kein Weg vorbei, denn nur so bestand die Chance, den drohenden Skandal zu vertuschen. Frank hoffte, dass ihm dabei kein Journalist oder die Polizei in die Suppe spuckte. Ob dieser unsympathische Paul-Eduard Sawatzki damals an der Sache richtig dran gewesen war, wusste er nicht genau, aber er ahnte es. Seine Ermordung erschien plötzlich in einem ganz anderen Licht. Trenkler fragte sich, ob er für Sawatzkis Tod mitverantwortlich sei. Eine Woche vor der Tat hatte er Arie van Meegen zufällig bei einer Weihnachtsfeier des Westdeutschen Fußballverbandes getroffen. Zu später Stunde waren ihm einige Anspielungen Sawatzkis über den griechischen Stürmer rausgerutscht, die ihm damals so haltlos erschienen. Komischerweise interessierte sich der Spielerberater für die kleinsten Details dieser absurden Unterstellungen, wie er selbst sagte.

Stathis wusste nichts von der Sache, ihm war der Name des Journalisten völlig unbekannt. Er konnte sich auch nicht vorstellen, dass sein Berater etwas mit Nicoles Unfalltod zu tun hatte. Aber was wusste er schon? Dass van Meegen nun, wie es hieß, unter dem Verdacht stand, Helena Siakavara ermordet zu haben, machte ihn sehr nachdenklich. Wie es aussah, hatten Spyros und er dem Falschen vertraut. Er fühlte Wut in sich aufsteigen. Und eine große Trauer: Vor einer halben Stunde war in einer Sondermeldung berichtet worden, dass die Ermittler in van Meegens Garten die Leiche einer seit Tagen vermissten Frau gefunden hatten. Irini und er kämpften mit den Tränen.

Als der BSB-Manager nach einem zehnminütigen Telefonat mit Wolfgang Kleinherne von Lidakis' Dachterrasse kam, war es an der Zeit, den Vorschlag Stathis und seiner Freundin vorzustellen. Nüchtern betrachtet hatten sie ohnehin keine Alternative, um unbeschadet aus der Sache herauszukommen. Trenkler betonte, dass sie ab jetzt ganz eng zusammenhalten und alles miteinander absprechen müssten. Händchenhaltend, gespannt und ein bisschen verängstigt verfolgten Irini und Stathis den bislang grob ausgetüftelten Plan, der vorsah, dass Trenkler am Montagmittag mit Lidakis zu einem befreundeten Oberarzt für Psychiatrie und Psychotherapie in den Schwarzwald fuhr. Seine Lebensgefährtin könnte natürlich gerne mitkommen, was er begrüßen würde. Dort in der Klinik würde entschieden, mit welcher Begründung der Spieler bis auf Weiteres krankgeschrieben und vor der Öffentlichkeit geschützt wird.

»Wie – krank?«, fragte Stathis, als hätte er nicht zugehört. Gedanklich war er noch bei Helena, seiner deutschen Mama, wie er sagte. Irini legte ihre Hand auf seinen Oberschenkel.

»Wir ziehen dich als Fußballprofi aus dem Verkehr, daran ist nicht zu rütteln – der Doc wird uns sagen, wie wir das am geschicktesten anstellen. Ob wir das mit Depressionen, einem

Burn-out-Syndrom oder etwas anderem begründen. Angesichts der aktuellen Tragödie um deine Deutschlehrerin ist das leider noch nicht einmal weit hergeholt. Selbstverständlich auch, wenn ich an Nicole Baumann denke.«

Stathis schluckte, doch er war klug genug, einzusehen, dass es anders nicht ging. Vielleicht war es sogar gut, einen Schlussstrich zu ziehen und alles hinter sich zu lassen – es gab in den vergangenen neun Monaten schlimme Erfahrungen, aber auch fantastische Erlebnisse. Bislang hatte er in Deutschland megagut verdient – das Geld reichte, sofern er es denn behalten durfte, um mit Irini auf Korfu ein sorgenfreies Leben bis ans Ende ihrer Tage zu führen. Mit seiner Schwester könnte er das Taxiunternehmen gründen – ganz so, wie Spyros es geplant und ihnen versprochen hatte.

»Was schlagen Sie vor? Was soll aus mir werden?«

Auf diese Fragen hatte Frank gewartet: »Den Vertrag lassen wir bis zum Saisonende laufen, eventuell ändern wir den Vornamen noch in Spyros-Stathis um. Danach schauen wir, wie wir deine Profi-Karriere beenden. Ich könnte mir vorstellen, dass die Blue Stars dir eine andere Aufgabe anbieten, beispielsweise als Jugendtrainer oder als Scout für Südeuropa.«

Damit hatte Stathis nun wirklich nicht gerechnet. »Das hört sich gut an!« Er grinste zu Irini hinüber, die Erleichterung war beiden anzusehen.

Trenkler setzte das Wasserglas einen Tick zu laut ab: »All diese Pläne«, sagte er zögernd, »gelten nur für den Fall, dass der ganze Schwindel nicht auffliegt.« Für jeden Journalisten – der Manager wurde ernst – wäre der Transfer-Betrug ein gefundenes Fressen. Stathis und Irini sollten sich absolut unauffällig verhalten. Deshalb wäre der vorübergehende Klinikaufenthalt im Augenblick alternativlos. Mit eindringlichen Worten wiederholte Trenkler das Gesagte noch einmal, um versöhnlich zu enden: »Es ist uns nicht daran gelegen, ein junges Glück zu zerstören! Ihr wollt auch heiraten, habe ich gehört?«

»Ja, im Juni«, beide strahlten, als das Wort fiel.

»Herzlichen Glückwunsch, aber feiert das nicht im großen Stil!«

»Das hatten wir sowieso nicht vor«, meinte Stathis, der anschließend Irinis Ergänzung übersetzte: »Wir werden, sagt sie, nur ein kleines Fest im Kreis unserer Familien machen – mein Vater will alles organisieren und bezahlen, er hat lange dafür gespart. Also Irinis Vater ist gemeint«, präzisierte Stathis.

»Das ist gut«, murmelte Trenkler, »sehr gut ist das.« Die größte Sorge bereitete ihm noch der holländische Spielerberater. Der war eine unberechenbare Größe in ihrem wackligen Spiel. Wenn sie van Meegen schnappten, war damit zu rechnen, dass er auspackte. Ausgerechnet derjenige, der ihm alles eingebrockt hatte, war nun auch in der Lage, die Lösung zu vermasseln.

Schon doof, dachte Trenkler, dass sein Schicksal von einem Mörder abhing. Natürlich war er selbst alles andere als ein braves Lamm, doch eigentlich war er mit sich im Reinen. Das konnte van Meegen wohl kaum von sich behaupten. Seine Gedanken wurden durch Irini und Stathis abgelenkt, die aufgeregt miteinander tuschelten und schließlich einvernehmlich nickten.

»Sie sind trotzdem eingeladen«, sagte Irini.

»Wozu?«

»Na, zur Hochzeit«, lachte sie.

»Das ist nice«, bedankte sich der Manager. »Schauen wir mal, was im Juni ist.«

»Wir würden uns sehr freuen«, meinte Stathis.

»Du kommst keinen Schritt näher«, Arie van Meegen schien zu allem entschlossen. Jessica hechelte, er hatte sie eng in den Schwitzkasten genommen. »Setz nun deine Scheißkarre weg!«

»Machen Sie keinen Unsinn!« Mücke versuchte, äußerlich ruhig zu bleiben. »Und lassen Sie die Frau in Ruhe.«

»Halt's Maul«, kam es giftig zurück. »Keinen Schritt näher, habe ich gesagt – setz die Karre weg!« Der Kerl trat wutentbrannt gegen den abgestellten Einkaufskorb, sodass die Kartoffeln, Äpfel und Tomaten Andreas vor die Füße rollten.

»Erst lassen Sie die Frau frei!« Jessicas Kopf hatte eine dunkelrote Farbe angenommen, ratlos und hilfesuchend schaute sie zu ihrem Freund.

Van Meegen drückte noch kräftiger zu: »Du stellst keine Forderungen, ist das klar?« Mit der Linken riss er die Beifahrertür auf, stieß Jess ins Auto, half mit dem Oberschenkel nach und packte mit festem Griff nach ihren Haaren. »Los, weg jetzt mit dem VW!« Er bewegte sich nicht von der Stelle: »Worauf wartest du noch?«, giftete der Holländer ungeduldig.

Andreas blieb keine Wahl. Arme Jessica, er könnte in den Boden versinken. Was war er nur für ein Arschloch? Früher oder später hätte die Polizei den doch sowieso geschnappt – aber Hauptsache, seine gelegentliche Law-and-Order-Mentalität hatte es einem Parksünder gezeigt! Mücke überlegte kurz – im Handschuhfach hatte er eine Pistole. Was war mit van Meegen – war er ebenfalls bewaffnet? Der misstrauische Blick des Spielerberaters war auf Andreas und jede seiner Bewegungen gerichtet – unter diesen Bedingungen durfte Andy nichts riskieren.

»Wird's bald?«, zischte er.

Mücke startete den Golf; im eingeschalteten Radio begann die Schlusskonferenz der Bundesliga. Er drehte den Ton weg und bewegte das Fahrzeug zurück. Sofort überlegte er es sich anders, um es wenige Meter nach vorn zu setzen. Danach ließe sich mit fünf, sechs großen Schritten die Beifahrertür des Volvos erreichen. Mücke sah darin seine einzige Chance. Rückwärts tastete sich van Meegen um seine Nobelkarosse, den VW ließ er keine Sekunde aus den Augen.

Schließlich stieg er ein. »Los jetzt!«, im gleichen Moment stürzte Andreas ohne Waffe aus seinem Wagen; stolperte, erfasste noch soeben den Griff und hatte das Glück, dass von innen nicht verriegelt war. Mit aller Kraft riss er Jessica aus dem Auto, beide kamen zu Fall. In der Aufregung drückte Andy ihren Kopf heftiger als nötig neben sich zu Boden, aber sonst hätte ihn die geöffnete Beifahrertür des Volvos beim Zurücksetzen eventuell noch schlimmer erwischt.

Innerhalb weniger Sekunden war von dem Auto nichts mehr zu sehen. Mit hoher Geschwindigkeit preschte Arie van Meegen über die verkehrsberuhigte Ashfordstraße davon. Auch wenn Jess erschöpft und schluchzend auf dem Boden lag, griff Mücke zum Handy und informierte die Polizei darüber, dass der dunkelblaue Volvo XC90 gerade über die Willy-Brandt-Straße entkam. Die Meldung wurde weitergeleitet – trotz einer unsicheren Antwort Mückes wurde auch ein Rettungswagen zu ihnen geschickt. Erst nachdem Andreas das Gespräch weggedrückt hatte, nahm er Lea Siemensmeyer wahr, die flatterig neben ihnen hockte, sich entschuldigte und Hilfe anbot. Auf dem Boden entdeckte sie das Teil, wegen dem van Meegen noch einmal zu ihr gekommen war: eine Armbanduhr mit blauem Ziffernblatt. Offenbar hatte er sie im Handgemenge mit Jessica verloren. Andreas nahm seine Freundin in den Arm. »Weit kommt der nicht«, flüsterte er, als ein Polizeiwagen nur eine Minute später an ihnen vorbeiraste.

48.

Trotz Beruhigungsmitteln hatte Jessica im Marienhospital eine unruhige Nacht verbracht – es war nicht anders zu erwarten gewesen, denn die grausamen Bilder des Nachmittags ließen sich nicht einfach wegspritzen. Andy war es zu Hause nicht anders ergangen, zumal er in den Nachrichten von Helenas Ermordung erfahren hatte. Die zwei Gläser Rotwein am späten Abend hatten nicht zu seiner Beruhigung beitragen können. Dann war es schon eher der Gedanke an den Flug nach Korfu, der Jessica, Julian und ihm höchstwahrscheinlich mit Beginn der Osterferien bevorstand.

Zum Glück war Anna gestern seiner Bitte gefolgt und nach Bad Münstereifel gekommen. Sie hatte sich rührend um Julian und sein Abendessen gekümmert, während Andreas die wichtigsten Utensilien aus seiner Wohnung zu Jessica ins Krankenhaus gebracht hatte. Später hatte seine Tochter versucht, im Netz etwas über van Meegens Flucht in Erfahrung zu bringen. Das war ihr ebenso misslungen wie Mückes krampfhafte Bemühungen, die Kommissarin Thea Oleknavicius telefonisch zu erreichen. Selbst am frühen Morgen hatte das Internet keine aktuellen Informationen zu bieten gehabt, es war zum Verrücktwerden.

Jetzt saß Andreas erneut an Jessicas Krankenbett. Für die großen Schürfwunden am Kinn und an der Stirn waren am Morgen die Kompressen erneuert worden. Bei optimalem Heilungsverlauf, hieß es, bestand keine Gefahr, dass Narben zurückblieben. Gemeinsam warteten beide auf die für 10 Uhr angekündigte Visite. Jess wollte vernünftig sein und es den

Ärzten überlassen, wie es die nächsten Tage weiterging, auch wenn sie der Meinung war, dass der Unterricht in der Schule sie am besten ablenke. Das Erlebte, seufzte sie, aus dem Kopf zu bekommen, würde sicherlich lange dauern. Das stimmte, Andreas kannte das aus eigener Erfahrung.

Das Ziel für die kommenden Tage sollte darin bestehen, nicht ständig daran zu denken oder daran, was alles hätte passieren können. Jessica war buchstäblich zur falschen Zeit am falschen Ort gewesen – zehn Minuten früher oder später, und es wäre nichts geschehen. Auch nicht, meinte sie, wenn sie seinen Anruf kurz vor der Haustür doch bloß angenommen hätte. Andreas hatte sich dagegen in der Nacht tausend Mal dafür verflucht, ihr am Fenster die verräterischen Zeichen gegeben zu haben. Hätte er das nicht gemacht, wäre Jess unbehelligt ins Haus gekommen.

Man musste damit leben, dass sie Fehler begangen hatten – dennoch war die Geschichte für sie vergleichsweise harmlos ausgegangen. Andy dachte an Helena, vermied es aber, ihren Tod zu erwähnen. Möglicherweise konnte ihm einer der Ärzte oder Pfleger sagen, ob Jess derartige Nachrichten zuzumuten waren. Andererseits würde sie es spätestens morgen sowieso aus der Zeitung erfahren. Seine Gedanken wurden durch Jessicas Bitte unterbrochen, ihr am Nachmittag den Laptop zu bringen – nur für den Fall, dass sie hierbliebe. Aus dem Nebenzimmer rief eine verwirrte Stimme im Minutentakt nach der Schwester. Jessicas Bettnachbarin meinte, dass das schon seit zwei Stunden so ginge.

Die angekündigte Visite kam pünktlich – Mücke wurde gebeten, das Zimmer zu verlassen. Er ging den Flur entlang und drückte die Taste des Aufzugs. Irgendwo gab es hier sicherlich einen Kiosk, vielleicht wusste die Sonntagszeitung etwas Neues zu den Ereignissen des gestrigen Tages.

»Sonntags öffnet er erst um 14 Uhr!« Andreas hatte das auch gerade gelesen; neugierig drehte er sich um und staunte nicht schlecht.

»Habe die Ehre«, sagte jemand, dessen weißes FC-Trikot den Bauchnabel nur ansatzweise bedeckte. Mücke erkannte Gero Stiweck auf den zweiten Blick: Es war der Mann, den Anna am Orchheimer Tor gefunden hatte und mit dem Andreas schon einmal heftig zusammengestoßen war.

»Hallo, Stiweck, heute so sportlich? Ich habe mitbekommen, dass sie dir vergangene Woche ordentlich eins übergebraten haben. Ich könnte wetten, dass dein holländischer Kumpel dahintersteckt.«

»Ach was«, winkte der Kleinganove ab, »außerdem ist Wim nicht mein Kumpel.« Er machte eine kleine Pause: »Wie man hört, ist deiner Freundin gestern Ähnliches passiert. Da hat sie richtig Dusel gehabt, dass sie nicht mit hopsgegangen ist!«

Mücke schluckte – was hatte der Typ gesagt? »Gero, weißt du was Genaues oder tust du nur so?«

»Mensch, Mücke, bleib cool und hör auf, meine Quellen zu unterschätzen!«

»Ich bin die Lockerheit in Person, schieß los!« Andreas konnte es kaum erwarten, mehr zu erfahren.

»Weißt du, das kostet – unsereins kriegt nichts geschenkt.« Stiweck schaute ihm unschuldig in die Augen, die umgedrehte Hand erwartungsvoll ausgestreckt.

»Ach, so ist das …«

»Komm, ich muss auch über die Runden kommen.«

»Hopsgegangen, heißt das, dieser Spielerberater ist tot?«

Gero blickte enttäuscht auf seine leere Handfläche. Mücke stöhnte, legte dann schweren Herzens einen Zwanziger hinein.

»Mausetot«, grinste Stiweck und ließ den Schein blitzschnell in die Tasche seiner braunen Cordhose verschwinden. »Ich sagte ja, die Braut deiner Wahl hat Schwein gehabt.«

»Klar, das sagtest du. Und wie ist das passiert?«

Wieder begegnete ihm die leere Handfläche.

»Für die zwanzig Euro hast du mir bisher verdammt wenig erzählt!«

»Äh, es kommt nicht auf die Masse, sondern auf die Information an. Brisanz und so!« Unrecht hatte Gero mit dieser mehr genuschelten als gesprochenen Bemerkung nicht, aber Mücke würde den Rest der Geschichte auch ohne ihn herausfinden. Er tippte sich zum Gruß gegen die Stirn und wünschte dem kleinen Gauner noch einen schönen Tag.

Nachdem Andreas einige Schritte gelaufen war, rief Stiweck ihm etwas hinterher, was erneut Jessica betraf.

Abrupt blieb Mücke stehen und drehte sich um: »Was? Ich habe kein Wort verstanden!«

»Sag deiner Freundin, sie soll es mit ihrem Eifer nicht übertreiben, sonst droht der nächste Ärger!«

Mücke war irritiert, die Bemerkung traf ihn vollkommen unerwartet: »Was soll das heißen?«

»Na ja, es gibt Leute in Euskirchen und Münstereifel, die sehen das gar nicht gerne!« Geros Anspielungen waren genauso rätselhaft wie sein billiges Stirntattoo.

»Komm zur Sache, Stiweck! Ich weiß nicht, wovon du redest.«

»Das mit dem kostenlosen Schwimmunterricht für die Asylanten, meine ich. Das sehen gewisse Leute nicht gern.«

»Was geht dich das an?«

»Ich rede ja nicht von mir – ich finde das ehrlich gesagt gar nicht so verkehrt. Obwohl, unsereins kann auch nicht schwimmen …«

»Aha!«, redete Andreas dazwischen. »Wem ist das denn ein Dorn im Auge?«

»Also, ganz gerecht finde ich das mit dem Unterricht nun auch nicht.«

»Namen! Ich will Namen!«

Gero Stiweck spielte den Ahnungslosen. Mit einem weiteren Schein wäre ihm auf die Sprünge zu helfen – wollte Andreas so was unterstützen? Er entschied sich dagegen.

»Weißt du …« Mücke spürte einen unwillkommenen Zorn in sich aufsteigen – er ordnete seine Gedanken und setzte noch einmal an: »Weißt du, was ich dir übel nehme? Du sprichst am Tag hundert Sachen an, um anschließend den Schwanz einzuziehen! Stiweck, ich glaube, du machst dich bloß wichtig.« Mit diesen Worten ließ er ihn stehen.

»Wirst schon sehen«, brummte Gero.

Der Oberarzt hatte Jessica empfohlen, bis Dienstag zur Beobachtung im Krankenhaus zu bleiben, da eine Gehirnerschütterung nicht ausgeschlossen werden könne. Wie angekündigt war sie dem ärztlichen Rat gefolgt, auch wenn sie dafür in der Schule die wichtige Probe des Theaterstücks *Der kleine Prinz* absagen musste, das drei Wochen nach den Osterferien von ihrer Theater AG in der Aula aufgeführt werden sollte. Die Zeit drängte, aber ein gesundheitliches Risiko wollte sie deshalb nicht eingehen. Es würde sich schon eine andere Lösung finden, es gab immer einen Ausweg.

Als Andreas Jessicas Wohnung betrat, schüttelte er den Kopf, dann fiel ihm ein, dass der Stromausfall am Freitagabend der Grund dafür war, dass in zwei Zimmern Licht brannte und das Radio leise vor sich hin dudelte. Der schwer beladene Wäscheständer im Bad war auch umgekippt. Andy packte weitere Wäsche, Obst und den Laptop ein, kontrollierte, ob jetzt alles ausgeschaltet war, schmiss den benutzten Kaffeefilter noch in den Eimer und fuhr zu seiner Wohnung.

Um kurz vor halb zwei saß er mit seinen Kindern am Esstisch und grüßte beide von Jess mit dem Hinweis, dass sie übermorgen wieder zu Hause sei, bevor es demnächst nach Korfu ginge. Mücke erkundigte sich bei den Kindern nach den Bundesliga-Ergebnissen des Samstags; gestern Abend hatte ihm nicht der Sinn danach gestanden. Die Abstiegskandidaten hatten wieder allesamt gepunktet, weshalb die Blue Stars unten nicht von der Stelle kamen. Zehn Spieltage vor dem Saisonende trennten sie immer noch sieben Punkte vom rettenden Ufer. Julian war dennoch felsenfest vom Klassenerhalt überzeugt – Frank Trenkler hätte an dem Jungen seine helle Freude gehabt. Gemeinsam mit Anna machte sich Julian dann auch über die herbeitelefonierten Dönertaschen und Fritten her, während ihr Vater mit einer einfachen Pizza kämpfte. Sein Appetit hielt sich in Grenzen, was weniger an der Qualität des Essens als an den aktuellen Geschehnissen lag. Er verspürte auch keine Lust, Anna auf die angeblich entwichenen Hühner und Gänse des Zigeuners anzusprechen. Grundsätzlich konnte er sie schon irgendwie verstehen, es ärgerte ihn nur, dass seine Tochter kein einziges Wörtchen über ihre Aktion verloren hatte, weder auf Korfu noch später.

Bevor Andreas wieder zu Jessica ins Krankenhaus fuhr,

gönnte er sich noch eine Ruhepause. Wider Erwarten war er auf dem Bett eingeschlafen, als es an der Tür klopfte. Anna steckte den Kopf ins Schlafzimmer und wedelte mit ihrem iPad: »Nun habe ich endlich was gefunden!«

»Super!«

»Soll ich vorlesen?«

»Ja, bitte!« Mücke legte beide Hände unter seinen Hinterkopf, die Augen hielt er in gespannter Erwartung geschlossen.

Anna knipste die Deckenbeleuchtung an, setzte sich auf den Hometrainer und scrollte den Artikel zurück: »Die Nachricht ist 38 Minuten alt.«

»Okay.«

»Früher hätte ich sie also gar nicht finden können«, entschuldigte sie sich.

»Ist schon klar!«

»Hübsche Socken hast du!«

»Hm.«

»Von *kik*?«

»Anna, spann mich nicht auf die Folter! Sonst sagst du immer, deine Mutter oder ich wären umständlich.«

»Seid ihr ja auch!«

»Anna!« Mücke war kurz davor, die Augen aufzureißen.

»Schon gut, also hier steht: Ein 310 PS starker Volvo XC90 lieferte sich am frühen Samstagabend eine wilde Verfolgungsjagd mit der Polizei durch Rheinland-Pfalz und NRW, die Geschwindigkeiten erreichten stellenweise mehr als 240 km/h. Am Steuer saß ein unter Mordverdacht stehender Mann (50), der im Umfeld des Profifußballs kein Unbekannter sein soll.«

»Das ist Arie van Meegen, definitiv«, unterbrach Mücke sichtlich zufrieden seine Tochter.

»Es waren Szenen wie aus einem Actionfilm«, fuhr Anna fort. »Ein Polizeihubschrauber und insgesamt 21 Streifenwagen waren nötig, die rigorose Flucht über beinahe 360 Kilometer in der Nähe des Mönchengladbacher Nordparks zu beenden. Nur durch Vollsperrungen der Autobahn und anderer Zufahrtswege konnte der Mann auf dem Parkplatz P 7 zum Halten gezwungen werden. Er sprang aus dem Auto und versuchte noch, über die A 61 zu entkommen. Dort wurde er von einem Pkw erfasst – er verstarb, bevor der angeforderte Rettungshubschrauber ihn ins Krankenhaus fliegen konnte. Zuvor war der Mann mit holländischem Pass aus Bad Münstereifel kommend über die Autobahn 1 und A 61 Richtung Koblenz geflüchtet. Bei Mendig verließ er die Autobahn und raste über zahlreiche Dörfer der Polizei davon. Vorübergehend verlor sie in der Dunkelheit seine Spur – nach Aussagen von Einheimischen muss er in Mayen getankt und sogar bezahlt haben. In Ulmen stieß er eine halbe Stunde später mit zwei Einsatzwagen und kurz darauf mit einem weiteren Pkw zusammen, die der hochmotorisierte Volvo beschädigte. Über die A 48 flüchtete er anschließend nach Bassenheim, um dort wieder auf die A 61 zu fahren, diesmal in umgekehrter Richtung. An der Abfahrt Türnich setzten die Einsatzkräfte einen sogenannten Stopstick ein, der Autos stoppen soll, indem er die Reifen durchlöchert.«

»Warum denn erst in Türnich?«, fragte Mücke. »Das hätten die viel früher machen sollen!«

»Papa«, seufzte Anna verständnislos, »ich lese vor, was hier steht. Ich muss das nicht kommentieren oder rechtfertigen.«

Sie hatte natürlich recht. »Sorry, mach weiter!«

»Der Volvo konnte dem Stopstick ausweichen und lieferte

sich dafür einen wilden Tanz mit der Leitplanke, erst nach 120 Metern hatte der Fahrer sein Fahrzeug wieder unter Kontrolle. Zwei Polizeibeamte konnten sich bei dieser Aktion nur durch einen beherzten Hechtsprung über die Leitplanke retten. Wie ein Polizeisprecher zu verstehen gab, sei diese irre Jagd kein Vergnügen gewesen. Man sei geschockt, aber gleichzeitig erleichtert, dass kein Unbeteiligter verletzt worden ist. Man wisse nicht, wie die Sache eineinhalb Stunden früher ausgegangen wäre, als der Abreiseverkehr nach dem Gladbacher Bundesligaspiel gegen Dortmund noch in vollem Gange war. Eventuell habe der Flüchtige bewusst den Umweg über Rheinland-Pfalz gewählt, um zu später Stunde über Mönchengladbach nach Holland zu entkommen.«

Efcharisto!

Auch wenn sich der Krimi hoffentlich schnell und gut lesen lässt, steckt doch eine Menge Arbeit darin. Nicht nur das Schreiben kostete Zeit und Energie, sondern auch die Recherche. Da war es schon sehr hilfreich, dass dem Autor kompetente Berater zur Seite standen.

Bedanken möchte ich mich bei Maria Tsoukis, die auf Korfu lebt und mir wirklich alle Fragen über die Insel und Griechenland beantwortet hat. Darüber hinaus gab sie mir viele wertvolle Tipps und Anregungen. Ohne sie hätte ich auch so manchen Bock geschossen, beispielsweise der Panagiota die Kurzform Pana (Windel!) verpasst. Maria Tsoukis hat im vergangenen Juli einen viel beachteten Insel-Wanderführer veröffentlicht. Ich bin übrigens durch eine *Wunderschön*-Folge über Korfu auf Maria aufmerksam geworden. Nach bislang drei Besuchen auf der Insel kann auch ich bestätigen, dass Korfu tatsächlich wunderschön ist!

Weiterhin danke ich dem Vorstandsvorsitzenden Prof. Dr. Dirk Mazurkiewicz und dem löwenstarken Bonner SC. Der Verein aus der Regionalliga West stand meinem Vorhaben von Anfang an positiv gegenüber, obwohl er einen Bonner Erstligisten vor die Nase gesetzt bekam. Dafür hat dann der DFB-Pokal wieder einmal seine eigenen Gesetze gehabt, nicht wahr ...?

Danke auch an Vanessa Hürten von der *Frischeküche* sowie an Reiner Calmund, denen ich einige Sätze in den Mund legen durfte.

Die holländischen Flüche und Ausdrücke verdanke ich mit korrekter Übersetzung Alexandra Kleijn. Ein Blick auf ihre

Seite (buurtaal.de) lohnt sich immer. Fijne groeten uit Bad Münstereifel!

Ebenfalls danke ich meiner Frau Maria fürs mehrmalige Probelesen und ihre Geduld (»Nur noch ein Satz, dann komme ich!«) sowie meinem Sohn Daniel mit seinem enormen Fußball-Sachverstand und dem auch sonst kritischen Auge.

Nicht zuletzt möchte ich mich bei meinem Verleger Detlef Knut dafür bedanken, dass er bereits zum dritten Mal meine *Hirngespinste* zwischen die Buchdeckel presst.

Dank an die LeserInnen

Liebe LeserInnen,

diese Geschichte ist hier zu Ende. Wir hoffen, sie hat Ihnen gefallen und Sie sind ein paar Stunden in die Welt dieser Geschichte eingetaucht, haben geschmunzelt, gelacht, mitgefühlt und mitgelitten. Das freut uns. Wenn Sie weiterhin Bücher dieser Autorin, dieses Autors oder unseres Verlages lesen möchten, dann reden Sie über dieses Buch. Oder twittern Sie, schreiben Sie einen kurzen Blogbeitrag oder eine Leserbewertung in Ihrem bevorzugten E-Book- oder Online-Shop.

Mund-zu-Mund-Werbung ist für AutorInnen und Verlage wie Sauerstoff für jedes Lebewesen – sie ist lebenswichtig. Lesermeinungen sind Motivation und Ansporn, so dass Sie schon bald ein weiteres Buch Ihrer Lieblingsautorin oder Ihres Lieblingsautors lesen können.

Herzliche Grüße

Ihre
edition oberkassel